TATIANA

TATIANA

Martin Cruz Smith

Traducción de Javier Guerrero

GRUPO ZETA

Barcelona • Madrid • Bogotá • Buenos Aires • Caracas • México D.F. • Miami • Montevideo • Santiago de Chile

Título original: *Tatiana*
Traducción: Javier Guerrero
1.ª edición: marzo 2014

© 2013 by Titanic Productions
© Ediciones B, S. A., 2014
   Consell de Cent, 425-427 - 08009 Barcelona (España)
   www.edicionesb.com

Printed in Spain
ISBN: 978-84-666-5437-1
Depósito legal: B. 1.843-2014

Impreso por Novagràfic, S.L.

Para Em siempre

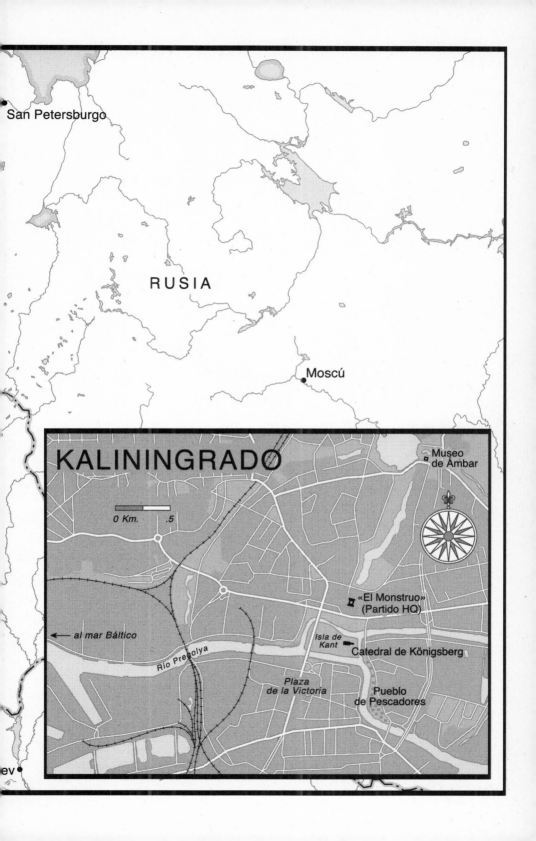

Prólogo

Era el típico día sin ninguna gracia. Había terminado el verano, el cielo estaba encapotado y descolorido y las hojas secas colgaban como crespones a lo largo de la carretera. En esa calma pasó un ciclista con ropa roja de elastano, pedaleando con furia, aprovechándose del terreno llano.

Joseph hablaba seis idiomas. En los restaurantes hablaba francés, con los comerciantes prefería el chino y soñaba en tailandés. Se lo montaba solo. Eso significaba que podía viajar y encontrar trabajo en cualquier parte del mundo. Naciones Unidas lo enviaba a un sitio y la Unión Europea lo enviaba a otro. Siempre se llevaba su bici negra fabricada a medida, su maillot y culote de diseño, su sillín ergonómico y su casco en forma de lágrima. Había empezado a pedalear demasiado mayor para ser un ciclista de competición, pero podía dejar asombrados a los locales en la mayoría de las pruebas populares. De todos modos, ganar no importaba. Lo que le resultaba más placentero era la adrenalina, esa sensación de un arco tensado. Calculaba que en ese momento ya había pedaleado el equivalente a dos vueltas al mundo. Nunca se había casado. Su calendario laboral no lo permitía. Además, le daban pena los infelices condenados a ir en tándem.

A Joseph le encantaban los juegos de palabras. Tenía memoria fotográfica, una memoria eidética para ser exactos. Podía mirar un crucigrama y reproducirlo en su mente mientras iba en bici, burlándose de esas palabras en distintos idiomas que solo existían en los crucigramas: *ecru, ogee, amo, amas, amat*. Una pista que no estaba en inglés era mucho más fácil. *Tort* era una acción civil; *torte* era un pastel. Un anagrama podía ocupar su mente desde Toulon a Aix-en-Provence. Joseph tenía la tarde libre y la necesitaba después de poner en contacto a rusos y chinos. Las dos partes se habían separado antes de hora y el intérprete aprovechó la oportunidad para pedalear.

Se enorgullecía de encontrar rutas fuera de lo común. Su idea del infierno era estar en la Toscana o en la Provenza, obligado a ir detrás de turistas que daban tumbos en la carretera en sus bicis alquiladas mientras digerían una comida de queso y vino. En los bolsillos elásticos de la parte de atrás del maillot, Joseph llevaba botellas de agua, barritas energéticas, un mapa y un *kit* de parches. Estaba dispuesto a reparar una o dos cámaras a cambio de regalarse una nueva vista panorámica. Kaliningrado poseía la reputación de ser una ciudad fea y asolada por la delincuencia, una ciudad que era huérfana o bastarda o ambas cosas. Sin embargo, escapabas de la ciudad y, *voilà*, una delicia bucólica.

Joseph había nacido para traducir; su padre era ruso, su madre francesa, y ambos, profesores en la Berlitz.

Cuando él extendió el rumor de que habían fallecido trágicamente en un accidente de automóvil en Montecarlo, se convirtió en el chico más invitado para las vacaciones por los compañeros de clase ricos. Era zalamero y en ocasiones se imaginaba pasando sus últimos días como invitado en una villa cerca del mar. Todavía enviaba a sus padres una tarjeta en Navidad, pero no los había visto en años.

Hacía de intérprete de estrellas de cine y jefes de Estado, pero el trabajo más lucrativo eran las negociaciones empresariales. Normalmente, las llevaban a cabo pequeños equipos que funcionaban en estricta confidencialidad, con lo cual un intérprete tenía que ser omnipresente y al mismo tiempo casi invisible. Por encima de todo, debía ser discreto. Quienes le pagaban tenían que poder confiar en que olvidaba lo que oía, que borraba la pizarra cuando el trabajo estaba hecho.

Cuando la carretera se convirtió en un camino de campo, Joseph pasó a toda velocidad junto a varios edificios de ladrillos en ruinas, asfixiados por las lilas. Por fortuna, apenas había tráfico. Esquivó un bache tras otro y después rodó por un asfalto tan ondulado como el mar. Una furgoneta de carnicero con un cerdo de plástico en el techo vino en dirección contraria y dio la impresión de que iba directamente hacia la bici, hasta que los dos vehículos se cruzaron como dos barcos en un lago.

De hecho, el intérprete no lo había borrado todo. Estaban sus notas. Pero estas no corrían riesgo, porque, aunque se las robaran, nadie podía leerlas salvo él.

La carretera terminaba en una zona de aparcamiento desierta con un quiosco cerrado con postigos y una cartelera que anunciaba actividades pasadas. Había una carta de helados caída de costado. Todo describía el hastío posestacional. Sin embargo, cuando oyó el graznido de las gaviotas, Joseph bajó de su bici, la cargó al hombro y caminó hasta superar la cima de una duna. Desde allí, la vista de la playa se extendía hasta el horizonte a ambos lados, y enfrente las olitas avanzaban en orden regular. La neblina convertía el mar y el cielo en bandas de un azul luminoso. La arena brincaba en el viento y se acurrucaba en la hierba de la playa que crecía entre las dunas. Toscas sombrillas de madera a las que les faltaba la lona se alzaban en guardia, pero no se veía a nadie más. Perfecto.

El intérprete dejó la bicicleta en la arena y se quitó el casco. Era un hallazgo, la clase de miniaventura que serviría para una buena historia en torno a la chimenea con una copa de vino y un público cautivado. Una pequeña hazaña para coronar su carrera. Para darle «trascendencia», esa era la palabra.

Aunque el aire se notaba frío, Joseph tenía calor de pedalear y se quitó las zapatillas de ciclismo y los calcetines. La arena era fina, no como las piedrecitas sueltas de la mayoría de los centros de vacaciones, y virgen, probablemente porque Kaliningrado había sido una ciudad cerrada durante la guerra fría. El agua de una ola le rodeó los pies y se retiró.

Su ensueño fue interrumpido por la aproximación de un vehículo que avanzaba como un marinero borracho por la playa. Era la furgoneta del carnicero. El cerdo de plástico, rosado y sonriente, osciló de derecha a izquierda hasta que la furgoneta se detuvo y bajó un hombre de unos treinta años con un sombrero de fieltro y pelo greñudo. Un delantal sucio se agitaba en torno a su cuerpo.

—¿Buscando ámbar?

—¿Por qué tendría que buscar ámbar? —preguntó Joseph.

—Este es el lugar, pero hay que esperar una tormenta. Hay que esperar que una tormenta remueve todo el ámbar.

«Remueva» no «remueve», pensó Joseph, pero lo dejó pasar. No detectó nada en común con el hombre, ningún vínculo intelectual. Tarde o temprano el tipo le pediría dinero para vodka y listo.

—Estoy esperando a unos amigos —dijo Joseph.

La inclinación del sombrero de fieltro daba un aire antiguo al carnicero. Parecía mareado o borracho; en todo caso, le hizo tanta gracia un chiste privado que tropezó con la bici.

—¡Idiota! —exclamó Joseph—. Mira por dónde vas.

—Lo siento, lo siento de verdad. Dime, ¿es italiana? —El carnicero levantó la bicicleta por la barra horizontal—. Coño, es preciosa. No se ven muchas así en Kaliningrado.

—No lo sé.

—Confía en mi palabra.

Joseph se fijó en las manos del carnicero, marcadas y curtidas de manejar vacas congeladas, y en su delantal salpicado de manchas de hígado, como correspondía. En cambio, las sandalias no eran calzado apropiado para las resbaladizas cámaras frigoríficas.

—¿Puedes darme la bici, por favor? Lo último que quiero es que entre arena en el cambio.

—Claro. —El carnicero soltó la bici y preguntó—: ¿Vacaciones?

—¿Qué?

—Es una pregunta. ¿Estás de vacaciones o has venido por negocios?

—Vacaciones.

La cara del carnicero esbozó una sonrisa.

—¿En serio? ¿Has venido a Kaliningrado de vacaciones? Te mereces una medalla. —Simuló colgar una condecoración en el pecho de Joseph—. Dime los puntos de interés de Kaliningrado. Cuéntame, ¿qué has visto esta mañana?

Joseph había trabajado toda la mañana, aunque eso no le importaba a nadie, pero el carnicero sacó una pistola niquelada que sopesó en su mano como si se tratara de unas monedas. Lo que había sido para Joseph una brisa fresca, en ese momento le dio un escalofrío, y notó granos de arena pegados al sudor de su piel. Quizás era un intento de extorsión común. Sin problemas. Pagaría lo que le pidieran y el cliente se lo reembolsaría.

—¿Eres policía?

—¿Tengo pinta de ser un puto poli?

—No. —Joseph se desanimó. Le habían enseñado a mantenerse calmado y cooperativo en situaciones con rehenes. Las estadísticas eran francamente tranquilizadoras. Solo había muertos cuando alguien trataba de hacerse el héroe—. ¿Qué quieres?

—Te he visto en el hotel con esas personas. Están rodeados de guardaespaldas y tienen una planta entera solo para ellos. —El carnicero se puso en plan confidencial—. ¿Quiénes son?

—Hombres de negocios.

—Negocios internacionales o no necesitarían un intérprete, ¿eh? Sin ti, todo se detiene. La maquinaria se para. La pequeña rueda detiene la gran rueda, ¿no es eso?

Joseph se preocupó. Al fin y al cabo, estaba en Kaliningrado. El cerdo estaba radiante, contento de ir al matadero. Joseph contempló la posibilidad de salir huyendo de ese loco. Aunque no le disparara, tendría que abandonar su bici; la capa de arena era demasiado profunda y blanda para las ruedas. Toda la escena era degradante.

—Solo interpreto —dijo—. No soy responsable del contenido.

—Y tomas notas de las reuniones secretas.

—Es totalmente legal. Las notas solo son una ayuda para mi memoria.

—Hablamos de reuniones secretas o no serían en Kaliningrado, sino en París.

—Es sensato —concedió Joseph.

—Apuesto a que sí. Tienes un don. La gente habla a toda velocidad y tú lo traduces palabra por palabra. ¿Cómo te acuerdas de todo?

—Ahí es donde entran en juego las notas.

—Me gustaría verlas.

—No las comprenderías.

—Sé leer.

—No estaba insinuando que no sepas leer —se apresuró a decir Joseph—, solo que el material es muy técnico. Y es confidencial. Estaríamos infringiendo la ley.

—Enséñamelas.

—Sinceramente, no puedo. —Joseph miró a su alrededor y no vio nada más que gaviotas patrullando la playa por si aparecía comida. Nadie había dicho a las gaviotas que la temporada había terminado.

—No lo entiendes. No necesito conocer los detalles. Soy un pirata como esos africanos que secuestran buques. No tienen ni puta idea de petróleo. Solo son unos negros cabrones con ametralladoras, pero cuando secuestran un petrolero tienen todas las de ganar. Las navieras pagan millones para recuperar sus barcos. Los secuestradores no van a la guerra; solo joden el sistema. Los petroleros son sus blancos de oportunidad y eso es lo que eres tú, mi blanco de oportunidad. Lo único que pido son diez mil dólares por una libreta. No soy avaricioso.

—Si solo eres un chico de los recados, eso lo cambia todo.

Joseph comprendió inmediatamente que se había equivocado al decirlo. Fue como incitar a una cobra con un palo.

—Deja que... te enseñe. —Joseph buscó con torpeza en los bolsillos de su maillot, tirando una botella de agua y barritas energéticas hasta que encontró una libreta y lápices.

—¿Es esto? —preguntó el carnicero.

—Sí, solo que no es lo que esperabas.

El carnicero abrió la libreta por la primera página. Miró la segunda página, la tercera y la cuarta. Empezó a pasar rápidamente las hojas hasta el final.

—¿Qué coño es esto? ¿Dibujos de gatos? ¿Garabatos?

—Es mi forma de tomar notas. —Joseph no pudo reprimir un atisbo de orgullo.

—¿Cómo sé que son las notas?

—Te las leeré.

—Puedes decir lo primero que se te ocurra. ¿Qué se supone que he de enseñarles?

—¿A quién?

—¿A quién crees? No se jode a esta gente o te joden a ti. ¿Sus jefes? Si pudiera explicarse.

—Mis notas...

—¿Es un chiste? Yo te contaré un chiste.

El carnicero arrastró a Joseph a la parte de atrás de la furgoneta y abrió el portón. De los muchos idiomas que conocía el intérprete la única palabra que se le ocurrió fue *Gesù*. Dentro de la furgoneta había dos corderos despellejados colgados boca abajo, con aspecto frío y azul.

A Joseph no se le ocurrió qué más decir. Hasta le faltaba el aire.

—Que lo lean los pájaros. —El carnicero lanzó la libreta al viento, luego metió a Joseph en la parte de atrás de la furgoneta y subió detrás de él.

Aparecieron gaviotas de todas partes. Descendieron como una sucesión de ladrones, robándose unas a otras. Cada resto procedente de los bolsillos de Joseph fue arrancado e inspeccionado. Se desarrolló un juego de la soga con una barrita energética a medio comer. Las aves se quedaron momentáneamente desconcertadas por un disparo y la que se impuso salió volando, seguida por otras gaviotas y graznidos de indignación. El resto de las aves se quedó en una paz hosca de cara al viento. Cuando la neblina se retiró, apareció un horizonte y las olas llegaron a la orilla con el sonido de cuentas arrojadas en un suelo de mármol.

1

El tiempo no se detenía en el cementerio de Vagánkovo, pero se enlentecía. Las hojas que caían de los álamos y fresnos esparcían una sensación de alivio, informalidad y abandono. Muchas sepulturas eran modestas: una lápida y un sepulcro en un recinto de hierro forjado a punto de oxidarse. Un tarro con flores o un paquete de cigarrillos eran pruebas de atención a fantasmas a los que por fin se les permitía darse un gusto.

Podía decirse que Grisha Grigorenko siempre se había dado el gusto. Había vivido a lo grande e iba a despedirse del mismo modo. Durante días, el investigador jefe Arkady Renko y el sargento detective Víktor Orlov habían seguido al muerto por todo Moscú. Habían empezado con un Grisha eviscerado en el depósito de cadáveres, a continuación, un baño herbal y maquillaje en un balneario. Por fin, vestido y aromatizado, el cadáver se perdió de vista en un ataúd bañado en oro sobre un lecho de rosas en la basílica de la catedral de Cristo el Redentor. Todos coincidieron en que Grisha, considerando el agujero en la nuca, tenía bastante buen aspecto.

Para un investigador jefe como Renko y un sargento detective como Orlov, una vigilancia de esa naturaleza era bastante degradante, una tarea que podría haber realizado un revisor de cine. El fiscal les había encargado: «Anotar y fotografiar. Mantenerse a distancia del cortejo fúnebre para vigilar únicamente. Ser discretos y no establecer contacto.»

Menuda pareja. Arkady, un hombre delgado, de pelo oscuro y lacio, parecía incompleto sin un cigarrillo. Víktor era un fracasado con los ojos inyectados en sangre. Debido a su afición por la bebida, nadie se atrevía a trabajar con él, salvo Arkady. Siempre que estaba investigando un caso, Víktor se mantenía sobrio y era un buen detective. Era como un aro: conservaba el equilibrio mientras permanecía en movimiento, pero caía en cuanto se detenía.

—«No establecer contacto» —dijo Víktor—. Es un funeral. ¿Qué espera, un pulso? Eh, esa es la chica del tiempo. —Señaló a una rubia vestida de negro bajando de un Maserati.

—Si saludas, te pego un tiro.

—Mira, hasta te está afectando. «Ser discretos.» ¿Por Grisha? Puede que fuera multimillonario, pero seguía siendo un matón enaltecido.

Había dos Grisha. Estaba el benefactor público, patrocinador de organizaciones benéficas, mecenas de las artes y miembro destacado de la Cámara de Comercio de Moscú. Y estaba el Grisha que controlaba drogas, armas y prostitución.

El grupo del funeral reflejaba una mescolanza similar.

Arkady localizó a multimillonarios que poseían el control de la madera y el gas natural del país, legisladores que estaban secando las arcas del Estado, boxeadores reconvertidos en matones, sacerdotes tan redondos como escarabajos, modelos que hacían equilibrios en tacones de aguja y actores que solo representaban el papel de asesinos confraternizando con asesinos de verdad. Habían tendido una alfombra verde a lo largo de la primera fila, donde jefes del hampa de Moscú daban la cara en toda su variedad, desde veteranos como *Simio* Beledon, un gnomo con abrigo y gorro de cordero persa, acompañado por sus dos corpulentos hijos; a Isaac y Valentina Shagelman, expertos en bancos insolventes; y Abdul, que había evolucionado de rebelde checheno a traficante de automóviles y, en un salto profesional, artista del hip-hop. Cuando Víktor levantó una cámara, uno de los hijos de Beledon le bloqueó la visión.

—Esto está jodido. —Era la expresión favorita de Víktor. Este partido de fútbol está jodido, esta partida de cartas está jodida, esta ensalada está jodida. Estaba constantemente jodido—. ¿Sabes lo que me cabrea?

—¿Qué te cabrea?

—Vamos a volver con doscientas imágenes de todos los que están en este puto agujero y el comisario cogerá la cámara digital, dirá: «Muchas gracias.» Y las borrará delante de mis narices.

—Vuélcalas antes en un portátil.

—No se trata de eso. Se trata de que no puedes ganar. Solo estamos haciendo el numerito. Podría haberme pasado un gran día en la cama desmayado y borracho.

—¿Y he interrumpido eso?

—Sí. Sé que no lo has hecho de mala fe.

Un sacerdote hablaba con voz monótona.

—«Dichosos los que van por un camino intachable, los que siguen la ley del Señor.» —Un crucifijo dorado oscilaba a la altura de la tripa del pope; un Rolex dorado brillaba en su muñeca.

Arkady necesitaba un descanso. Dio una vuelta por el cementerio, echando un vistazo a las lápidas, a sus estatuas favoritas por decirlo de alguna manera. En mármol negro, un gran maestro de ajedrez torcía el gesto sobre un tablero. En mármol blanco, una bailarina flotaba en el aire. También había fantasía: un duende del bosque se alzaba de la tumba de un escritor; una figura en bronce de un cómico ofrecía un clavel fresco. Los vivos podían sentarse en un banco en pequeños espacios de hierba y mantener una conversación con alguien fallecido tiempo atrás.

Alexéi Grigorenko se interpuso en el camino de Arkady.

—¿No pueden enterrar a mi padre en paz? ¿Vas a seguirlo hasta la tumba?

—Mis condolencias —dijo Arkady.

—Estás interrumpiendo un funeral.

El oficio se había detenido mientras Alexéi hacía gala de lo duro que era, defensor del honor de la familia y todo eso.

—Alexéi, es un cementerio —dijo Arkady—. Todo el mundo es bienvenido.

—Esto es acoso y es un puto sacrilegio.

—¿Así es como hablan en las escuelas de negocios de Estados Unidos?

—No te han invitado —dijo Alexéi.

Alexéi era una versión más delgada de su padre, con barba de tres días a la moda y el pelo rizado con gel en la nuca. Formaba parte de una nueva generación que asistía a foros empresariales en Aspen, esquiaba en Chamonix y dejaba que se supiera que esperaban llevar a la familia al siguiente peldaño de legitimidad. Arkady se preguntó si Alexéi sobreviviría a esa semana.

Se estaba armando un alboroto en la puerta del cementerio, donde los sepultureros cerraban el paso a un grupo de personas que llevaban carteles. Arkady no captó de qué se trataba, pero atisbó a una fotoperiodista que conocía. Ania Rudenko vivía en su misma planta y en ocasiones ocupaba su cama. Era joven y llena de vida y lo que veía en el investigador era un misterio para él. Arkady no tenía ni idea de qué hacía en el cementerio, y la mirada que ella le lanzó era una advertencia para que no se acercara. No era un asunto de la mafia. Los amigos de Ania eran escritores e intelectuales capaces de hacer locuras, pero no de cometer crímenes, y después de un momentáneo escándalo, siguieron calle abajo y ella permaneció con el grupo.

El sacerdote se aclaró la voz y se dirigió a Alexéi:

—Tal vez será mejor que sigamos con el panegírico antes…, bueno, antes de que ocurra algo más.

Tenía que ser más que un panegírico, pensó Arkady. Era la presentación de Alexéi a muchos de los reunidos, un público duro. En opinión de los presentes, era más probable que Alexéi perdiera la cabeza a que llevara una corona.

—Si es listo —dijo Víktor—, esta es la parte donde se despide y se va corriendo.

—Mi padre —empezó lentamente Alexéi—, Grisha

Ivánovich Grigorenko, era honesto y justo, un visionario en los negocios, un mecenas de las artes. Las mujeres sabían que era un gran caballero. Aun así, era todo un hombre. Nunca decepcionaba a un amigo ni huía de una pelea, por más que eso le costará manchas en su reputación. A mi padre le gustaba el cambio. Comprendía que estamos en una nueva era. Aconsejaba a una nueva generación de empresarios y era un padre para todo el que lo necesitaba. Era un hombre espiritual con un profundo sentido de comunidad, decidido a mejorar la calidad de vida en su Kaliningrado de adopción así como en su Moscú natal. Prometí a mi padre cumplir su sueño. Sé que sus verdaderos amigos me seguirán para hacer realidad ese sueño.

—Y quizá lo abrirán como una cremallera —susurró Víktor.

—En un tono más ligero —añadió Alexéi—, quiero invitaros a todos a disfrutar de la hospitalidad de la familia Grigorenko en el barco de Grisha, anclado en el muelle del Kremlin.

Los dolientes pasaron en fila junto a la tumba abierta y arrojaron rosas rojas sobre el ataúd. Nadie se entretuvo. La perspectiva de un banquete en un yate de lujo era irresistible, y en cuestión de minutos, los únicos que quedaban en el cementerio eran Arkady, Víktor y los empleados que echaban tierra en la tumba. Grisha Grigorenko y sus rosas desaparecieron.

—¿Has visto esto? —Víktor señaló a la lápida.

Arkady se fijó en ella. Debía de estar solo pendiente de una fecha, porque el retrato a tamaño real de Grisha estaba fotograbado en el granito pulido. Llevaba una gorra de capitán de barco y la camisa abierta dejaba a la vista un crucifijo y unas cadenas. Un pie descansaba en el parachoques de un Jeep Cherokee y sostenía una llave de coche de verdad en la mano.

—Esta lápida cuesta más de lo que yo gano en un año —dijo Víktor.

—Bueno, a él le volaron la cabeza, si eso te hace sentir mejor.

—Un poco.

—¿Por qué dispararle? —preguntó Arkady.

—¿Por qué no? Los mafiosos tienen una vida limitada. La cuestión es que, ahora que Grisha ya no está, Kaliningrado es campo abierto. La gente no cree que Alexéi tenga lo que hay que tener para mantenerlo. No son niños de colegio. Si Alexéi es listo, volverá a la escuela de negocios. ¿Vas a ir al yate?

—No, no creo que pueda reprimir la envidia durante más tiempo. Creo que me quedaré un rato más.

Víktor miró a su alrededor.

—Calma, serenidad, todo muy bucólico. Te lo regalo. Voy a buscar el yate y a mear en el río.

En cuanto Víktor se marchó, Arkady centró su atención en los sepultureros. Todavía estaban nerviosos por la confrontación con los amigos de Ania.

—Era una manifestación. No se puede hacer una manifestación sin permiso.

Arkady estaba decidido a no meterse en los asuntos de Ania, pero no pudo evitar preguntar.

—¿Una manifestación sobre qué?

—Se lo hemos dicho, no importa lo famosa que sea una persona, un suicidio es un suicidio, y un suicida no puede enterrarse en suelo consagrado.

—¿Suicidio?

—Pregúnteles a ellos. Todo el grupo está caminando hacia Tagánskaya. Puede atraparlos.

—¿Quién se ha suicidado?

—Tatiana.

El otro sepulturero se mostró de acuerdo.

—Una alborotadora hasta el final.

A las puertas del cementerio, los dos hijos de *Simio* Beledon compartían un porro.

—El viejo nos tiene esperando como si fuera la puta reina de Inglaterra y nosotros el príncipe de Gales. ¿Cuándo nos va a dejar el mando? Te diré cuándo. Nunca.

—Es cuestión de autoridad real.

—La autoridad real no se delega.

—La tomas. La ejerces.

—La demuestras como, bueno: «Otra gran noche aquí en el Babylon, ¿eh?»

—*Scarface. El precio del poder*, Tony Montana. ¿Tú llamas a eso acento cubano?

—«¿Quieres jugar? ¿Quieres jugar duro? Vale. Dile hola a mi pequeña amiga.» Y se los carga.

—Habré visto ese DVD un centenar de veces.

Una tos.

—Que Simio no te pille fumando esa mierda.

—Es un puto maestro de escuela.

—Que le den.

—Y a Alexéi también. Se lo sirven todo en una bandeja de plata.

2

Cuando Arkady alcanzó a los manifestantes, el grupo se había incrementado hasta un centenar de personas y acababan de llegar a su destino, el callejón donde la periodista Tatiana Petrova se había precipitado al vacío la semana anterior. Los edificios eran todos iguales: seis pisos de cemento gris, con árboles jóvenes muertos que habían sido plantados y olvidados. Excrementos de ave cubrían un banco y un balancín. En cambio, habían limpiado y blanqueado los escalones delanteros, donde había caído Tatiana Petrova.

No habían detenido a nadie, aunque un periodista de televisión que estaba con los manifestantes especulaba con voz entrecortada con que el estilo de periodismo de confrontación de Petrova tenía sus riesgos. No podía desdeñar la posibilidad de que la periodista se hubiera quitado la vida con fines publicitarios. Oficialmente era suicidio.

Lo que había captado la atención de Arkady era que los vecinos de Tatiana Petrova la oyeron gritar. El suicidio normalmente requiere concentración. La gente que se suicida cuenta pastillas, mira con fascinación el charco de sangre, se lanza al vacío en silencio. Rara vez grita. Además, Arkady no veía ningún vecino. Era la clase de suceso que debería haber atraído mirones a las ventanas.

Los manifestantes encendieron velas y alzaron fotografías que mostraban a Tatiana como una mujer despreocupadamente bonita ante un escritorio, leyendo en una hamaca, paseando a un perro, en la línea del frente de una zona en guerra. El director de su revista, Serguéi Obolenski, estaba en la primera fila de la multitud. Era fácil de localizar por su cráneo afeitado, barba recortada y gafas de montura metálica. Él y Arkady se habían visto una vez y se despreciaban mutuamente.

—¿Dónde está Tatiana? —preguntó el director mediante un megáfono—. ¿Qué están tratando de esconder?

Ania y su cámara parecían estar en todas partes al mismo tiempo. Arkady tuvo que agarrarla de la manga.

—No me hablaste de esto.

—Me habrías pedido que no viniera —dijo—. Así no discutimos. La policía asegura que saltó desde su balcón y se quitó la vida. Exigimos una autopsia independiente, y ahora dicen que no encuentran el cadáver. ¿Cómo pueden perder un cadáver?

—Han perdido cadáveres durante años. Es una de sus funciones. Y otra cosa, ¿tenéis permiso para esta manifestación? Sin un permiso podría considerarse una provocación.

—Es una provocación, Arkady. Siguiendo el espíritu de Tatiana Petrova, se trata precisamente de eso. ¿Por qué no te unes a nosotros?

Mientras Arkady vacilaba, apareció Obolenski.

—Ania, ¿qué estás haciendo aquí atrás? Te necesito delante sacando fotos.

—Un momento, Serguéi. ¿Te acuerdas del investigador Renko? Se manifestó con nosotros.

—¿Ah, sí? La manzana buena entre las podridas. Veremos si es cierto o no. —Obolenski ofreció a Arkady un saludo burlón antes de pasar a dar la bienvenida a la manifestación a un grupo de estudiantes universitarios.

—Tendremos doscientos manifestantes al menos —le dijo Ania a Arkady.

—Deberías habérmelo dicho.

—Sabía cuál habría sido tu respuesta y no me has decepcionado.

Todo era simple para ella, pensó Arkady, o negro como el carbón o blanco como la nieve. Le llevaba ventaja, porque él nunca lograba esa pureza de convicción. Si ella era una niña malcriada, él era un aguafiestas. Como periodista, Ania quería estar cerca de la acción, mientras que Arkady era un hombre en retirada. Ella no fingía ser fiel y él no esperaba que lo fuera. Eran amantes interinos. Simplemente se daba el caso de que los márgenes de sus vidas se solapaban. No había expectativas.

—Vete a casa, Arkady —dijo Ania.

Obolenski regresó para llevarse a Ania del brazo, como quien coge algo de su propiedad, y conducirla a un banco donde un hombre con un megáfono estaba arengando al viento. Arkady pensó que Tatiana Petrova habría sonreído al ver a los que habían venido a presentarle sus últimos respetos. Era un grupo de intelectuales de mediana edad. Editores que abandonaban a sus autores, autores cuyos escritos terminaban en un cajón, artistas que se habían enriquecido convirtiendo el realismo socialista en *kitsch*.

Se preguntó qué otras acusaciones podían lanzárseles.

¿Que una vez fueron una generación especial que había derrocado el peso muerto de un imperio? ¿Que eran románticos que se lamentaban por una cita con la historia que nunca se produjo? ¿Que se habían vuelto tan blandos como calabazas podridas? ¿Que eran viejos? ¿Que se habían manifestado en torno a la casa de Tatiana cuando estaba muerta, pero se habían mantenido a una distancia prudencial de ella cuando estaba viva?

A Arkady le pareció que Obolenski no necesitaba centenares de manifestantes, necesitaba miles. ¿Dónde estaban los chicos que enviaban *tweets* y mensajes de texto y reunían a miles de personas con sus iPhone? ¿Dónde estaban los liberales, los comunistas, los contrarios a Putin, las lesbianas y los gays? En comparación, la manifestación de Obolenski era una fiesta de jardín. Una sala de geriátrico.

Si de él hubiera dependido, Arkady habría enviado a todos a casa en ese punto. No es que pudiera señalar nada en concreto, solo un desequilibrio eléctrico en el aire a punto de descargar. Una protesta era adecuada, porque Tatiana era una alborotadora. Atacaba la corrupción entre políticos y policía. Sus objetivos favoritos eran los antiguos miembros del KGB que moraban como murciélagos en el Kremlin.

Arkady se separó de la multitud y caminó en torno al edificio. En un lado había una fila de casas de apartamentos en ruinas, en el otro, una valla metálica y una obra en construcción que apenas asomaba del suelo. Vio pilas de varillas de acero corrugado cubiertas de óxido. Había barracones de obra abandonados, con los cristales de las ventanas rotos y esvásticas pintadas en aerosol en las puertas. Unos cuantos hombres se habían reunido en un círculo en torno a una hormigonera. Tenían las cabezas rapadas y vestían de rojo, el color totémico del club de fútbol Spartak. En los partidos del Spartak con frecuencia los mantenían enjaulados en una sección de las gradas. Arkady observó que uno cogía una barra de hierro y daba un golpe de prueba.

Cuando Arkady regresó a la manifestación, esta ya estaba en marcha. No había formato. La gente compartía el megáfono y desahogaba su sensación de culpabilidad. En algún momento, todos ellos habían progresado profesionalmente retirando un artículo que Tatiana Petrova había escrito jugándose el cuello. Al mismo tiempo, recordaban, ella sabía cuál sería su fin. No tenía coche, porque, como ella decía, lo habrían hecho estallar y solo habría sido una forma de desperdiciar un buen automóvil. Podría haberse mudado a un piso más grande, podría haber hecho chantaje y conseguir lujo material, pero se contentaba con su apartamento de callejón, su ascensor desvencijado y sus puertas frágiles.

«Cada caracol prefiere su propia concha», había dicho Tatiana. Pero ella sabía que de una forma o de otra era solo cuestión de tiempo.

La tarde dejó paso al crepúsculo y el equipo de noticias de televisión se marchó antes de que apareciera el poeta Maxim Dal. Maxim era reconocible al instante: más alto que todos los demás, con una cola de caballo de pelo rubio oxigenado, un abrigo de piel de borrego y tan heroicamente feo que tenía cierto atractivo. En cuanto puso las manos en el megáfono, condenó la falta de progreso de la investigación.

—Tolstói escribió: «Dios conoce la verdad, pero espera.» —Maxim repitió—: Dios conoce la verdad, pero espera a rectificar el mal que hacen los hombres. Tatiana Petrova no tenía esa clase de paciencia. No tenía la paciencia de Dios. Quería rectificar la maldad de los hombres ahora. Hoy. Era una mujer impaciente y por esa razón sabía que le llegaría su hora. Sabía que era una mujer marcada. Era pequeña, pero tan peligrosa para ciertos elementos del Estado que tenía que ser silenciada, igual que otros muchos periodistas rusos han sido intimidados, asaltados y asesinados. Sabía que era la siguiente en la lista de mártires y también por esa razón era una mujer impaciente.

Uno de los manifestantes cayó de rodillas. Arkady pensó que el hombre había tropezado hasta que se hizo añicos una farola. Hubo una toma de aire generalizada y empezaron los gritos de alarma.

Desde el borde de la multitud, Arkady gozaba de una visión clara de los *skinheads* que escalaban la alambrada como vikingos abordando un barco. Era un grupo reducido, no más de una veintena, pero empuñaban barras de hierro a modo de sables.

Los editores sedentarios no eran rivales para jóvenes matones que se pasaban el día levantando pesas y practicando golpes de karate al riñón o a la parte de atrás de las rodillas. Los profesores retrocedieron, llevándose la dignidad consigo, tratando de desviar los golpes. Los carteles cayeron en medio del caos cuando los ruegos fueron respondidos con patadas. Un golpe en la espalda dejaba sin aire. Un ladrillo en la cabeza abría una brecha en el cuero cabelludo. El rescate parecía inminente cuando llegó un furgón de la policía y descargó a los antidisturbios. Arkady esperaba que ayudaran a los manifestantes; en cambio, cargaron contra ellos con sus porras.

Arkady se encontró ante un policía enorme. Superado en tamaño, buscó la tráquea del hombre. Fue un golpe bajo más que un puñetazo para noquearlo, pero el policía se tambaleó en círculos buscando aire. Ania estaba en medio de la refriega, sacando fotos mientras Maxim la protegía blandiendo el megáfono como una porra. Arkady atisbó al editor, Obolenski, que también sostenía el suyo.

Sin embargo, Arkady cayó. En una lucha callejera no hay peor sitio que el suelo, y hacia él se precipitó. No sabía qué pies lo pisaron, pero dos antidisturbios empezaron a bailar en sus costillas. Bueno, pensó, en palabras de Víktor, estaba bien jodido.

Se levantó, sin saber cómo, y mostró su placa de investigador.

—¿Está con nosotros? —Un policía bajó el puño—. Me ha engañado.

En cuestión de minutos la batalla había terminado. Los *skinheads* saltaron la alambrada y desaparecieron. La policía circuló entre las bajas, recogiendo identificaciones. Arkady vio labios partidos y narices sangrando, pero el daño real era al espíritu de los manifestantes. Toda la tarde habían revivido y reavivado la pasión de su juventud, habían estado otra vez con Yeltsin en un tanque, habían desafiado de nuevo al aparato del KGB. Aquellos días embriagadores habían pasado, se habían desinflado, y lo único que habían cosechado eran moretones.

El ojo de Arkady estaba tan hinchado que no podía abrirlo y por la reacción de Ania se alegró de no poder verse. Ella, en cambio, daba la impresión de no haber hecho nada más peligroso que subir en una noria. Obolenski se había esfumado. El poeta Maxim también se había largado. Lástima. Había sido como tener a un yeti luchando de tu lado.

—Reunión sin permiso —bramó un capitán de policía—, extender rumores maliciosos, obstrucción a agentes de la ley.

—¿Quién ha asaltado a civiles inocentes? —preguntó Arkady.

—¿Tenían permiso para reunirse? ¿Sí o no? Mire, ahí es donde empieza el problema, con gente que piensa que es especial y está por encima de la ley.

—Gente a la que estaban pegando —dijo Arkady.

Por alguna razón, en virtud de su rango, Arkady se había convertido en portavoz de los manifestantes.

—Agitadores que atacaron ferozmente a la policía con ladrillos y piedras. ¿Quién ha dicho que era su jefe?

—El fiscal Zurin.

—Buen hombre.

—Uno entre un millón. Me disculpo, capitán. No he sido claro. Estas personas de aquí son víctimas y necesitan atención médica.

—Una vez que solucionemos esto. Lo primero es recoger todas las cámaras. Todas las cámaras y teléfonos móviles.

—¿En una bolsa de basura?

—Así podremos ver y evaluar objetivamente cualquier infracción como...

Arkady hizo una mueca, porque le dolía reírse.

—¿Esta gente tiene aspecto de poder asaltar a alguien?

—Son escritores, artistas, zorras intelectuales. ¿Quién sabe qué pretendían?

Regresó la bolsa de basura y el capitán la sostuvo abierta para Ania.

—Ahora la suya.

Arkady sabía que Ania quería clavar una daga en el corazón del capitán. Al mismo tiempo, estaba paralizada por la amenaza de perder su cámara.

—Ella va conmigo —dijo Arkady.

—No sea ridículo, no es investigadora ni policía.

—Por órdenes especiales del fiscal Zurin.

—En serio. Le diré una cosa, Renko. Vamos a llamar a la fiscalía. Vamos a preguntárselo.

—Dudo que esté en la oficina ahora.

—Tengo su número de móvil.

—¿Son amigos?

—Sí.

Arkady había caído en una trampa que él mismo había urdido. Estaba mareado y oía un silbido aflautado en el pecho. Nada de eso era bueno.

Al otro lado de la línea, un teléfono sonó y sonó hasta que finalmente saltó el contestador. El capitán colgó.

—El fiscal está en su club de golf y no quiere que lo molesten.

La cuestión seguía sin resolverse cuando un enorme sedán surgió de la oscuridad. Era una visión que anonadaba, Maxim Dal en un Zil plateado, una limusina de la era soviética con dobles faros, alerones traseros y neumáticos blancos. Tendría como mínimo cincuenta años. En voz autoritaria, Dal ordenó a Ania y Arkady que subieran al automóvil.

Fue como entrar en una nave espacial del pasado.

3

Ania era una enfermera pésima. Cuando trataba de cocinar, Arkady olía a comida quemada y la oía maldiciendo las ollas y sartenes. Si Ania estaba escribiendo en el apartamento de Arkady, este olía sus cigarrillos y la escuchaba maldecir a su portátil. Pero le sorprendió su paciencia. Habría esperado que ella, como un gato, pasara a otra cosa. Aunque tenía trabajos —un desfile de moda, un ensayo fotográfico sobre la mafia—, Ania pasaba varias veces al día para ver cómo estaba Arkady.

—Me echarías de menos si no viniera. En el fondo eres un romántico —dijo ella.

—Soy un cínico. Creo en accidentes de coche, desastres de avión, niños desaparecidos, autoinmolación, ahogamiento con almohadas.

—¿En qué no crees?

—No creo en santos. Hacen que maten a la gente.

—No es gran cosa —dijo Víktor cuando lo visitó—. Me parece que estás montando mucho escándalo por un par de costillas rotas. ¿Qué demonios te pasa, por cierto?

—Un pulmón perforado. —Un par de días con una válvula en el pecho y el pulmón volvería a inflarse por sí solo.

—Es como visitar a la dama de las Camelias. ¿Te importa? —Víktor levantó un paquete de cigarrillos.

Por una vez, Arkady no tenía ganas de fumar.

—Así que es un suicidio.

—O asesinato —dijo Arkady.

—No, lo he oído por la radio. El fiscal ha determinado que Tatiana Petrova se tiró por la ventana. Decían que estaba deprimida. Por supuesto que estaba deprimida. ¿Quién no está deprimido? Cualquiera con ojos para ver y oídos para oír está deprimido. El planeta está deprimido. El calentamiento global no es más que eso.

Arkady lamentaba no tener esas percepciones. Su mente estaba colgada en los detalles. ¿Qué pasaba con los vecinos? ¿Quién oyó los gritos? ¿Qué gritó?

Arkady notaba que los calmantes le proporcionaban una euforia apagada. Sabía que Zhenia había pasado por allí, porque había una gran pieza de ajedrez de chocolate envuelta y con un lazo en su mesita de noche. Arkady tenía el sueño ligero, pero Zhenia era escurridizo como un leopardo de las nieves.

Un hombre confinado a una habitación se convierte en un meteorólogo. A través del vidrio de la ventana examina las nubes, traza el paso majestuoso de un cumulonimbos, se fija en el inicio de un chaparrón. La pared del dormitorio se convierte en una pantalla en la que él proyecta sus «¿Y si?». ¿Y si hubiera salvado a esta mujer? ¿O la hubieran salvado? Una persona en esta situación agradece el estallido y el estruendo de una tormenta. Cualquier cosa que interrumpa una revisión de su vida: Arkady Kirílovich Renko, investigador jefe de Casos Especiales, miembro de los pioneros y de la generación de la juventud dorada y, por suerte o por desgracia, un experto en autodestrucción. Su padre, militar, se voló la cabeza. Su madre, más digna, se cargó de piedras y se ahogó. Arkady también había tenido esa clase de escarceos, pero lo habían distraído en un momento crítico y con eso pasó su fiebre suicida. Aun así, con toda esta experiencia y pericia, se consideraba un buen juez del suicidio. Defendía el honor de la gente que se suicidaba, el compromiso que exigía el suicidio, el aislamiento y el sudor, la voluntad de seguir y abrir un segundo frasco de somníferos o hacer una incisión más profunda en la muñeca. Se habían ganado el título y le ofendía la impostura de camuflar el asesinato como algo que no era. Tatiana Petrova no se había suicidado, igual que no habría volado a la luna.

Después de retirar el tubo del pecho de Arkady, el médico había dicho:

—Pondremos una venda compresiva limpia cada día. La perforación se curará sola. Sus costillas también sanarán, si las deja. No haga giros, no levante pesos, no fume ni haga movimientos bruscos. Piense en usted como en una taza rota.

—Lo haré.

Arkady había pedido a Víktor que repasara los archivos de la policía y elaborara una lista de enemigos de Tatiana Petrova.

—Por cierto, tienes un aspecto horrible —dijo Víktor.

—Gracias.

Hasta ahí las cortesías de rigor. Víktor se sentó junto a la cama y abrió en abanico un fajo de fichas.

—Coge una ficha, la que quieras.

—¿Es un juego? —preguntó Arkady.

—¿Qué otra cosa va a ser? Siete personas con excelentes razones para matar a Tatiana. —Dio la vuelta a una ficha que llevaba grapada una foto en color de un hombre bronceado, de pelo largo y oxigenado, y ojos evasivos—. Ígor Mulóvich amenazó a Tatiana en un juicio. Había reclutado a mujeres jóvenes como modelos y las vendía como carne en los Emiratos.

—Lo recuerdo —dijo Arkady.

—Deberías. Lo detuvimos nosotros, pero fueron los artículos de Tatiana los que lo condenaron. Cumplió un año en prisión. Compró a un juez en la apelación, lo pusieron en libertad y lo atropelló un camión, así que le salió el tiro por la culata.

Víktor entregó otra ficha y otra cara familiar. Aza Baron, antes Baranovski, un corredor de bolsa cuyos clientes disfrutaban de rendimientos fenomenales hasta que Tatiana Petrova dejó al descubierto su plan piramidal.

—Baron está en Israel luchando para que no lo extraditen.

Dio la vuelta a la tercera ficha.

—Tomski. El pez gordo en persona —dijo Arkady.

—Sí.

Kazimir Tomski, viceministro de Defensa. Apenas había entrado en el juego cuando un carguero ruso tuvo que desviarse a un puerto de Malta. Su carga se había desplazado en una tormenta y hubo que reestibarlo. En la operación, se volcó una grúa del muelle y se rompieron cajones de embalaje etiquetados como «Electrodomésticos». Sin embargo, lo que cayó eran lanzacohetes. Todos sabían que las armas las vendían ilegalmente hombres altos y bajos en el Ministerio de Defensa. Tatiana les puso nombres.

Tomski cumplió condena en prisión. Fue puesto en libertad diez días antes de que mataran a Tatiana Petrova.

—Decididamente, un candidato —dijo Arkady.

—Salvo que fue directamente a Brighton Beach para vivir con su madre. Lástima, era un sospechoso encantador.

—¿Quién queda?

—Los Shagelman.

—Marido y mujer.

—He oído que ella es una cocinera excelente, siempre que no te importe encontrarte dedos en el estofado. Una vieja dama encantadora que quiere transformar el barrio de Tatiana en un centro comercial con balneario. De juicio en juicio, Tatiana estaba costando al proyecto una fortuna en sobornos, préstamos y abogados. Conocía bien la ley. Los Shagelman quieren arrasar y despejar el terreno cueste lo que cueste antes de que llegue el invierno. Para ellos es una decisión de negocios, nada personal.

»Luego está el comodín. —Una tarjeta negra apareció en las yemas de los dedos de Víktor.

—¿Quién es?

—No lo sé. Alguien al que ella abrió la puerta. Un amigo en el que confiaba.

—¿Y Grisha? Tatiana escribió un artículo sobre él hace un año que casi lo dejó al descubierto.

—Grisha ya estaba muerto.

—¿No te parece interesante que hayan muerto con un día de diferencia entre uno y otro? Es toda una coincidencia.

—La coincidencia es relativa. Cuando voy a un bar, es el destino. Si tú también estás allí, es coincidencia. —Víktor volvió a sus fichas—. La cosa mejora. Están *Simio* Beledon y Abdul, la superestrella chechena. Echaré un vistazo.

—Dame un día y lo haremos juntos.

—¿Te refieres a un día sobrio? Dame un poco de confianza.

—Toda la fe del mundo.

En cuanto a él, Arkady sabía que debería dejar la fiscalía. Debería haberlo hecho años antes, pero siempre había una razón para quedarse y una apariencia de control, como si pudiera decirse que un hombre cayendo con un yunque en las manos tiene el control.

4

Dos costillas rotas cambian la perspectiva de una persona. Un paseo por la calle se convierte en un desastre potencial. Un chico en un monopatín era un toro suelto. Conducir el Niva de cambio manual exigía una retahíla de obscenidades. Sonó su móvil. La doctora Kórsakova, una cirujana cerebral a la que conocía. Otra opinión que no necesitaba. Arkady no respondió.

El edificio de Tatiana y el terreno que lo rodeaba parecían aún más vacíos que en su anterior visita. No había más que ancianas que se inclinaban de un lado a otro al arrastrar sus carritos de la compra. Un verdadero callejón sin salida.

Arkady pulsó todos los timbres del edificio antes de que llegara a la puerta de la calle una chica vestida con un poncho. No tendría más de veinte años, guapa a la manera de una pilluela de la calle, con una costra de rímel en torno a los ojos y el pelo tan fino como pelusa de un pollito.

—¿Otro investigador? —dijo—. Si viene por Tatiana,

llega una semana demasiado tarde. Si ha venido por el edificio, vuelva a encender la electricidad.

—No he venido por el edificio.

La chica explicó que los constructores habían estado tratando de deshacerse de Tatiana desde hacía meses.

—Desconectaron el ascensor y la calefacción. Mire este vestíbulo. Solo hay basura y palabras sucias. Los buzones están arrancados. Es un asco. Al menos los gatos mantienen a las ratas a raya.

—¿Quieres decir que no hay nadie más en el edificio?

—No, ahora que falta Tatiana.

—¿No hay personal?

—No.

—¿En qué piso estás?

—El sexto, el último. Justo enfrente de ella.

¿Qué más?, pensó Arkady.

—¿Te llamas...?

—Svetlana.

—¿No trabajas hoy?

—No lo sé, ya veremos.

Las escaleras estaban etiquetadas con sugerencias de lo que la gente podía hacerse a sí misma, junto con declaraciones en pintura roja que decían «Spartak es el amo» y «Puto Dinamo». Al seguir a Svetlana, Arkady se dio cuenta de que la joven estaba poniendo más oscilación en sus pasos de lo que era estrictamente necesario. Estás revolviendo una olla fría, pensó. Gracias por intentarlo.

—Así que erais vosotras dos contra el mundo.

Como si Tatiana necesitara más enemigos, pensó Arkady. Podían retirar los escombros y construir un megacentro comercial o un club de *fitness* exclusivo. Si Svetlana era de fiar, ella y Tatiana debían de haber sido un obstáculo exasperante.

—¿Estabas aquí cuando ella murió? —preguntó Arkady.

—¿La noche que cayó por la ventana? La oí entrar alrededor de medianoche. Eso no era inusual, solía trabajar hasta tarde. Era famosa, ¿sabe? No tenía que vivir aquí. Una vez se lo pregunté y dijo que le gustaba joder al sistema.

Las costillas de Arkady protestaban a cada peldaño y estaba sudando en el tercer piso.

—¿Está bien? —Svetlana miró atrás.

—Perfecto. ¿Hablaste con ella esa noche?

—No, pero la oí entrar.

—¿Sola?

—No estoy segura, solo la oí en el pasillo.

—¿Y no entró nadie después?

—No.

—Erais amigas.

—Nadie lo habría creído, la verdad, siendo ella quien era y tal. Siempre traía leche para mis gatos. Lo único que tenía que hacer era abrir su puerta y los gatos empezaban a maullar.

—¿Estabas sola?

—Oh, sí.

—¿Cómo os conocisteis? —preguntó Arkady—. ¿En el mercado de pescado? ¿En una comisión de inquilinos?

—No tanto. En un apeadero.

Un «apeadero» era donde los hombres recogían a las prostitutas. Podía ser un paso elevado, un paso subterráneo peatonal, un parque infantil...

—Tuve una pelea con un tipo y no estaba en buen estado. Tatiana me vio y me llevó a su casa.

—¿Sin más?

—Sin más. Ella tenía dos apartamentos y me puso aquí, enfrente del suyo.

—¿Por qué tenía dos apartamentos?

—No lo sé.

—¿Cuándo fue la última vez que hablaste con ella?

—El día del accidente, hace una semana.

—¿Cómo estaba? ¿Contenta, normal, deprimida?

—De bajón. Dijo que los gatos percibían que algo iba mal. Maullaban todo el día. Bueno, ya hemos llegado.

Arkady se apoyó en la pared y calculó cuánto se tardaría en bajar hasta la calle. Había un precinto policial pegado en el marco y la puerta, que estaba cerrada. No había señales de una entrada forzada.

—Entonces, ¿la policía tenía llave?

—Supongo. Ella siempre cerraba la puerta.

—¿De dónde sacarían la llave?

—¿Por qué está haciendo todas estas preguntas? Todo el mundo dice que fue un suicidio.

—¿Podemos hablar en tu apartamento?

Svetlana se mostró reacia.

—No lo sé. ¿Esto va a meterme en líos? Tatiana me enseñó mis derechos. No estoy obligada a dejar pasar a nadie.

Arkady estornudó.

—¿Cuántos gatos hay? —preguntó.

—Seis. ¿Le gustan los gatos? Siempre he pensado que son buenos jueces del carácter. Ha de dejarlos que acudan a usted.

—Oh, acuden. —Según la experiencia de Arkady, los

gatos sabían al instante qué personas eran alérgicas y gravitaban hacia ellas—. Mira, soy como la mayoría de la gente. En ocasiones olvido mi llave o no consigo encontrarla, así que doy una copia a un vecino. Ahora, eres la única aquí. Estabas haciendo un favor a Tatiana.

No hubo respuesta.

—El informe policial decía que una vecina oyó gritos —continuó Arkady—. Eras tú, ¿no? —Le dio tiempo para responder antes de añadir—. ¿Los gritos empezaron dentro o fuera del balcón?

Svetlana se limpió la nariz.

—¿Gritó o chilló? Hay una diferencia.

Las lágrimas nublaron los ojos de Svetlana, pero no dijo nada.

—¿Gritó tu nombre? Eras la única persona del edificio. ¿No sabía que estabas en casa?

—Le conseguiré la llave —dijo Svetlana.

Ya está, pensó Arkady, no mucho más cruel que arrancar la respuesta con un cuchillo. Necesitaba la llave. Para un investigador, eso lo excusaba todo, y cuando Svetlana abrió la puerta de su casa, entró tras ella.

Se había hecho un intento modesto de convertir el salón en un serrallo. Colchas indias baratas colgaban de las paredes y por encima de una cama estrecha. Había una lámpara de lava en una mesita de noche, con la lava agolpada en la parte inferior. Por lo demás, Arkady no vio nada que no pudiera meterse en una maleta para salir corriendo. Y gatos. Envolvieron los pies de Arkady, maullando lastimeramente. Mientras Arkady se quedaba inmovilizado, Svetlana fue a una habitación contigua y regresó con una llave brillante y recién hecha.

—¿Una copia nueva? —preguntó Arkady.

—Soy muy desorganizada. La pierdo todo el tiempo.

La mayoría de los gatos tenían rayas grises, pero había uno atigrado y otro blanco.

—Se ganan el sustento. Cada noche los saco a cazar ratas, salvo a *Copo de Nieve*. —Levantó el gato blanco—. A *Copo de Nieve* le gusta esconderse y quedarse atrás.

—¿Tú encontraste el cadáver?

—Sí. No había nadie más para oír su grito.

—¿Qué oíste exactamente?

Svetlana dejó al gato en el suelo.

—Ruidos.

—¿Qué ruidos?

—No lo sé. De mover muebles.

—Era tu amiga. ¿No fuiste a su puerta a preguntar por qué estaba moviendo muebles a medianoche?

—No.

—¿Llevaba hombres a su apartamento alguna vez?

—Por supuesto. Era una escritora muy ocupada. Es lo que tiene ser como yo o una escritora como ella, los encuentras de todas clases.

—¿De todas clases?

—Estaba metida en muchas causas.

—¿Como por ejemplo...?

—Chechenos, criminales, veteranos.

—¿Tipos violentos?

—Claro.

—¿Eran violentos con ella?

—No. De todos modos, la policía dijo que fue suicidio.

—Después de mover sus muebles.

—La policía dijo que tenía la puerta cerrada. Estaba sola.

—Eh, ¿conoces los nombres de esos agentes?

—Solo policía. Me preguntaron mi nombre por si tenían que hacerme preguntas.

—¿Las hicieron?

—No. Al menos la cubrieron con una sábana.

—¿Pero tú la identificaste antes?

—Sí. Qué desastre.

—Siento que tuvieras que ver eso.

—Gracias. Es el primero en decirlo.

Las preguntas de Arkady eran repetitivas, casi confusas. Era como caminar en torno a un caballo antes de comprarlo. Desde que Svetlana oyó el grito hasta que encontró el cadáver ¿cuánto tiempo pasó? ¿Cinco minutos? ¿Diez?

—Más bien cinco.

—¿Tardaste cinco minutos en reaccionar?

—Supongo que sí.

¿Una mujer joven y sana tardaba tanto en bajar seis tramos de escaleras? Si Svetlana era una testigo fidedigna, como mínimo su historia tenía agujeros y elipsis.

—¿Estás segura de que estabas sola en tu apartamento?

—Sí, se lo he dicho antes.

—Bien. ¿Cuánto tiempo te vas a quedar aquí?

—No lo sé. Voy día a día.

O minuto a minuto, pensó Arkady. Apuntó el número de móvil de la chica y le dio su tarjeta.

—Si recuerdas algo más, llámame.

—Esos cinco minutos —preguntó Svetlana—, ¿cree que todavía estaba viva?

—¿De esa caída? Creo que murió al instante. No creo que sintiera nada.

—¿Quién haría eso?

—No lo sé, creo que Tatiana Petrova tenía tantos enemigos que tropezaban unos con otros.

—¿Por qué le importa?

—No me importa. Simple curiosidad. —Se le ocurrió una idea de última hora—. ¿Cómo se llevaban tus gatos con su perro? Vi un perro en fotos de ella.

—¿Su doguillo? ¿El pequeño *Polo*? Menudo cobarde. No se atrevía a entrar aquí.

Arkady hizo una pausa para ponerse guantes de látex antes de abrir la puerta. Tenía grandes esperanzas. Confiaba en que el apartamento fuera un reflejo de una mente bien ordenada, y las superficies limpias significaban buenas huellas dactilares.

Las cortinas del balcón estaban cerradas y la luz solo se filtraba por las rendijas. Pulsó un interruptor sin ningún efecto y recordó que habían cortado la electricidad del edificio. El haz de su linterna avanzó en zigzag hasta encontrar los cables colgando de un aplique en el techo. Enfocó al suelo y descubrió que no podría moverse sin pisar libros abiertos o cristales rotos. Desplazó el foco de la linterna por la habitación hasta un sofá que estaba boca abajo y abierto, derramando espuma. A su lado, había un escritorio en el que faltaban los cajones. Arkady vio carpetas apiladas fuera de los archivadores. Los estantes estaban vacíos y había papeles sueltos por todas partes. Cajas de zapatos esparcidas contenían cintas de audio que se remontaban veinte años atrás según sus etiquetas. Los restos flotantes del naufragio de una periodista profesional.

Arkady avanzó a pasos largos y cautelosos hasta la cocina. Todo lo que había estado en un cajón o un armario se encontraba en el suelo. Los cuchillos brillaban a través de una mezcla de yogur, helado derretido y cereales de desayuno. Habían apartado tanto la nevera como la cocina económica. Dos boles para el perro, uno boca abajo. En el cuarto de baño, habían vaciado el botiquín en el lavabo. En el dormitorio habían cortado en filetes el colchón y habían tirado el armario al suelo.

Arkady cruzó hasta el balcón y abrió las puertas. Esa había sido la última visión de Tatiana, más inhóspita de lo que Arkady había anticipado, lejos de las torres de cristal de los millonarios. Incluso con las puertas cerradas, en el balcón solo había espacio para dos personas. Una placa en la barandilla decía: POR FAVOR NO PONGA OBJETOS EN LA CORNISA. Buena idea, pensó Arkady. En el rincón del balcón había un cenicero y un geranio marchito en una maceta.

Regresó a la sala, aplastando en el suelo una caja de zapatos llena de cintas de casete, y recogió una grabadora. Esperaba que no hubiera pilas. En cambio, oyó el tableteo de una ametralladora y la voz de una mujer dijo: «Ambos bandos tienen las mismas armas, porque nuestros soldados soviéticos han cambiado sus armas por vodka. Aquí en Afganistán, el vodka es el gran igualador.» Arkady probó otra cinta. «Las sirenas que se oyen son ambulancias llevando niños a un hospital que ya está sobrecargado de bajas, más de doscientas hasta ahora. Ahora está claro que no había plan de rescate. El primer ministro todavía no ha visitado la escena.» Y una tercera: «La bomba explotó en la hora punta del metro. Hay cadáveres y partes de cadáveres por todas partes. Estamos tratando de acercarnos, pero algunos túneles están tan llenos de humo negro que es imposible respirar o ver.» Historia acelerada.

Puso una nueva cinta. Al principio pensó que estaba en blanco y entonces escuchó la voz baja y suave de Tatiana. «La gente me pregunta si merece la pena.»

Una pausa, pero sabía que Tatiana estaba allí al otro lado de la cinta. Podía oírla respirar.

5

A la mañana siguiente, Arkady se sentía extrañamente bien. En parte se debía a la vicodina y en parte a la sensación de que había entrado en contacto directo con Tatiana Petrova y tenía una idea de por dónde empezar. Serguéi Obolenski había sido uno de los pocos hombres que habían ofrecido resistencia a las puertas del apartamento de Tatiana. También había sido el amigo más cercano de Tatiana en la revista *Ahora*.

—Es más bien *Ahora y entonces* —dijo Obolenski—. Retiramos el último número para poder repensar nuestra política sobre periodismo de investigación. Quizás hemos de poner un horóscopo en lugar de la investigación. Quizá solo imprimiremos horóscopos. No voy a hacer que el personal de la revista arriesgue sus vidas. Personalmente, he decidido que soy demasiado viejo para morir. Es muy simple cuando eres joven y no tienes familia ni obligaciones económicas. A mi edad, es un embrollo. Ningún artículo vale eso. —Obolenski se frotó los moretones en su cabeza afeitada—. No es nada comparado con un pulmón perforado. —Trajo una botella de vodka y dos vasos que sacó del cajón de un escritorio—. Normalmente, no bebo en medio de la jornada, pero como somos dos supervivientes de la batalla del Altavoz, hemos de brindar.

—¿Batalla? —Arkady pensó que era un poco exagerado.

Una pared de la oficina de Obolenski estaba cubierta de menciones de medios de comunicación y escuelas de periodismo del mundo entero. Dos fotografías eran de Obolenski y Tatiana Petrova recibiendo premios. Había un sofá de cuero desgastado; un ficus muerto acechaba en un rincón. El escritorio de Obolenski quedaba medio oculto por un ordenador y manuscritos y libros que inundaban los estantes. En total, más o menos el desorden que Arkady esperaba encontrar en la oficina del director de una revista.

—¿Qué ocurrió después de que Ania y yo nos marcháramos? —preguntó—. ¿Recuperaron las cámaras y los teléfonos móviles?

—Después de que el capitán confiscara todas las tarjetas de memoria. El capitán se lo pasó bien. Nos aconsejó no insistir con la paliza si no queríamos que repartieran en serio. ¿Repartir en serio? ¿Qué significa? ¿Qué queda después del asesinato? Entretanto, nos denunció por reunión ilegal y difamación de la presidencia. Ni una palabra sobre el ataque del que fuimos víctimas. Soy responsable de mi gente. No quiero su sangre en mis manos.

—¿Ha interpuesto una denuncia en la fiscalía?

—¿Para qué? Fiscales, investigadores, policía, son todos ladrones, con la excepción presente. —Solo dos vasos de vodka, y Obolenski se estaba emocionando—. Renko, usted y yo sabemos que nuestra manifestación era sobre algo más que Tatiana. Era sobre todos los periodistas que han sido atacados. Hay un modelo. Un periodista es asesinado; un sospechoso improbable es detenido, juzgado y declarado inocente. Y es el final, salvo que recibimos el mensaje. Pronto no habrá más noticias que sus noticias. Dicen que eso es mejor que una prensa libre, que es una prensa libre pero «responsable». —Llenó un vaso con torpeza y lo levantó—. Así que la nación sigue adelante, con los ojos vendados.

—¿Qué pasa con Tatiana?

—Tatiana era intrépida, independiente. En otras palabras, yo no podía pararla. Hacía lo que quería. Fue a Estados Unidos una vez por un gran premio humanitario, y de lo único que podía hablar al volver era de los adhesivos de los parachoques. Dijo que si tuviera un coche, llevaría un adhesivo que dijera: «Tanta corrupción, tan poco tiempo.» Creo que sabía que su tiempo se estaba acabando. ¿Por qué otro motivo viviría en un edificio al lado de *skinheads*?

—¿La atacaron alguna vez?

—No.

—¿Es posible que la respetaran?

—¿Por qué no? Son monstruos, pero también son humanos. Siempre estaba al lado de los desamparados. —Obolenski se encorvó para acercarse a Arkady—. La línea oficial es que Tatiana saltó y no habrá ninguna investigación. Así pues, ¿qué está haciendo? La guerra ha terminado.

—La gente no sabe nada de la manifestación —dijo Arkady.

—Ni lo sabrá. Las noticias de televisión de esa noche mostraron a Putin acariciando a un cachorro de tigre y a

Medvédev arreglando flores. De todos modos, Tatiana ha desaparecido otra vez.

—¿Otra vez?

—Primero estaba en el cajón equivocado. —Obolenski llenó otra vez los vasos. Hasta el borde—. Ahora ha desaparecido por completo.

—¿Qué quiere decir?

—No la encuentran. Dicen que han buscado en todas partes. Solo nos están jodiendo. Aparentemente, a las autoridades les preocupa que el lugar donde entierren a nuestra Tatiana se convierta en una especie de templo. Están haciendo malabarismos hasta que se les ocurra una respuesta.

—¿Por qué no incinerarla?

—Quizá lo han hecho, ¿quién sabe? Pero se supone que hay que preguntar a la familia antes.

—¿Tenía familia?

—Una hermana a la que nadie consigue localizar. Lo he intentado. Fui a su casa en Kaliningrado, porque si la hermana no la reclama u ocultan a Tatiana el tiempo suficiente, podría terminar en una fosa común. Una doble desaparición.

—¿Era reservada por naturaleza?

—Tenía vida privada. Desaparecía una semana y nunca decía dónde había estado. Una dama impredecible. Creo que el hecho de que fuera impredecible la mantenía con vida. Y nunca reveló sus fuentes, pero estábamos mirando las noticias y vio ese cadáver en la playa de Kaliningrado. Insistió en ir a la escena.

—¿Cómo se llamaba la víctima?

—No me lo dijo.

—¿De qué lo conocía?

—Según Tatiana, se conocieron en una feria del libro en Zúrich. Él era el intérprete de uno de los otros autores. Por supuesto, una vez que supo quién era ella, trató de impresionarla y le contó que tenía información confidencial sobre actividades criminales en Moscú y Kaliningrado. La policía ni siquiera hizo amago de investigar su muerte. Solo se llevaron el cadáver. Fueron los chicos de la playa los que encontraron su libreta entre las algas. Los demonios se la vendieron a Tatiana. Quinientos rublos por una libreta de enigmas. Ellos fueron los últimos en reír, porque es completamente inútil. —Obolenski abrió un cajón y sacó una libreta de espiral de periodista.

—¿Qué es?

—Tatiana decía que eran las notas del intérprete.

—¿Notas sobre qué?

—Dígamelo usted. Tatiana lo mantuvo en secreto. Iba a ser la cumbre de su carrera. Tatiana iba de camino a la santidad. En cambio, ahora viene la campaña de descrédito del Kremlin: pervertía a la juventud, era una agente occidental, una desvergonzada. Te echan barro encima al tiempo que te matan; así es como trabajan.

—¿Quiénes?

—Hay gente en el Kremlin que decide si un periodista está hurgando demasiado hondo o llegando demasiado lejos. Son gente a la que le gusta decir que solo un ataúd corrige una joroba.

—¿Dónde está el perro de Tatiana?

—¿*Polo*? Con Maxim, según tengo entendido. Renko, ¿cómo es que todavía suena como un investigador?

—La costumbre. —Arkady miró despreocupadamente por la oficina. Un cactus en el alféizar parecía marchito y derrotado—. ¿Qué ocurrió con el manuscrito de Tatiana?

—Desapareció. Iba a darme un primer borrador el día que murió. Lo único que tengo es su libreta.

—¿Puedo verla?

Obolenski rio.

—Eche un vistazo.

Arkady pasó la primera página. Segunda, tercera y su confusión fue en aumento. Eran dibujos. Flechas, cajas, lágrimas, un pez, un gato y más cosas, como si alguien hubiera volcado el contenido de una caja de tipógrafo y hubiera añadido símbolos gnósticos, signos de dólar, palos y, lo más inverosímil, Natalia Goncharova, el nombre de la mujer infiel por la que el poeta Pushkin perdió la vida.

—¿Qué significa? —preguntó Arkady.

—¿Quién sabe? —Obolenski recuperó la libreta y volvió a guardarla en el cajón—. Lo siento, la guardo para la periodista que he asignado a un artículo de seguimiento sobre Tatiana.

—Pensaba que después del ataque en la manifestación iban a dejar de causar problemas.

—Lo hemos hecho, lo hemos hecho. No obstante, tenemos a una periodista que está ansiosa por intentarlo. ¿Cómo iba a negárselo?

—¿Quién?

—Ania. Es su gran oportunidad, ¿no cree?

El coche de Arkady acababa de salir del taller, y ahora que lo había recuperado estaba nervioso como un padre. Cada vehículo pasaba a un milímetro de la piel de otro.

Otros conductores no establecían contacto visual ni mostraban la menor indulgencia.

Víktor se regodeó.

—Es como correr delante de los toros en Pamplona, pero a cámara lenta. Me alegro de volver a ver tu coche. Un poco machote para mi gusto, no sé si me explico.

—Ni idea.

—El problema es que el comisario dice que como la muerte de Tatiana Petrova fue claramente un suicidio no hay base para una investigación posterior. Eso significa que no hay declaraciones ni citaciones ni abogados. El cadáver ha desaparecido. El comisario me lo ha negado. Hemos superado con creces nuestra cuota de nada. ¿Adónde vamos?

—A ver a nuestra testigo.

—¿La vecina? ¿Svetlana?

—Te dije que oyó gritos.

—Vale, digamos que tienes permiso para una investigación (que no lo tienes, pero no importa), ¿ella vio algo? ¿Estaba bajo los efectos de alguna droga? ¿Puede jurar a qué hora fue? ¿Estaba con un cliente? Menudo testigo.

—Necesitamos más, estoy de acuerdo.

—¿Más?

—Deberíamos hablar con todos los colegas y amigos de Tatiana para comprender su estado de ánimo. Además, estaba investigando una muerte en Kaliningrado. Tenía una docena de batallas abiertas.

—Arkady...

—Y parece que ha paralizado un proyecto inmobiliario muy caro.

—Arkady, odio decir esto, pero el caso está cerrado.

La investigación ha terminado. No solo eso, sino que parece un suicidio. Llegó a casa sola, cerró la puerta y saltó por el balcón. Sola. No confiaba en nadie, y dadas las circunstancias tiene mucho sentido. Es como si toda la ciudad fuera a por ella. La empujaron a ello.

—Confió la llave del apartamento a su vecina.

—Una chiflada, por desgracia. Es hora de que vuelvas a ponerte en marcha, pero con un homicidio real. Sin cadáver no hay caso. Empezaremos despacio con asalto con agravante e iremos subiendo. O, en un nivel personal, ¿por qué no descubrir quién te pisó? He hecho algunas llamadas en relación con la manifestación mientras tú estabas en cama.

—¿Y?

—La mitad de la gente que dijiste que estaba en la manifestación niega haber estado allí. Las únicas dos personas que apoyan de verdad la acusación son Ania y Obolenski, pero eso vende revistas, ¿no?

—¿Qué pasa con Maxim Dal? Nos rescató.

—Ha desaparecido. Si se lo preguntas a cualquiera salvo a Ania, Obolenski y tú, no hubo manifestación. Es como ese viejo dicho sobre un árbol caído en el bosque; si nadie lo oyó, ¿hubo un sonido?

—¿Y si te cae encima?

Mientras subían despacio los seis pisos hasta el apartamento de Svetlana, Víktor resopló y dijo:

—Mira, te eché de menos de verdad mientras estabas en cama. Ahora ya no estoy tan seguro.

Había un recibo para el «ocupante» pegado a la puerta de Tatiana. Lo emitía la Sociedad Renacimiento de Curlandia por el contenido del apartamento, que podía ser recuperado en el plazo de un mes previo pago de una tarifa de almacenamiento. Después de treinta días, el contenido sería destruido.

La puerta se abrió nada más tocarla.

El apartamento de Tatiana estaba vacío. Muebles, aparatos electrónicos, se habían llevado hasta las alfombras. Libros, fotografía, música... no quedaba nada. Cada pisada resonaba en habitaciones convertidas en charcos de luz de última hora de la tarde y motas en movimiento.

—¿Sociedad Renacimiento? Suena bonito —dijo Arkady—. Pienso en Leonardo, Miguel Ángel, Bernini.

—Yo pienso en los Borgia —dijo Víktor—. Recapitulando, no tenemos testigo, no tenemos cadáver y ahora no tenemos escena del crimen.

—No te falta razón.

—Te diré lo que sí que tenemos. —Víktor olisqueó el aire al volver a salir al pasillo—. Gatos.

Había cinco gatos en el apartamento de Svetlana. No los habían alimentado ni habían cambiado el cajón de arena desde al menos un día y se reunieron en torno a Víktor mientras este vertía leche en un plato. Víktor, de manera harto extraña, era amante de los gatos. No admiraba los gatos peludos persas ni los exóticos siameses, sino los salvajes supervivientes de la calle. ¿Comían pájaros cantores? Que lo hicieran. El ave favorita de Víktor era el cuervo.

Svetlana se había ido. Como Arkady recordaba, acampaba en el apartamento más que vivir en él. No habría necesitado más de diez minutos para reunir todas sus pertenencias en una maleta. Los gatos maullaban y ronroneaban en torno al bol, con puntitos de leche en los bigotes.

Había seis gatos en su primera visita. Faltaba *Copo de Nieve*, el favorito de Svetlana. Se le ocurrió a Arkady que una mujer que se lleva a su gato no ha sido raptada. Había huido.

—Deja que te recuerde —dijo Víktor— que aunque las paredes estuvieran salpicadas de sangre, no tendrías autoridad para hacer nada hasta que el fiscal te asignara el caso. No lo has visto desde hace semanas.

—Bueno, lo he descuidado —reconoció Arkady.

Como Arkady no jugaba al golf, no sabía cuántos *swings* podía hacer un jugador para sacar una bola del *tee*. Los *swings* del fiscal Zurin solo se hacían más erráticos con cada intento.

—No ha de quedarse aquí como un buitre, Renko. Lo estaba haciendo perfectamente bien antes de que apareciera.

—¿No es así como funciona?

Así que ese era el famoso club de golf del fiscal. El funcionamiento era sencillo: una jaula abierta por delante y trozos de hierba artificial entre un concesionario de coches y un circuito de *paintball*. El campo estaba iluminado y había señales que marcaban la distancia desde el *tee*: «100 metros», «150», «200». Para Zurin era casi como si dijeran «Marte», «Saturno», «Júpiter». El problema era que parecía un jugador de golf de verdad; alto, moreno y con el cabello plateado. Igual que parecía un fiscal de verdad.

—¿Ha probado el *paintball*? —preguntó Arkady.

—Al grano, ¿qué quiere?

—Quiero informarle de que he vuelto al trabajo.

—Tiene una semana más de baja médica.

—Ya he descansado suficiente. He tratado de localizarle por teléfono. Le he dejado mensajes.

Zurin miró en dirección a Víktor y el Niva.

—Puede pasar por la oficina y recoger su correo, pero no tengo ningún caso para investigar. Todos los demás están en un equipo. No puedo romper equipos. La verdad es que no hay nada para usted en este momento.

—Encontraré algo.

—¿Como qué?

—Un cadáver del depósito. Parece que lo han extraviado.

—¿Homicidio?

—Suicidio —lo tranquilizó Arkady.

Vio que Zurin repasaba mentalmente las noticias, inseguro de si se trataba de un regalo del cielo o una trampa.

—¿Sabe?, cuando se mete en manifestaciones radicales y peleas callejeras, se refleja en toda la oficina. Somos rehenes suyos. Sus colegas están hartos del melodrama de su vida. Encontrar el cadáver de un caso de suicidio no va a cambiar nada, ¿no? Los muertos, muertos están. —La atención del fiscal flaqueó al sentir la llamada del *tee*. Le quedaba medio cubo de bolas—. Si quiere perseguir un cadáver, adelante. Es su estilo, un gesto completamente inútil. Pero, por favor, al menos fiche en la oficina como si trabajara allí.

Arkady pensó que solo podían ocurrirle cosas malas cuando iba a la oficina. Había sido Plutón, un bulto de hielo en el espacio exterior, satisfecho en su oscuridad. Sin embargo, bastó dar un paso en la oficina para encontrarse con toda la fuerza de la gravedad. Memorandos, notas y recordatorios se apilaban en su escritorio y la doctora Kórsakova estaba esperando en un sillón con radiografías en su regazo.

—Qué placer —dijo Arkady.

—Y también una sorpresa, estoy segura. Aparentemente es un fantasma o ha estado evitándome.

—Nunca.

Quería ofrecerle té, pero su tetera eléctrica había desaparecido. Kórsakova había tratado a Arkady por una herida de bala, una herida en el cerebro que debería haberle matado y lo habría hecho si la bala no hubiera sido una reliquia degradada por el tiempo. En lugar de abrir una vía en la cabeza de Arkady, varios fragmentos habían quedado alojados entre el cráneo y la corteza cerebral, y habían causado una hemorragia suficiente para justificar un drenaje y abrirle el cráneo. Desde entonces, la doctora se interesaba por la salud de Arkady.

—Bueno, aquí estamos, le ofrecería té y algo para comer, pero el armarito parece vacío.

—No todo el mundo al que disparan en la cabeza tiene una segunda oportunidad. Debería apreciar eso. ¿Recuerda sus dolores de cabeza?

El término médico era síndrome de vasoconstricción cerebral reversible, un aullido repentino en medio de la noche que marcaba el inicio de una hemorragia cerebral. Arkady lo recordaba.

—Con cautela —dijo la doctora Kórsakova— puede que no haya nada por lo que alarmarse. ¿Está prestando atención?

—Estoy fascinado. Me ha dicho que no me preocupe, que probablemente no ocurrirá nada.

Ella se levantó para sacar las radiografías y reordenó el escritorio de Arkady de manera que la lámpara quedó mirando hacia arriba.

—¿No le importa?

—En absoluto.

—Hace seis meses. —Sostuvo una radiografía sobre la luz y luego una segunda sobre la primera—. Hace una semana.

Las radiografías se fundían en un único cráneo luminoso, similar en todos los detalles, salvo por una manchita blanca marcada con un círculo en cada placa.

—Algo se ha...

—Movido —dijo la doctora Kórsakova—. Nunca sabemos cuándo una partícula así se desplazará o en qué dirección lo hará. Aparece metralla en veteranos de guerra después de cincuenta años. Sabemos que la violencia no ayuda. ¿Lo tuvo en cuenta cuando se unió a la manifestación por Tatiana Petrova?

—Era una reunión pública.

—Era una manifestación y para usted podría haber resultado fatal. Nadie sabe qué dirección podría tomar esa partícula. Ahora mismo, los fragmentos se dirigen al lóbulo frontal. Podría experimentar confusión, náuseas, cambios de personalidad.

—Puedo vivir con eso. Quién sabe, puede que sea para mejor. —Abrió con rapidez los cajones hasta que encontró un cenicero y un paquete de cigarrillos.

La doctora Kórsakova se levantó de repente.

—¿También va a fumar?

—Mientras pueda, como un carretero.

6

Cuando Arkady y Ania se sentaron a desayunar, el pan era fresco, el café estaba caliente y ella quería saber por qué él estaba estropeando una mañana perfecta yendo a reunirse con Maxim Dal nada menos que en una iglesia.

—¿Esperas una confesión? Y después ¿vais a sentaros los dos con una bufanda y una taza de té y vais a recordar los porrazos de los antidisturbios?

—No, para eso está el vodka. La iglesia fue idea de Maxim. Además, podría saber algo sobre la muerte de Tatiana que nos ayudaría.

—¿Exactamente qué estás buscando? ¿Cuál es el caso?

—El cuerpo de Tatiana ha desaparecido. Lo estoy buscando.

—¿Un investigador jefe buscando cajones en el depósito? ¿Sabes lo patético que suena?

Sonó el teléfono de Arkady.

—¿Quién es?

—Zhenia.

Miró el teléfono y lo apagó. Tenía que prepararse para

una conversación con el chico más truculento sobre la faz de la tierra, así que se paralizó como de costumbre. Entre Ania y Zhenia, no creía que pudiera librar una batalla en dos frentes al mismo tiempo.

—¿Hay algún testigo además de la chica de los gatos? —preguntó Ania—. Si no recuerdo mal, los edificios que rodean al de Tatiana están vacíos.

—Casi. Nunca se sabe cuándo puede aparecer alguien, pero hay que ir puerta por puerta. No tengo suficientes hombres para hacer eso, y aunque los tuviera...

—Nadie hablaría con la policía.

—Bueno, después de la última semana ¿quién puede culparles? ¿Y el director, Obolenski? ¿Lo has visto? Creo que fue bastante valiente cuando atacaron los antidisturbios. ¿No crees que estuvo valiente?

—Mucho.

—¿Va a mantener la revista?

—Por supuesto.

—Siempre que tenga quien escriba.

—Sí. ¿Por qué ese interés repentino en Serguéi Obolenski?

Arkady se apresuró un poco, como un patinador a punto de acercarse al hielo quebradizo.

—Fui a verlo.

—¿A su oficina?

—Sé que te dio las notas finales que tenía Tatiana para escribir un artículo glorioso. También podrían ser las notas por las que murió.

—¿Cuándo ibas a hablarme de esa visita?

—¿Cuándo ibas tú a hablarme del artículo?

Arkady pensó que las dos preguntas tenían igual peso,

pero ella no hizo caso de esa lógica. Al instante, el pan estaba duro, y el café, frío. Arkady nunca había sido bueno discutiendo con mujeres: se aprovechaban de pozos de resentimiento relacionados con desaires que habían estado macerándose durante años.

—¿Tienes idea de lo irrespetuoso que es eso? —preguntó Ania—. ¿Tienes idea de cuánto tiempo he necesitado para que me aceptaran como reportera? ¿O lo humillante que es que te salve un héroe de la fiscalía? ¿Y ahora quieres que renuncie al artículo más importante de mi vida?

—Solo quería decir que las notas de Tatiana podrían contener información que le costó la vida y que podría ser sensato dejar que Víktor y yo las viéramos antes.

—Serguéi me dio las notas con la condición de que no las compartiera con nadie.

—Al menos dime si había alguna mención de Grisha Grigorenko.

—No puedo decírtelo.

—O de Kaliningrado.

—¿Por qué Kaliningrado?

—No deja de aparecer. No me cabe duda de que Serguéi Obolenski es una gran director, pero cabe la posibilidad de que sea también, digamos, creativo a costa de sus autores.

Ania se apartó de la mesa.

—Puedo cuidarme sola.

—¿Como en la manifestación?

—Quizá, pero lo decido yo. No tiene nada que ver contigo. Mira, Arkady, si querías estar más implicado en mi vida, tuviste tu oportunidad.

Eso, pensó Arkady, silenciaría a cualquier hombre.

La catedral de Cristo Redentor era una copia de una iglesia demolida por Stalin para dejar sitio a una estatua de Lenin señalando al futuro, solo que la estatua nunca se erigió y el futuro soviético nunca llegó. La nueva catedral era una construcción blanca con cúpulas doradas en forma de cebolla. Grisha Grigorenko había contribuido a costear una cúpula y había cobrado su inversión con un funeral digno de la realeza.

Arkady prefería iglesias desvencijadas y llenas de humo, con sacerdotes encorvados cuyas barbas tocaban el suelo. Las abuelas visitaban las capillas de sus santos favoritos, poniéndose de puntillas para besar los libros e iconos amados. Compraban velas finas por 1, 5 o 10 rublos según la longitud. Arkady pensó que si encendía una vela por cada persona a la que Grisha había hecho daño ardería la catedral.

Comprendía por qué Maxim eligió reunirse en la catedral; era uno de los pocos lugares que ofrecía una vista de 360 grados de la ciudad. En otras palabras, uno podía ver quién se acercaba. Gitanas daban el pecho en la puerta. Mendigos pedían caridad. Los turistas estaban inmovilizados por sus guías mientras las abuelas pasaban a su lado con los pies envueltos con trapos de limpiar. Iconos de santos, profetas y apóstoles cubrían las paredes, todos en marcos dorados, hasta los más pobres. La mayoría de las figuras ofrecía una bendición lánguida y su falta de profundidad daba al visitante la impresión de estar en un castillo de naipes.

—Santa Pelagia. Una de mis mártires favoritas —dijo Maxim. El poeta señaló con la cabeza al icono de una chica estoicamente en llamas—. La martirizaron quemándola en un toro de cobre al rojo vivo. Debería ser la santa patrona de los cocineros.

—Da la impresión de que conoce a los santos íntimamente —dijo Arkady.

—Y a los pecadores. Conocía a su padre. Menudo hijo de perra era.

Arkady no podía estar en desacuerdo. Su padre había sido un oficial del ejército que nunca se había adaptado a los tiempos de paz. También era la última persona de la que Arkady quería hablar.

Maxim continuó caminando junto a la pared.

—Este es otro de mis favoritos. San Fanorio. Primero lo apedrearon, luego lo flagelaron y lo pusieron en el potro, lo aplastaron y lo quemaron con carbón. Se parece a usted.

—Espero que no.

—Debería mirarse bien de vez en cuando.

Maxim también merecía más de una mirada. De niño, Arkady había devorado historias de aventuras ambientadas en el Salvaje Oeste. Que los autores nunca hubieran estado en América no le molestaba en lo más mínimo y Maxim, con sus ojos estrechos, chaqueta de gamuza y cola de caballo tenía un encanto lobuno. Dos de las mujeres que limpiaban el suelo lo miraron y murmuraron tapándose la boca como adolescentes.

—Esto es un poco público —dijo Arkady.

—Oh, nadie presta atención. Están todos en su propio mundo, sumidos en sus profundos pensamientos religiosos. La iglesia es un teléfono estropeado; pero la gente es más lista, levanta el teléfono y escucha. ¿Ha estado escuchando?

Arkady se preguntó si Maxim estaba refiriéndose a las cintas de Tatiana que había estado escuchando hasta bien entrada la noche hasta que Maxim añadió:

—La acústica de una iglesia como esta puede llevar susurros por el aire.

—Es muy poético. ¿De qué quiere hablar?

—Mire los murales de aquí. Todos esos pliegues; Botticelli con una toalla de playa. Tengo entendido que estuvo en el funeral de Grisha Grigorenko.

—Sí.

—Eso fue antes de la manifestación por Tatiana Petrova.

—Fue un día de mucho trabajo.

—¿Recuerda dónde lo rescaté?

—Lo recuerdo y se lo agradezco otra vez.

Un grupo de turistas chinos entró en tropel en la iglesia y generaron ecos. Hombres y mujeres, todos mostraban el mismo entusiasmo y todos llevaban los mismos sombreros de fieltro.

—¿Han encontrado el cadáver? —preguntó Maxim.

—No que yo sepa.

—Obolenski me llamó para preguntarme si podía escribir un poema sobre la policía y la manifestación. Como estaba allí, perfectamente situado. Serendipia, podría decirse.

—¿Para su revista?

—Para un número especial de *Ahora* sobre Tatiana Petrova. Tengo entendido que su amiga Ania contribuirá con un artículo basado en las notas que consiguió Tatiana.

—¿A quién más se lo ha contado Obolenski?

—A nadie. ¿Qué dicen las notas?

—No lo sé.

—Pero las ha visto.

—Un momento. Y aunque lo supiera ¿por qué iba a decírselo?

—Está en deuda conmigo.

—¿Qué posible interés tiene en las notas de Tatiana?

—Me interesa todo de Tatiana.

—¿Por qué?

—Porque estuve enamorado de ella.

El Zil estaba anticuado, pero tenía estilo. Un chasis plateado con destellos cromados, muchos cromados. Dos faros que significaban una actitud vigilante, tapicería de cuero que ofrecía comodidad, alerones que prometían velocidad. La transmisión de botones le daba un toque futurista.

—Fabricaron un total de diez Zil en mil novecientos cincuenta y ocho. Por supuesto, traga gasolina como un borracho, pero un hombre que deja que la culpa arruine el placer es el alfiletero del destino. Adelante, usted conduce.

Fue una experiencia rara. Cuando Arkady se metió en el tráfico de Bulvárnoye Koltsó, otros coches —Mercedes, Porsche y sobre todo Lada— se apartaron.

—Se causa impresión en un coche como este —dijo Arkady.

—Esa es la idea.

El Zil también proporcionaba intimidad. Con las ventanillas subidas, lo único que oía Arkady era el susurro del aire acondicionado.

—¿Usted y Tatiana? No se ofenda, pero parece, en términos de personalidad, una pareja extraña. Por no mencionar el hecho de que usted era treinta años mayor.

—Lo sé. Nadie lo sabe mejor que yo.

—¿Dónde?

—En Sochi. En el Festival Cultural del Mar Negro. Yo estaba recitando poemas. Tatiana era estudiante de vacaciones con amigos. Ellos se fueron pronto, pero Tatiana se quedó. Algunos tipos que estaban drogados trataron de atracarla. Yo los ahuyenté. La invité a una copa, ella me invitó a mí. Una cosa llevó a la otra. Cuando terminó el festival, estábamos completamente enamorados. Para siempre.

»En Moscú todo cambió. Todo el mundo la necesitaba. Estaba implicada en todas las causas. Palestinos, africanos, cubanos. Rusos también, no podemos olvidar la reforma en Rusia. Yo me estaba ahogando y ella estaba en su salsa. Los dos lo sabíamos. Al final, no creo ni que se diera cuenta de que me había ido. Como dice el refrán: "La cabeza blanca y el seso por venir."

Pasaron junto a galerías de arte y floristerías en Bulvárnoye Koltsó. Maxim lio un cigarrillo. Arkady rechazó la invitación. Cada vez más, el poeta le recordaba un hombre de montaña comprobando sus trampas.

—¿Por qué quiere las notas? ¿Cree que aparece en ellas? Da la impresión de que han pasado años desde la última vez que usted y Tatiana se vieron. ¿Por qué iba a escribir sobre usted?

—Hace años, luego me la encontré hace un mes. Y un par de veces después de eso. Cabe la posibilidad de que me mencione.

—Y en ese caso, ¿qué?

—Razones personales.

—Eso no basta.

—De acuerdo. Van a darme un premio en Estados Unidos. Un premio al trabajo de toda una vida.

—¿Qué significa eso?

—Básicamente que sigues vivo. Los muertos no participan. Los criterios en Estados Unidos son bajos.

—Entonces, ¿por qué hacerlo?

—El premio conlleva dinero.

—Aun así.

—Cincuenta mil dólares.

—Ah.

—Si los americanos se enteran de que estoy implicado de algún modo en un caso de asesinato puedo despedirme del premio.

—La persona con la que debería hablar es Obolenski. Es el hombre que tiene las notas.

—¿Obolenski? Cuando las ranas críen pelo. No, estoy hablando de su amiga Ania. Tengo entendido que ella tiene las notas. Le dejaría verlas.

—Lo dudo. Ni siquiera sé si todavía me habla.

—Les he visto juntos. Ella ha nacido para hablar con usted, como gotas de agua que caen de una roca. Gotean, gotean, gotean. Hacen un agujero hasta que hay espacio para la dinamita.

Habían dado una vuelta para volver al Niva de Arkady, que se hizo más pequeño en comparación con el Zil.

—Un coche fantástico —dijo Arkady.

—Y a prueba de balas. Está usted en la compañía ilustre de presidentes, déspotas y héroes cosmonautas que han hecho desfiles. —Maxim le entregó a Arkady una tarjeta de visita con la dirección y el número de teléfono tachados y un nuevo número escrito encima—. Sería aún mejor conseguir una copia de las notas.

—Con la aprobación de Ania.

—Como quiera hacerlo —dijo Maxim.

Cuando Arkady conoció a Zhenia, el chico estaba a las puertas de un albergue infantil, pasando frío. Tenía ocho años, era raquítico como un niño que empuja vagonetas en una mina de carbón y prácticamente mudo. A los diecisiete, Zhenia parecía simplemente una versión mayor de sí mismo. Era el patito feo que no se convertía en cisne y retraído hasta el punto de desaparecer. Salvo en ajedrez. En los confines de un tablero mandaba y humillaba a jugadores cuyo rango era muy superior, porque él prefería el dinero a los trofeos en los torneos.

Arkady encontró a Zhenia en una tienda de reparación de ordenadores, a una manzana del Arbat. Había tres técnicos trabajando, cada uno de ellos rodeado de bandejas de plástico llenas de diodos de color de caramelo, herramientas en miniatura y lámparas flexibles. Todos ellos llevaban cascos que los conectaban a sus mundos separados. La especialidad de Zhenia era la mejora de audio. No música, solo sonido. El humo de un narguile flotaba en el aire.

El primer hombre que reparó en Arkady se sobresaltó.

Zhenia se quitó los casos.

—No pasa nada. Viene a verme. —A Arkady le dijo—: ¿Qué estás haciendo aquí?

—¿Aquí? Llamaste y dejaste un mensaje. —Arkady

siempre se sentía a la defensiva con Zhenia—. Además, quería darte las gracias por la pieza de ajedrez de chocolate que me trajiste cuando estaba en cama. Debería habértelo agradecido antes.

—No tenía tarjeta.

—No importa. Como era una pieza de ajedrez, lo adiviné.

—Sí. —Zhenia se aclaró la garganta—. Hablando de ajedrez, he tomado unas decisiones. No creo que el ajedrez me vaya a servir. Chanchullo o competición, no hay dinero, no hay dinero de verdad.

—¿Y los ordenadores?

—¿Piratear?

—Prueba con algo legal.

—No quiero un trabajo de escritorio. He estado sentado toda mi vida. Llevo desde los cinco años jugando al ajedrez. Quiero decir que he de encontrar un camino diferente. No este lugar.

—¿Y entonces? —Era una conversación con esperanza, real.

—Necesito tu ayuda.

Arkady iba muy por delante. Ya se estaba imaginando a qué universidad o instituto técnico podría presentarse Zhenia. Cómo usar la influencia que tenía.

—Lo que necesites, basta con que me lo digas.

—Genial. —Zhenia hurgó en su mochila y le presentó una carta doblada.

—¿Qué es esto?

—Léelo.

Arkady hojeó la carta. Sabía lo que era.

—Permiso parental —dijo Zhenia—. Soy menor de

edad y tú eres lo más parecido que tengo a un padre. Me voy a alistar en el ejército.

—No.

—Puedo esperar siete meses y hacerlo yo mismo, pero ahora estoy preparado.

—No.

—¿No crees que sería un buen soldado?

Arkady pensó que Zhenia sería un buen saco de boxeo para los soldados.

—No es eso.

—Tú estuviste en el ejército. Tu padre fue general. He leído sobre él. Era un asesino.

—Ahora es un ejército diferente.

—¿Crees que no podré soportar las novatadas?

Arkady pensó que se trataba de algo más que novatadas. Era un sistema de brutalización en manos de suboficiales y oficiales borrachos. Eran palizas diarias con puños y sillas, que te dejaban desnudo a la intemperie en un clima gélido, y conseguían la eliminación del menor signo de inteligencia. Se trataba de un sistema que producía soldados que desaparecían, que se ahorcaban con sus cinturones o cambiaban armas por vodka.

—Dentro de siete meses...

—Ojalá estuviera aquí tu padre —dijo Zhenia—. Él me dejaría alistarme.

—Bueno, no está aquí. Está paleando carbón en el infierno. No voy a firmar nada.

Arkady trató de permanecer calmado y ser razonable, pero no sonó de ese modo, ni siquiera a sí mismo. Sonó enfadado y frustrado. Oír a su padre invocado como modelo a imitar fue la gota que colmó el vaso.

—Nunca te he pedido nada —dijo Zhenia—. Siempre me dices que quieres ayudar, pero la primera vez que te pido algo me dices que no.

Arkady buscó algo que golpear, aunque cualquier teatralidad lo habría hecho parecer ridículo. No era el padre de Zhenia, y esa era la cuestión, le tomaba el pelo por cuidarlo. ¿Para qué?, pensó Arkady. Si metes una serpiente en un tarro, nueve años después sigue siendo una serpiente. Zhenia merecía estar en el ejército. De todos modos, Arkady hizo una bola con la carta y la tiró a la papelera.

—Puedes hacerlo mejor.

—Como si fueras un ejemplo —dijo Zhenia—. Al menos el general era alguien.

El recuerdo era un fragmento de película que se repetía una y otra vez, en cada ocasión de forma un poco diferente hasta que los fotogramas se superponían. Arkady, furioso con Zhenia, recordó una historia de su propio padre sentado ante un tablero de ajedrez, bromeando, simulando que un vaso de vodka era una pieza. El oponente del general era un oficial de las SS capturado; no era un mal jugador, pero no estaba familiarizado con los efectos del vodka. Cuando perdió ya había perdido toda coherencia y el general lo dejó colgado de la horca hasta que su cuello se estiró como un chicle.

7

Al llevar a Víktor al apartamento de Tatiana, Arkady pasó por el escrutinio de los *skinheads*.

—¿A lo mejor necesitáis ayuda?

—Qué va —dijo Víktor—. Estoy buscando a mi gatito, *Copo de Nieve*, visto por última vez en compañía de una mujer de unos veinte años, de cabello corto teñido de rubio y que probablemente llevaba un maletín rojo.

—Eso es muy sentimental.

—Es la naturaleza humana —dijo Víktor—. Gente que no delataría a Jack *el Destripador* tiene debilidad por las mascotas. Gente de gatos, sobre todo.

—¿No tienes gatos?

—Tres, pero son gatos callejeros.

—¿Salvajes?

—Libres.

Arkady miró a su alrededor al acercarse al edificio de Tatiana. Era la primera vez que veía el callejón a la luz del día, y se dio cuenta de que en el pasado debía de haber sido un barrio agradable con bancos para los ancianos y columpios para los niños, con familias en lugar de fantasmas.

—Al otro lado de la valla de atrás hay una obra donde les gusta acampar a los *skinheads*.

—Es bueno saberlo —dijo Víktor.

—Svetlana es lo más parecido que tenemos a un testigo.

—Lo sé, lo sé. Nos vemos en la Guarida. —La Guarida era un restaurante situado en la parte de atrás de la comisaría.

—¿Seguro?

—Estoy preparado —dijo Víktor, y agitó su gabardina para que Arkady oyera las latas de gaseosa que llevaba en los bolsillos.

Los rayos atravesaban las nubes, como en la vida personal de Arkady. Prefería mantenerse ocupado y no pensar en Ania o Zhenia, de ahí que intentara localizar a la hermana de Tatiana por teléfono. Su número tenía el código de área 4012. Kaliningrado. No hubo respuesta ni contestador automático.

Pasó junto a «apeaderos»: los pasos subterráneos, albergues de autobús y paradas de camión donde se reunían las prostitutas. No eran las modelos exóticas que cruzaban las piernas en los vestíbulos lujosos de buenos hoteles y conseguían sus clientes mediante el teléfono móvil. Estas eran chicas menores de edad y mal alimentadas, envueltas en abrigos finos para protegerse del frío. En cada apeadero que visitaba, ellas se acercaban a su coche para preguntarle por sus necesidades mientras un macarra rondaba con ansiedad. Nadie recordaba a una chica delgada y un gato blanco.

Por si se daba el caso de que hubieran trasladado el cuerpo de Tatiana, Arkady buscó en diversos depósitos de cadáveres, dando la vuelta a los difuntos, examinando las etiquetas en el dedo gordo del pie y la apariencia, que en general no era buena. Había catorce depósitos de cadáveres en Moscú, algunos tan limpios como cocinas de exposición, otros mataderos con carros de sierras y cinceles ensangrentados. Arkady cayó en una especie de estado de fuga disociativa, observando con mirada fría y profesional, estando allí y no estando.

Al final, se encontró en una sala de vela con unas pocas sillas plegadas y un jarrón de lilas artificiales. Había un cadáver a la vista, un general con uniforme del ejército. El uniforme había mantenido la talla, pero el general se había encogido. Su rostro, hundido y paliducho, estaba casi oculto entre su gorra y un pecho lleno de medallas: orden de Lenin, campañas en Stalingrado y Besarabia, una cinta por la caída de Berlín. La única persona que lo velaba era una chica adolescente que escuchaba su iPod, ajena a la muerte, lo cual, pensó Arkady, probablemente era la mejor opción.

Al cruzar el río por el muelle del Kremlin, Arkady divisó el superyate de Grisha Grigorenko, el *Natalia Groncharova*, anclado en medio del cauce. El *Natalia* era blanco como un cisne, un buque que inspiraba envidia y ambición, con tres cubiertas, ventanas panorámicas, solárium, pista de baile y motos acuáticas a popa. Vio figuras moviéndose, haciendo lo que hace la tripulación de un superyate: puliendo bronce, ajustando el radar, llevando a pasajeros de un lado a otro. Arkady pensó que había un aire de indecisión. El rey estaba muerto y había que ungir al nuevo rey.

En ocasiones, costaba saber dónde terminaba el crimen y empezaba el castigo. La comisaría central de la policía se hallaba en una casa de la calle Petrovka con un busto de Dzerzhinski, el lobuno fundador del terror revolucionario, que vigilaba unos planteles de petunias. En los días embriagadores de la democracia, ese símbolo del terror había sido bajado de su pedestal, pero, después de años en el exilio, el busto había regresado a su posición privilegiada.

Detrás de la comisaría central se extendía un complejo de calabozos, laboratorios y balística. Los coches de policía azules y blancos, sobre todo Skoda y Ford, estaban aparcados sin orden ni concierto. Los testigos se reunían a fumar un cigarrillo junto a la oficina del fiscal del distrito. Justo al otro lado de la calle, en un sótano, estaba la Guarida, un restaurante popular a ambos lados de la ley. La gente entraba y salía del tribunal para tomar una copa, echar un cigarrillo o cruzar unas palabras con un abogado o un cómplice. De vez en cuando, los clientes se fijaban en los cumulonimbos y se trasladaban al interior del restaurante, donde la atmósfera estaba azulada de humo. Las paredes estaban decoradas con fotos firmadas por estrellas de hockey sobre hielo y de fútbol, y postales de bailarinas del vientre. La música de Oriente Próximo sonaba de manera distraída entre el olor a *kebab*. Víktor todavía no había llegado, sin embargo, a través de la niebla, Arkady vio a Ania en una mesa del rincón, tomando champán con Alexéi Grigorenko. Habría apostado a que el hijo de Grisha no sobreviviría una semana en Moscú, pero allí estaba casi convertido en una celebridad, codeándose con la prensa. Arkady sabía que debía esperar a Víktor en la calle, simplemente evitar la escena, pero se vio irresistiblemente atraído a la mesa de Alexéi y, cuando un guardaespaldas se interpuso para interceptarlo, Alexéi le hizo un gesto para que lo dejara pasar.

—Está bien —dijo Alexéi—. Conozco al investigador Renko. Incluso asistió al funeral de mi padre.

—¿Qué se celebra hoy? —preguntó Arkady.

—Dos de los amigos de Alexéi han sido declarados inocentes de asesinato —dijo Ania.

—¿Inocente como un bebé o inocente como un juez comprado?

—El juez ha dictado que no hay suficientes pruebas para encerrarlos —dijo Alexéi.

—Los jueces salen caros —le contó Arkady a Ania—. Deberían poner un cajero automático y eliminar al mediador.

Alexéi concedió una sonrisa a Arkady.

—El mediador, por supuesto, sería el abogado.

Alexéi no era un mafioso típico. Lucía un bronceado de aspecto saludable, pelo engominado y un traje a medida que llevaba con naturalidad. La clase de hombre, pensó Arkady, que pertenecía a un club deportivo y podía nadar más de cincuenta metros sin hundirse. Se inclinó hacia delante con seguridad.

—¿Qué buscas, Renko? He oído que ahora vas detrás de cadáveres desaparecidos. ¿Esperas que aparezcan aquí?

—Nunca se sabe. El mes pasado mataron a un hombre en esta misma mesa. ¿Era amigo tuyo?

—Lo conocía.

—¿También era de Kaliningrado?

—Creo que sí.

—Toda esta gente de Kaliningrado. Quizás es una cuestión de perspectiva. Una vez leí una historia de un hombre que se enamoró de una pelirroja de una sola pierna y a partir de entonces veía pelirrojas de una sola pierna por todas partes.

—Te pediríamos que te unieras a nosotros, pero sabemos que estás ocupado persiguiendo fantasmas.

Arkady acercó una silla.

—No, no, tengo todo el tiempo del mundo, es lo que tienen los fantasmas. Siempre están ahí.

A una señal de Alexéi, un camarero trajo otra copa. ¡Qué servicio! Arkady pensó que estaba bien ser jefe de la mafia, hasta el momento en que te pegaban un tiro.

Estaba interesado en el papel que desempeñaba Ania en ese encuentro. Se fijó en el collar de ámbar color miel que llevaba.

—Muy bonito.

—Es un regalo de Alexéi.

—Míralo de cerca —dijo Alexéi—. En la pieza central verás un mosquito atrapado hace sesenta mil años.

—Desde antes de que tú fueras investigador. —Ania echó el humo hacia Arkady.

La periodista seria que Ania aparentaba ser había sido sustituida por Ania la chica del mafioso. Lo que Arkady no comprendía era por qué Ania estaba perdiendo el tiempo con un aspirante a jefe de la mafia como Alexéi

cuando se suponía que tenía que escribir un artículo tras-
cendental sobre Tatiana.

—Tú y Ania sois viejos amigos —dijo Alexéi.

—Nuestros caminos se han cruzado.

—Eso me ha contado Ania. —La sonrisa de Alexéi fue
como un gancho en la boca—. ¿Es verdad que no llevas
ningún arma de fuego? ¿Por qué razón?

—Por pereza.

—No lo creo.

—Bueno, cuando la llevo casi nunca la uso. Y te hace
estúpido. Dejas de pensar en las opciones. La pistola no
quiere opciones.

—Pero te han disparado.

—Es el inconveniente.

—¡Salud! —dijo Ania.

Bebieron, escucharon un trueno y se sirvieron más,
como si fueran viejos amigos reunidos ante una tormenta.
Un camarero se acercó con los menús.

—La verdad es que nunca he comido aquí. ¿Recomen-
daciones? —le preguntó Alexéi a Arkady.

—Espero a mi compañero, el detective Orlov. Es
un sibarita. Bueno, Alexéi, ¿quién crees que mató a tu
padre?

—Eres muy rudo para ser un hombre desarmado.

—Solo me estoy preguntando cómo esperas asumir
los diversos intereses profesionales de tu padre.

—Pondré las cosas en un entorno profesional genui-
no. Este país se dirige como un bazar árabe. Ha de haber
reglas y normas. ¿Cómo puede haber inversión cuando no hay futuro? ¿Y cómo puede haber un futuro cuando
no hay sinceridad?

—Alexéi tiene planes —dijo Ania.

—Mi padre era un gran hombre, no te equivoques, pero carecía de estrategia profesional, de un plan general. Yo corregiré eso.

—Pero ¿primero una pequeña venganza?

Alexéi tamborileó suavemente con los dedos en la mesa.

—Tu amigo está de broma —le dijo a Ania.

—Estoy de broma —dijo Arkady.

—Porque estás celoso —dijo Alexéi—. Ves a tu hermosa mujer conmigo y te pones celoso. *Cherchez la femme*, ¿verdad?

—Está buscando a una *femme* diferente —dijo Ania—. Alguien que perdió.

—¿Alguien que conozca?

—Tatiana Petrova.

—¿La periodista? Oí que saltó por la ventana.

—Arkady tiene sospechas oscuras —dijo Ania—. ¿Conocías a Tatiana?

—Lo único que sé es que escribió muchas mentiras sobre mi padre. Probablemente recibió lo que merecía.

—Entonces tú tampoco crees que fuera suicidio —dijo Arkady.

—No he dicho eso.

—Por supuesto que no.

—No pongas esas palabras en mi boca.

—No se me ocurriría. —Arkady se levantó.

Decidió que ya no quería ser un aguafiestas. Ania tenía que jugar su propio juego. Quizá tenía algo que ver con casarse con un millonario.

Además, Víktor había llegado con una recomendación.

—Prueba la sopa. Creo que la revuelven con una fregona.

El coche de Víktor estaba aparcado con dos ruedas sobre la acera, a las puertas del tribunal. En el asiento de atrás había una caja de cartón que se balanceaba y maullaba.

—No la abras —dijo Víktor, y le mostró a Arkady los arañazos sanguinolentos en las manos.

—¿*Copo de Nieve*?

—*Copo de Nieve*.

La caja estaba abierta solo lo suficiente para que asomara un ojo verde enfurecido.

—¿Es blanco? —preguntó Arkady.

—Créeme.

—¿Lo encontraste cuidado por alguna dulce anciana?

Víktor se apoyó en el coche.

—Más bien no. Encontré a *Copo de Nieve* en los brazos de un *skinhead* llamado Conan en el solar en construcción de al lado del edificio de Svetlana. Aparentemente, tenían una relación. Un *skinhead* y una prostituta, ¿puede llegar más lejos el amor? Dejó a *Copo de Nieve* a su cuidado porque se iba a casa.

En la caja, el ojo verde retrocedió, sustituido por un zarpazo.

—¿Dónde está su casa?

—En Kaliningrado. Nada más específico.

—¿Tienes una identificación real de él?

—No.

—¿Qué aspecto tiene?

—Como Conan. Muchas horas en la sala de pesas, camiseta de cuero, abdominales en los que podrías abrir almejas. Muchos tatuajes, pero nazis, no de la mafia. Le prometí que encontraría un hogar lleno de ratones para *Copo de Nieve*.

—¿Por qué iba a darte el gato?

—Iba en moto. Se fue de allí en una Harley negra. No estaba lo bastante cerca para ver la matrícula.

—¿Dijo adónde iba?

—Mencionó Asia central.

—Mira el lado positivo, has encontrado a *Copo de Nieve*.

—Ahora todo lo que necesito es una armadura para abrir la puta caja. —Víktor miró a la Guarida—. ¿Qué pretende Ania con Alexéi Grigorenko?

—Investigación.

—Su padre ya no está para protegerlo, así que espero que Ania trabaje deprisa.

Noche y día, pensó Arkady.

Cuando Víktor se metió en el coche, *Copo de Nieve* soltó un auténtico bufido. Víktor bajó la ventanilla para decir:

—Otra cosa. A Conan le gustaba Tatiana porque ayudaba a Svetlana. Pensaba que era una santa.

El apartamento de Arkady era un fortín contra la tormenta. En ocasiones, daba la impresión de que la naturaleza estaba asediando la ciudad, que furias negras y *ban-*

shees irlandesas estaban destrozando las calles. Eran las dos de la madrugada y estaba muy despierto. Había cenado algo grasiento con pan y vodka. Se le ocurrió que muy posiblemente ese podría ser su último caso, que podría cerrar su llamada carrera persiguiendo una muerte anónima. Se lo merecía. Cogió una caja de zapatos de cintas de audio que había cogido del apartamento de Tatiana Petrova y metió una en la grabadora. ¿Cómo sonaba una santa?

Apretó el Play.

Los cabrones no me dejan pasar. Lo han hecho antes. Esta vez no lo harán. Hay más de trescientos niños en la escuela y es el segundo día del asedio. He traído comida y material médico y la oportunidad de negociar. El Servicio Federal de Seguridad no quiere negociaciones. De hecho, a las tropas federales del FSB, el GRU y los francotiradores de OMON se les ha ordenado alejarse de la escuela, alejarse de cualquier comunicación. No es que tengan ningún plan aparte de la «no negociación con terroristas». Si no hay negociaciones, ¿qué? Sin negociaciones, habrá una carnicería de dimensiones terribles, pero ¿hay alguien del Kremlin aquí? Los líderes chechenos no son mejores. Podrían interceder con sus hermanos en el edificio. En cambio, siguen en silencio. Todos guardan silencio mientras se acerca la carnicería de trescientos niños.

Al final de la cinta, a Arkady se le había cerrado la garganta y descubrió que tenía el rostro humedecido de lágrimas. Un cigarrillo sin encender, seguía olvidado en su mano. Volvió a cerrar la botella de vodka y probó otra cinta.

¿Soy una inocentona? Me han pedido que forme parte del equipo de negociación. Entramos en el teatro con comida y mensajes, salimos con rehenes que han sido liberados, sobre todo mujeres, niños y musulmanes. Hasta el momento, han soltado a doscientos, dejando unos setecientos rehenes en manos de los rebeldes chechenos. Se estaba representando una revista musical cuando los rebeldes aparecieron en el escenario tan de repente que la gente pensó que formaban parte del espectáculo. El cuerpo en el pasillo nos devuelve a la realidad. Supongo que soy una de las pocas rusas en las que los chechenos tienen algo de confianza, pero sus exigencias son imposibles. Y para un negociador en una situación con rehenes es difícil tratar con alguien que quiere morir.

Diez horas de asedio. Los rehenes deben de sentirse como pasajeros en un vuelo sin destino conocido. El foso de la orquesta es su lavabo. No es tiempo de heroicidades. Un hombre rompe la barrera policial para sacar a su hijo. Un alma valiente. Los rebeldes lanzan su cadáver como si fuera basura.

Fuera, la tormenta cerró una puerta, y pareció hacer eco a un disparo de otra época.

Veintiocho horas. Las viudas negras llevan burkas negros con rendijas para los ojos. Los burkas son anchos para esconder los cinturones con explosivos atados a sus cinturas. Me asombran estas mujeres jóvenes y su misión suicida. Cierto, han perdido a sus maridos, pero tienen por delante la mayor parte de sus propias vidas. Creo que cada una de ellas vive en los sofocantes confines del ataúd de su marido, hasta que su propia muerte las libere. Conozco la sensación.

Arkady oyó voces y pisadas en el rellano cuando Ania se metió en su apartamento. Eran las tres de la madrugada, una hora compartida por los insomnes.

Se terminó —dijo Tatiana—. A las cincuenta y siete horas de asedio, el grupo de operaciones especiales introdujo un gas somnífero en el sistema de ventilación y cuando entraron las tropas rusas treinta minutos después prácticamente no hubo resistencia. Cincuenta rebeldes chechenos (incluidas las viudas negras) fueron ejecutados en el acto. Se liberaron setecientos rehenes y no se perdió ni uno solo de nuestros soldados en lo que claramente debería haber sido un triunfo en la guerra contra el terrorismo. No obstante, el gas también mató a ciento treinta rehenes; familias que todavía ocupaban sus asientos en el teatro. Centenares más necesitaron hospitalización. Hay un antídoto, pero nos han informado de que la naturaleza del gas es un secreto de Estado que no puede divulgarse. El hombre de operaciones especiales dice: «Cuando talas leña, saltan astillas.»

El resto de la cinta sonaba tan bajo que estaba prácticamente en blanco, un latido en la oscuridad.

8

Arkady entrecerró los ojos, porque la luz matinal era tan brillante que las migas proyectaban sombras en la mesa de la cocina. Ania llevaba gafas oscuras, las uñas pintadas de rojo escarlata, cabello negro cepillado y brillante. La incertidumbre estaba en el aire. Ella había pasado la tarde y la mitad de la noche con Alexéi, y Arkady no sabía si estar enfadado o fingir despreocupación. No esperaba que apareciera a la mañana siguiente en el umbral de su casa, con aspecto fresco como una margarita. No obstante, Ania le sostuvo la mirada demasiado rato y encendió un cigarrillo con movimientos que eran ligeramente acelerados.

—Toma un poco de cafeína con eso. —Le sirvió una taza—. Llegaste tarde.

—Alexéi y yo fuimos a un club.

—Eso suena divertido.

—Dice que estás celoso.

—Me lo dijo. —Como no había nada que pudiera alegar para no sonar celoso, se tiró de cabeza—. ¿Cómo va el artículo?

—Sigo investigando.

—¿Con Alexéi?

—¿Qué tienes contra él?

—Nada, salvo que es una versión de pelo engominado de la mafia real. Alguien le va a meter una bala en su cabeza hueca cualquier día. —Pensó que eso no sonó justo—. Solo espero que no estés en medio. —Eso tampoco sonó mejor.

—Entonces tú también te acostaste tarde.

—Escuchando a Tatiana. Encontré unas cintas viejas en su apartamento.

—A veces creo que prefieres escuchar a un fantasma que a alguien vivo.

—Depende.

—Y ahora, además de fantasmas, tienes a santa Tatiana. A lo mejor deberías rezar.

—Lo que ayudaría más que las plegarias es la libreta que Tatiana se trajo de Kaliningrado.

—Es gracioso. Todos la quieren y nadie puede leerla.

—Me gustaría intentarlo.

Ella abrió su bolso y sacó la libreta de espiral que le había mostrado Obolenski.

—Solo para ti, el Santo Grial.

—¿Lo has leído?

—Una y otra vez.

—¿Puedo?

—Adelante.

Las páginas estaban cubiertas de símbolos enigmáticos. En la cara interior de la cubierta posterior había formas geométricas, una lista de números y dibujos de un gato.

Ania recogió su abrigo.

—Yo prefiero un exaltado que un cubo de hielo.

Arkady escuchó el golpeteo decidido de los zapatos de Ania y quizá la palabra «idiota» cuando ella cerró la puerta.

Cada vez que Arkady visitaba la universidad, no podía evitar medir su progreso en la vida en relación con el estudiante precoz que había sido. ¡Qué promesa! Un joven brillante, hijo de un general de infausta memoria, había aflorado con facilidad hasta lo más alto. A esa altura ya debería ser viceministro o, al menos, fiscal, dirigir su propia comisaria y darse un festín a costa de las arcas públicas. En cierto modo, había deambulado. Casi todos los casos que recibía estaban alimentados por el vodka y coronados por una confesión borracha. Los crímenes que mostraban planificación e inteligencia iban con demasiada frecuencia seguidos por una llamada de arriba, con consejo de tomárselo «con calma» o no «causar problemas». En lugar de doblegarse, Arkady insistía, y eso garantizaba su descenso de joven promesa a paria.

Una excepción a la decepción general era el profesor emérito Kunin, un anciano iconoclasta que arrastraba una bombona de oxígeno y una sonda de respiración por su despacho. Como experto en lingüística, lo habían detenido por hablar esperanto, considerado en tiempos soviéticos un lenguaje de conspiración. Arkady convenció al juez de que el profesor estaba hablando portugués.

—Mis disculpas, mi querido Renko, porque mi oficina está hecha un desastre. Hay un sistema, se lo prometo.

Con todos estos... gráficos y pizarras... ni siquiera puedo ver las ventanas. Sé que hay una botella de licor de cereza por alguna parte.

Movió los brazos inútilmente hacia los gráficos, el equipo de audio, fotografías de pequeños indios con arcos y flechas enormes. Dos guacamayos en jaulas separadas inclinaron sus cabezas con escepticismo a Arkady y parpadearon con sus ojos de zafiro.

—¿Tienen nombres? —preguntó Arkady.

—Jódete —dijo uno.

—Muérete —dijo el otro.

—No les dé pie —dijo Kunin—. Ya es bastante malo que la selva tropical de la que vinieron haya sido arrasada... por las corporaciones internacionales... que talan el Amazonas... ¡Paraíso perdido! Mis gráficos son lápidas virtuales... Gracias a Dios por el ADN... Por ejemplo, ¿quién demonios son los lapones? En serio.

—Buena pregunta. ¿Tiene cinco minutos para ver esto? —Arkady sacó la libreta.

—Ah, como lo mencionó al teléfono; su indicio. —El profesor sacó libros de su escritorio para hacer sitio—. Tiene suerte. He estado haciendo un estudio de «interpretación» para ver si nos dice algo sobre los orígenes del lenguaje. Las palabras básicas. Madre. Padre.

—¿Asesinato?

—Ya me entiende. Porque cada intérprete crea su propio lenguaje.

—Ah.

—Ya verá. —Kunin respiró oxígeno y estudió las páginas—. Puedo decirle, para empezar, una cosa extraña. Normalmente, lo primero que hace un intérprete profesional es escribir en la cubierta de su libreta el nombre del suceso, las partes implicadas y el lugar y la fecha donde se tomaron las notas. También su nombre, teléfono móvil y dirección de correo por si acaso pierde la libreta o se la roban. Hay quien promete una recompensa para el que la encuentre. Esta libreta no tiene identificación. Está el nombre «Natalia Goncharova», la mujer de Pushkin, pero por supuesto era una figura histórica y encima una fulana. —El profesor emérito se detuvo a tomar aire y regresó a la primera página—. Es difícil decirlo con tan pocas páginas escritas, pero parece la clase de libreta que generalmente usan periodistas o intérpretes consecutivos. Diría que por el uso de algunos símbolos comúnmente utilizados, esta era la libreta de un intérprete consecutivo. La parte A habla en un idioma que el intérprete comunica en un segundo idioma a la parte B. Así va y viene. Si mantiene bien las notas, puede hacer una traducción completa y precisa tanto si las partes hablan un minuto como si hablan diez. Es una hazaña mental asombrosa.

Arkady estaba más confundido que nunca. Cada página estaba dividida en cuatro paneles con un mareante sistema solar de jeroglíficos, medias palabras y diagramas. Se sentía como un pescador que había enganchado a una criatura muy por debajo de la superficie del agua sin ninguna idea de lo que había pescado.

—¿A partir de estas páginas un intérprete puede reconstruir una conversación completa?

—Sí. ¿Y no son encantadoras? Más allá de flechas que significan «arriba» o «abajo». Una línea desigual para las «dificultades». Y un lazo y una flecha que significan «como consecuencia». Genial. Una bola y una línea para «antes»; una línea a través de la bola para «ahora». Un intérprete crea un nuevo símbolo y otros intérpretes lo siguen. Es la creación de un nuevo lenguaje ante tus ojos. ¿Una bola en una caja con tres lados? Un gol, un «objetivo», naturalmente. ¿Espadas cruzadas? «Guerra.» ¿Una cruz? «Muerte.»

—Entonces deberíamos poder leerlo.

—No. —Kunin fue tajante.

—¿Por qué?

—Estos son solo los símbolos comúnmente aceptados. Puedo escribírselos. El resto son símbolos del autor. No conocemos el contexto.

—Si lo conociéramos, ¿podríamos leer las notas?

—Probablemente tampoco. No es un idioma y no es taquigrafía. La interpretación es un sistema de pistas personales. No hay dos intérpretes iguales y no hay dos sistemas iguales. Para un intérprete, el símbolo de «muerte» podría ser una tumba, para otro una calavera, para otro una cruz como esta. Los símbolos para «madre» cubren todo el espectro. Los gatos pueden ser siniestros o agradables.

—A mí no me parecen agradables y peludos.

—Verá, los triángulos dobles podrían ser un mapa o una constelación o una ruta con cuatro paradas.

Arkady había visto la forma antes; bailaba más allá de su alcance. Trató de no esforzarse mucho en recordar, porque las respuestas llegan cuando la mente deambula. Stalin solía dibujar lobos una y otra vez.

—O un cuadro de bicicleta —dijo Arkady.

Recordó haber entrado con Zhenia en una tienda de bicicletas. Colgada del techo de la tienda había una fila de cuadros de bicicleta de diferentes colores.

—Alguien estaba construyendo una bicicleta. —Puso a prueba la idea—. Una bicicleta cara para un ciclista serio.

—No lo sabe a ciencia cierta.

—Estaba hecha a medida. No como añadir un timbre al manillar.

—Renko, arrastro una bombona de oxígeno. ¿Tengo pinta de entender de bicicletas?

Y eso fue todo. Abruptamente, Arkady estaba seco. Había ido tan lejos como su rama endeble de cábalas podía sostenerlo.

—¿Está el teniente Stásov?

—Espere un momento.

—Dígale al teniente que el investigador jefe Renko le llama desde su móvil en Moscú y quiere hablar con él.

—Es el primero de la cola.

Arkady fue el primero de la cola durante veinte minutos, tiempo suficiente para regresar a su apartamento y calentar una taza de café rancio.

Finalmente, respondió una voz profunda.

—Teniente Stásov.

—Teniente, necesito un minuto de su tiempo.

—Si llama desde Moscú, tiene que ser importante —dijo Stásov.

Arkady podía imaginarlo haciendo un guiño a sus colegas en la sala de brigada, jodiendo al pez gordo de Moscú.

—¿Qué puedo hacer por usted? —dijo.

—Tengo entendido que es usted el detective jefe en el

caso de un cadáver encontrado hace diez días en una de sus playas.

—Homicidio de varón de cuarenta años. Es correcto. En el istmo.

—¿En el istmo?

—Donde la tierra se estrecha. Una hermosa playa.

—¿Todavía no se ha identificado a la víctima?

—No hay identificación ni dirección, me temo. Si tenía cartera, ha desaparecido. Me alegro de que no ocurriera en verano cuando la playa está llena de familias. De todos modos, le sacamos una bala de la cabeza. Calibre pequeño, pero en ocasiones son las que usan los asesinos profesionales.

—¿Un sicario?

—En mi opinión. Llevaremos a cabo una investigación concienzuda. Simplemente no olvide que no contamos con los medios técnicos de que disponen en Moscú. Ni del dinero, después de que Moscú nos vacíe las arcas. Moscú es el centro y nosotros somos un hijastro. No me quejo, solo le muestro la imagen. No se preocupe, llegaremos al fondo de esto.

—¿Qué aspecto tenía?

—Tenemos algunas fotos. Las iré a buscar.

—Además de las fotos, ¿cuál fue su impresión general de la víctima?

—Delgado. Bajo y delgado.

—¿Su ropa?

—Ajustada y brillante.

El teniente iba a alargarlo, pensó Arkady.

—¿Ajustada y brillante como ropa de ciclista?

—Podría ser.

—¿Zapatos? No los menciona el informe.

—¿En serio? Supongo que se los quitó para caminar por la arena. O uno de los chiquillos se los robó.

—Eso tiene sentido. ¿Descubrió algo más?

—¿Como por ejemplo?

—Bueno, si era un artista podría tener pinceles y un caballete. O, si coleccionara mariposas, podría tener una red. Si era un ciclista, tendría una bicicleta. Lo encontraron en la playa. ¿No había bicicleta?

—¿Quién pedalea en la arena? —preguntó Stásov.

—Eso es lo que le estoy preguntando.

—Siento mucho no poder ayudarle. El tipo era marica.

Arkady se preguntó qué podía hacer decir eso a un teniente de un hombre al que nunca había conocido.

—¿Se afeitaba las piernas?

—Raro, ¿eh?

—¿Qué clase de transporte público hay desde la ciudad de Kaliningrado hasta ese istmo?

—Fuera de temporada, ninguno.

—¿Una persona tendría que conducir o caminar?

—Supongo. —El teniente estaba precavido ahora.

—¿Hubo alguna denuncia de coches robados o abandonados cerca de la playa?

—No.

—¿Bicicletas?

—No.

—¿Cascos?

—Mierda, Renko, calma. Se lo comunicaré cuando encontremos algo.

—Dígamelo otra vez, exactamente, ¿dónde se descubrió el cadáver?

El teniente Stásov colgó, dejando a Arkady mirando por la ventana de la cocina. El café era vomitivo. Estaba preparado la noche anterior y recalentado al menos dos veces. Arkady había oído que puntuaban los restaurantes japoneses según el número de veces que usaban el mismo aceite. Naturalmente, la primera vez era la mejor. El aceite lo iba usando luego un restaurante detrás de otro, degradándose de manera constante en un sedimento marrón. Arkady contempló su taza y se preguntó cuál sería el récord. Siempre era un excitante para el corazón. Se lo tragó de golpe.

Los ciclistas profesionales se afeitaban las piernas por una ventaja infinitesimal en aerodinámica o quizá solo por costumbre. Un aficionado también podía hacerlo si era lo bastante serio; lo bastante serio para que le construyeran una bici solo para él. ¿Qué clase de personalidad exigiría eso? Atlético. Competitivo. Mayor de veinticinco, menor de cuarenta y cinco. Dispuesto a invertir gran parte de su vida en el ciclismo. Muy ordenado. No ruso. Obsesivo. ¿Suizo? ¿Alemán? Cómodo viajando solo y por negocios; nadie iba a Kaliningrado por placer. Para el caso, nadie había denunciado su desaparición. Un hombre invisible.

A Arkady le sorprendió encontrar a Zhenia detrás de él.

—¿En trance? —preguntó Zhenia.

—Solo pensando.

—Bueno, parece extraño.

—Sin duda —dijo Arkady.

—He venido a recoger ropa. Nada más.

Estaba claro que Zhenia nunca marcaría un gol de la

victoria en el estadio del Dinamo ni haría suspirar a supermodelos. La chaqueta de camuflaje le quedaba enorme en sus hombros, iba despeinado y tenía mala cara. Solo la vibración en sus ojos grises lo redimía.

Lo que era realmente raro para Arkady era cómo Zhenia lograba entrar en el apartamento y en la cocina sin que lo oyeran. El suelo de parquet chirriaba bajo cualquier otra persona.

—¿Cómo estás?

Zhenia reaccionó como si Arkady hubiera proferido la pregunta más estúpida jamás formada por la boca de un hombre.

—¿Qué es esto?

—Una libreta de interpretación.

—Sea lo que sea. —Zhenia pasó la cubierta adelante y atrás.

—Código. Un código personal escrito por un hombre muerto.

—Oh. ¿De qué va?

—No lo sé.

—¿Por esto lo mataron?

—Puede ser. ¿Tienes hambre?

—No queda nada en la nevera. Lo he mirado. Eh, nunca me contaste lo famoso que era tu padre. Los tíos del ejército estaban verdaderamente entusiasmados.

—Pueden seguir entusiasmados hasta que cumplas dieciocho.

—Esto es una gilipollez. ¿Quién te dio la autoridad para mangonearme?

—El tribunal, para que pudiera apuntarte en la escuela.

—Dejo la escuela.

—Ya me he fijado.

—No, quiero decir que dejo la escuela en serio. Fui a la oficina del secretario y se lo dije, así que no tengo nada más que hacer aparte de alistarme pronto.

—No con mi firma. Siete meses. Tendrás que esperar para esa locura.

—Lo vas a impedir.

—Exacto.

—¿Sabes qué edad tenía Alejandro Magno cuando conquistó el mundo? Diecinueve.

—Un chico precoz.

—¿Sabes quién era su maestro?

—¿Quién?

—Aristóteles. Aristóteles le dijo que fuera a conquistar el mundo.

—A lo mejor solo se refería a viajar.

—Eres imposible.

Ese era el punto en el que Zhenia normalmente daba media vuelta y se largaba. Esta vez se dejó caer en una silla y soltó su mochila. Siempre llevaba un ajedrez plegable, piezas, un reloj de juego, pero estaba empezando a ser demasiado conocido como farsante. Ya no parecía inocente. Quizá nunca lo había parecido, pensó Arkady. Quizás eso era una fantasía suya.

—¿Qué sabes de bicicletas?

—¿Bicicletas? —Era como si Arkady le hubiera preguntado por el pony de las Shetland—. Sé que has de ser un idiota para montar en bici en el tráfico de Moscú. ¿Por qué? ¿Estabas pensando comprarte una?

—En encontrar una.

Zhenia se estiró para coger la libreta y pasó las hojas despreocupadamente.

—Entonces, ¿cuál es la historia con este código?

—Es un código, jeroglífico, anagrama, acertijo y peor porque no está hecho para ser resuelto. No hay piedra de Rosetta, no hay contexto. Podría ser sobre el precio de las bananas, pero si no conocemos el símbolo que significa «banana» estamos perdidos. En este caso, el único contexto, quizá, son las bicicletas.

—No da la impresión de que hayas llegado demasiado lejos.

—Nunca se sabe.

—Muy profundo. ¿Hay leche? —Zhenia se lanzó en dirección a la nevera.

—Míralo tú mismo.

Un psicólogo le dijo una vez a Arkady que a Zhenia le estaba resultando difícil separarse. A Arkady le estaba costando cada vez más creerlo.

—Entonces, ¿qué sabes de bicicletas caras y hechas a mano?

—Lo mismo que tú.

—Lástima, porque yo no sé nada.

—Entonces estás jodido, ¿no? Bueno... solo he pasado a recoger ropa.

Eso sirvió a Zhenia de hola y adiós.

9

Cada vez que Arkady abría el portátil en su escritorio, se sentía como un pianista que, al sentarse ante su instrumento, se daba cuenta de que no tenía ni idea de qué teclas tocar. Sentía que el público se tensaba, captaba la mirada de pánico del director, oía susurros en la sección de cuerda. ¡Fraude!

Arkady buscó «intérprete Kaliningrado». Resultó que los intérpretes de Kaliningrado doblaban como acompañantes románticos, lo cual era demasiado general. Probó con «intérprete conferencia Kaliningrado» y descubrió que pronto se celebrarían conferencias sobre «Immanuel Kant hoy», «Moluscos en peligro en el mar Báltico», «Amistad con Corea del Norte», «Concordia con Polonia», «Bienvenido BMW», etcétera, todo lo cual requería intérpretes, pero no daba ni la menor insinuación de quiénes eran. «Hoteles Kaliningrado» generó una lista que ofrecía un centro de *fitness*, piscinas interiores y vistas de la Ciudad Vieja y la plaza de la Victoria. De manera más específica, los «hoteles de conferencias de Kaliningrado» ofrecían Wi-Fi, centros de negocios, salas de reuniones y saunas rusas auténticas. Arkady imaginó a hombres de negocios extranjeros, colorados como langostas hervidas, azotándose con palitos de abedul.

Arkady se sentía razonablemente convencido de que un intérprete internacional cobraba mucho y viajaba bien. Descartó la posibilidad de que el muerto hubiera estado en la casa de algún amigo. ¿Por qué dormir en un sofá cuando puedes disfrutar de las atenciones de un hotel lujoso cuya factura presumiblemente pagaban los clientes? Además, los clientes no querrían a su intérprete lejos de su alcance si era vital para el negocio que llevaban a cabo. En cualquier caso, había algo solitario en el intérprete. Arkady no podía imaginar a dos personas con menos en común que él y Tatiana Petrova.

¿Cuánto tiempo podían conservar el cadáver del intérprete si no lo reclamaban? Eso dependía del espacio en el depósito de cadáveres y la exigencia de restos de la Facultad de Medicina, en cuyo caso iría mermando, loncha a loncha, como jamón español.

Arkady llamó al reducido grupo de hoteles de Kaliningrado de cuatro y cinco estrellas; las respuestas fueron humillantes.

—Quiere saber si hemos perdido un cliente. No sabe su nombre ni su nacionalidad. Ni cuándo se registró o se marchó. Si estaba en una conferencia o si iba solo. Cree que iba en bicicleta. ¿Nada más?

—Nada más.

—¿Es un chiste?

—No.

Un hotel advirtió a Arkady que «todas las preguntas relacionadas con actividad criminal o sospechosa debían comunicarse inmediatamente al teniente Stásov». Un trabajo fantástico, pensó Arkady, que pasaportes, tarjetas de crédito y equipaje pasen por tus manos todo el tiempo.

Arkady pasó a «Alquiler de bicicletas». Dudaba que alguien se arriesgara a llevar su bicicleta hecha a medida a una ciudad que era famosa por el robo de cualquier cosa con ruedas. El problema era que los ladrones no se anunciaban y pocas tiendas podían permitirse un sitio web.

Mediodía. Después de cuatro horas ante el ordenador, no podía aguantar ni una taza de café amargo más y fue a un pub irlandés de la esquina. El camarero era un irlandés auténtico rodeado de una atmósfera falsa: *sticks* de *hurley* cruzados, banderines de equipos de fútbol irlandeses, una canción entonada por The Chieftains y duendes de cerámica. El monitor de pantalla plana mostraba nada menos que una carrera ciclista en marcha. Arkady observó hipnotizado las ruedas que giraban, giraban, giraban. La pizarra ofrecía diez cervezas de barril. Una pizarra de comidas ofrecía, entre otros elementos, pan de soda, *barmbrack*, *goody* y *crubeens*.

Arkady estaba intrigado.

—¿Qué es *barmbrack*?

—Ni la menor idea.

—¿Qué es *goody*?

—Me supera.

—*Crubeens*.

—Manitas de cerdo. Un hombre podría morir de hambre en este ambiente. Vuelva esta noche. Tenemos camareras con falda corta que bailan en la barra.

Arkady no tenía ganas de eso.

—Solo una cerveza y pan de soda.

—¿Con gluten o sin?

—Solo una cerveza.

El camarero echó una mirada a la televisión.

—Es la Copa del Mundo de Ultra Maratón Irlandés. ¿Sabe una cosa? —Cogió el mando a distancia y congeló la imagen—. Soy yo el del maillot verde esmeralda, justo detrás del capullo de la Union Jack que está a punto de caer. No puedo soportarlo. —Apagó el monitor—. Me da escalofríos cada vez que lo veo. Como una oca sobrevolando mi tumba. ¿Qué ha pedido?

—Solo la cerveza. —Arkady entrecerró los ojos para leer la etiqueta con el nombre del camarero. Mick. Mick sonaba bastante auténtico—. Entonces, ¿entiende de bicis?

—Eso espero. ¿Adónde va?

—Ahora vuelvo.

Cuando Arkady tenía nueve años, el general Renko se había retirado en buena parte a su biblioteca, a un aura de cortinas de terciopelo rojo. Arkady tenía prohibido entrar en la sala. Ocasionalmente, el general le pedía que le llevara vodka o té y él atisbaba fotografías irresistibles de una ciudad destrozada, así como una colección de cascos alemanes y estandartes de batalla hechos jirones. La única luz de la habitación la proporcionaba una lámpara de escritorio. Ese era el lugar donde el general invocaba a sus enemigos.

Arkady esperó su oportunidad y cuando la puerta quedó entornada, se coló. Corrió en torno a la habitación haciendo inventario, hasta que llegó a estandartes coronados por esvásticas y águilas. Estaba especialmente fascinado por un estandarte de calaveras y huesos de las SS, cuya seda había quedado rígida por la sangre. No oyó regresar al general hasta que ya casi estaba en la sala.

Arkady se escondió detrás de las cortinas cuando el viejo entró con una botella de vodka y un vaso de agua que limpió con su pijama. Cada movimiento era solemne y ceremonial, como un sacerdote en una comunión: se sentó y bebió medio vaso de vodka de un trago. En el escritorio había una máquina de escribir y tres teléfonos, blanco, negro y rojo en importancia ascendente. Arkady se quedó en silencio. El general estaba tan callado que Arkady pensó que se había quedado dormido. Esperó una oportunidad de salir sin que lo vieran, pero entonces el general se retorcía o murmuraba o rellenaba el vaso. Rio. Hizo un gesto con la mano de manera vaga. Agitó el puño como si se dirigiera a la multitud. Quizá no le habían dado el bastón de mariscal de campo que le correspondía, pero la gente que lo sabía, lo sabía.

El teléfono rojo, la línea con el Kremlin, no había sonado en años. No obstante, el general estaba preparado. Solo era cuestión de ponerse el uniforme y afeitarse.

—¿Quién anda ahí?

Arkady no era consciente de haber hecho un sonido. Oyó que la silla del general rodaba hacia atrás y que se abrían y cerraban rápidamente cajones del escritorio. Oyó que se abría el cilindro de un revólver y balas rodando por el escritorio.

—¿Eres tú, Fritz?

Arkady se hundió más profundamente en la cortina.

—Voy a darte una pista, Fritz —susurró el general—. Si quieres matar a un hombre, si quieres asegurarte, acércate.

El general logró cargar solo una bala. Cinco cayeron

al suelo. No obstante, apretó el gatillo. La recámara estaba vacía, pero el cilindro avanzó y él apretó con fuerza el gatillo tres veces más sin ningún resultado. Las llamadas de auxilio de Arkady fueron asfixiadas por las pesadas cortinas mientras el general sostenía la bandera en torno a su rostro y disparaba en otra recámara vacía.

Arkady se liberó y gritó.

—¡Soy yo!

Al quedarse cara a cara, el general levantó su pistola a la frente de Arkady.

Por un momento se quedaron quietos. Entonces el general pestañeó a la manera de alguien que se despierta y un profundo gruñido escapó de su pecho. Volvió la pistola contra sí mismo y apretó el gatillo.

El mundo se detuvo. Los ojos del general se cerraron y su rostro se volvió de tiza al apretar el gatillo una y otra vez, sudando, hasta que, exhausto, dejó que la pistola colgara de su mano.

Arkady cogió el revólver y abrió el cilindro.

—Está atascado.

La bala estaba encajada entre dos recámaras, lo cual ocurría en ocasiones con los revólveres cuando el gatillo se apretaba con demasiada prisa.

Mick, el camarero, estaba sirviendo a otros clientes cuando Arkady regresó al pub. Observó el paso del tráfico. De eso trataba en gran parte la vida, de no hacer otra cosa que contar los coches que pasaban. BMW, BMW, Mercedes, Lada, Volvo, Lada, BMW. Los coches rusos estaban muriendo como nativos asolados por una epidemia.

—Ha olvidado algo. —El camarero le llevó una cerveza a Arkady y señaló a su cabeza con entusiasmo—. Si no recuerdo mal, el tema eran las bicis.

—Una bici en particular.

—¿Cuál?

—No lo sé, porque no sé lo que estoy mirando. Dígamelo usted.

Esta vez Arkady había llevado la libreta. La giró por la cara interna de la cubierta posterior con la lista de números, siluetas de un gato dibujado una y otra vez y un triángulo doble.

—¿Es un cuadro de bici?

—Sí.

—Y gatos.

—No son gatos. Son panteras.

—¿Cómo lo sabe?

—Es el logo de Ercolo Pantera, salvo que debería ser rojo. Es como el Ferrari de las bicicletas.

—¿Es cara?

El camarero sonrió ante semejante ignorancia.

—Una Pantera cuesta treinta mil dólares como mínimo. Cada bici está hecha a mano en Milán como un traje italiano y hay una lista de espera tan larga como su brazo.

De regreso a su apartamento, Arkady pasó junto al escenario todavía caliente de un accidente de tráfico: coches de policía y una ambulancia pasando entre el tráfico detenido, cristales rotos y una bicicleta apoyada en un coche como un mero observador.

10

El sitio web de Bicicletta Ercolo era una sola pantalla con letras góticas rojas sobre negro, con el nombre, número de teléfono, fax y dirección de correo. Su severidad sugería que no agradecía los visitantes casuales.

—Perdón, ¿habla ruso?

Clic.

—¿Inglés?

Clic.

—¿Alemán?

Clic.

—¿Está el señor Ercolo? No voy a dejar de llamar.

—El señor Ercolo no está aquí. Ercolo es Hércules, en ocasiones Heracles. Es un personaje mitológico. Adiós.

Un buen comienzo. El hombre hablaba inglés. En el fondo, Arkady oyó el sonido de un taller.

Llamó otra vez.

—Ha sido una estupidez. Debería haber sabido lo de Ercolo.

—Una estupidez.

—Pero tengo su bicicleta.

—¿Qué quiere decir que tiene mi bicicleta? ¿Quién es?

—Soy el investigador jefe Renko y llamo desde Moscú. Creo que una de sus bicicletas fue robada.

—¿Desde Moscú? Está loco.

—Creemos que podría haber estado implicada en un homicidio.

—*Sei pazzo*.

—Acabo de mandarle por fax una copia de mi identificación y número de teléfono.

—Voy a colgar.

Arkady pensó que los hornos microondas eran el mejor amigo de un hombre soltero. Los hombres estaban hechos para calentar cosas, para coger bloques de hielo y convertirlos en guisantes o enchiladas y tener tiempo para estar en la cocina y sopesar los segundos digitales al ir pasando. Los fabricantes de bicicletas de Ercolo no habían llamado ni le habían enviado un fax. Probablemente, estaban sentados ante un plato de espaguetis.

Un ángulo que no había examinado era el asesinato de Grisha Grigorenko. Había un grupo de sospechosos por ese hecho y la perspectiva de que surgieran más mientras Alexéi Grigorenko se quedara en Moscú. A Arkady le desconcertaba que Ania quisiera estar tan cerca de un objetivo probable. Quizás era por el bien del artículo, para conseguir un clímax adecuado. Recordó lo que había dicho de cuál era el secreto de hacer mejores fotografías: «Acercarse.»

Sonó el teléfono. Arkady respondió y captó el silbido de una sierra. Era de Milán.

—Investigador jefe Renko, en Italia los jefes no investigan.

—Aquí tampoco. ¿Puedo preguntar con quién estoy hablando?

—Lorenzo, director de diseño.

Arkady tuvo la impresión de un Vulcano manchado con carbón y sudor.

—¿Qué pasa con la bicicleta? —preguntó Lorenzo.

—Tenemos aquí un hombre muerto sin ninguna identificación más que su relación con una Ercolo Pantera.

—¿Y?

—Espero que pueda ayudarnos.

—¿Por qué? Si dispararan a alguien en un coche norteamericano, ¿interrogaría al señor Ford? Deje que le advierta que muchas de las Pantera que hay por el mundo son imitaciones. Cada Ercolo auténtica es única. Por eso los más arrogantes vienen a Milán para que les tomemos medidas. No vendemos a cualquiera. Bicicleta y comprador deben encajar.

—Desde luego.

—Así que cada Pantera está numerada en la parte inferior del tubo horizontal. ¿Puede leerme el número?

—Me temo que no.

—No tiene la bicicleta.

—No.

—Y tampoco tiene al ciclista.

—No.

—No tiene nada.

—Eso es más o menos correcto.

—Tiene que ser un trabajo difícil.

—Requiere perseverancia. Dice que cada Pantera es única.

—Sí.

Arkady leyó de la parte posterior de la libreta.

—¿Quién era este? Sesenta centímetros, cincuenta y seis coma cinco centímetros, mil novecientos noventa gramos.

—Sesenta centímetros, cuadro —contestó Lorenzo—; cincuenta y seis coma cinco, tubo superior; mil novecientos noventa gramos, peso: para alguien con piernas largas y torso pequeño. Lo llamamos alto de caderas. Es curioso, me acuerdo mejor de las bicis que de las personas que las compran. Le encontraré el encargo o el recibo. Señor Bonnafos, recuerdo. Le dije que no le hacían falta diez marchas, que con ocho bastaba, pero creía que estaba en el Tour de Francia.

—¿Cuadro de acero y no de carbono?

Lorenzo hizo un ruido como si compartiera un chiste.

—El carbono está bien a menos que se rompa. Hacemos cuadros de acero desde hace más de cien años.

—Su ayuda es vital. ¿Me llamará si encuentra el número de la bici? ¿Recuerda su nombre de pila?

Joseph Bonnafos, 38 años, era un ciudadano suizo, intérprete y traductor, soltero, ingresos: 200.000 euros. Sin detenciones. Recibió visado de turista en Rusia, entró en el país por el aeropuerto Domodédovo de Moscú, continuó a Kaliningrado el mismo día, información recopilada de programas de datos del Ministerio del Interior, que observaba y catalogaba a la gente del modo en que los astrónomos examinan sin cesar el cielo nocturno.

Había una nota al pie. Antes del vuelo a Kaliningrado, el personal de tierra se había negado a cargar su bicicleta en su funda dura sobre la base de que era demasiado grande y demasiado pesada. Bonnafos llamó a alguien, que a su vez debió de hacer una llamada, porque al cabo de un minuto la tripulación cargó la bicicleta con especial cuidado.

Arkady no era supersticioso, pero creía que el impulso solo existía si se utilizaba. Insistió con los mismos hoteles de Kaliningrado a los que había telefoneado antes, esta vez preguntando por un cliente llamado Bonnafos. Todas las recepcionistas de hotel menos una se tomaron un momento para buscar la lista de huéspedes antes de decir «no». La excepción fue Hydro Park, que dijo que no enseguida. Arkady se preguntó si sería igual de rápida en alertar al teniente Stásov. Solo una idea.

Arkady trató de llamar a la hermana de Tatiana. Liudmila Petrova no estaba en casa, pero un vecino que casualmente se encontraba en el apartamento dijo que volvería en una hora.

Y trató de llamar a Víktor, al que encontró en el coche.

—¿Has tenido suerte con Svetlana?

—Está en el tren nocturno a Kaliningrado que llega por la mañana a las nueve cincuenta.

—Asombroso. ¿Quién te lo ha dicho?

—Conan. Puede que se dirigiera a Asia central, pero solo llegó hasta la celda de borrachos. Allí me conocen. Llevaba mi tarjeta y fui a sacarlo.

—Bien hecho.

—Así que ahora puedes volar a Kaliningrado y traerla de vuelta. Así mantenemos la investigación contenida. Solo nosotros, solo Moscú, ¿verdad?

—La verdad es que se está complicando un poco. El ámbito de la investigación se ha ensanchado.

—No me gusta «ensanchado» y odio «complicando» —dijo Víktor.

—Dos días antes de que la mataran, Tatiana fue a Kaliningrado y volvió con una libreta. Hasta el momento, nadie puede leerla porque las notas están escritas por un intérprete profesional en una especie de código personal. Él podría ayudarnos, pero está muerto, le dispararon en la misma playa donde encontraron su libreta. Tenemos su nombre: Joseph Bonnafos, suizo, intérprete. ¿Quién sabe?, la libreta podría contarnos todo lo que necesitamos conocer.

—¿Dónde está ahora?

—En un cajón cerrado de mi escritorio.

—¿No sabes para qué son las notas?

—Una especie de evento internacional, supongo, porque necesitaban los servicios de un intérprete.

—¿No puede ocuparse allí la policía local?

—El caso está siendo torpedeado por un tal teniente Stásov, que al parecer considera que los hoteles de Kaliningrado son su parte del pastel. No ha habido una investigación real de la muerte de Bonnafos.

—Espera —dijo Víktor—, lo único que nos encargaron fue encontrar el cadáver de Tatiana. Solo buscarla a ella, no quién la mató si es que la mataron. ¿Ahora estás telefoneando a gente de Kaliningrado? A ella no la mataron en Kaliningrado y su cadáver no está en Kaliningrado. Lo estoy diciendo como un hombre sobrio, deberíamos quedarnos con lo que sabemos.

—También ha desaparecido una bicicleta italiana hecha a medida —dijo Arkady.

Para entonces Víktor había colgado.

¿Cómo sabe un hombre cuándo se vuelve obsesivo? ¿Quién puede decírselo salvo un amigo? Más concretamente, ¿cómo podían dos hombres cubrir toda una ciudad, y mucho menos dos ciudades situadas a cientos de kilómetros de distancia? Necesitaría una docena de detectives y perros policía, y el fiscal no autorizaría ni una cosa ni otra. Lo único que autorizaría Zurin era un juego de las sillas musicales en el depósito de cadáveres. A esas alturas, si Tatiana había sido desplazada de un cajón a otro, estaría de color azul claro con una película de cristales. Quizá la persona que la escondía estaba esperando al primer manto de nieve para deshacerse de ella cuando pasara el escándalo y ella fuera solo una santa más. Lo extraño era que Arkady estaba deseando oír las otras cintas, no porque la voz de Tatiana fuera especialmente meliflua, sino porque era clara, y no porque los sucesos que ella describía fueran dramáticos, sino porque Tatiana interpretaba su papel de forma comedida. Y porque, escuchando las cintas, pensaba que la conocía y que se habían conocido antes. ¿Eso era obsesivo?

11

Y la luna bogará y bogará,
soltará los remos en los lagos.
Y Rusia vivirá a pesar de todo,
y habrá baile y llanto en el cercado.

Así que nada cambia —dijo Tatiana—. El poeta Yesenin lo sabía hace cien años. Rusia es un oso borracho, en ocasiones un entretenimiento, en ocasiones una amenaza, en ocasiones un genio, pero al caer la noche, siempre un oso borracho acurrucado en el rincón. En ocasiones en otro rincón yace un periodista cuyos brazos y manos han roto de manera sistemática. Los matones que hacen ese trabajo son meticulosos. No hace falta ir a Chechenia para encontrar a esos hombres. Nosotros los reclutamos y los entrenamos y los llamamos patriotas. Y cuando encuentran a un periodista honesto, sueltan al oso.

¿Merece la pena? El problema con el martirio es la espera. Antes o después, seré envenenada o me empujarán por un precipicio o me disparará un desconocido, pero primero pondré un torpedo bajo su línea de flotación, por así decirlo.

Además, ¿por qué el cielo parece tan soso? Hay amor en el cielo, pero ¿hay pasión? ¿De verdad hemos de ir descalzos y llevar esas ropas? ¿Se permiten tacones? Siempre he envidiado a las mujeres con tacones altos. Me gustaría pasar mis primeros mil años en el cielo aprendiendo a bailar tango. Entretanto, me quedaré a distancia del oso mientras pueda.

No era tanto estar escuchándola, sino más bien una sensación de estar a solas con ella, y si estuvieran solos, tendría la audacia de ofrecerle un cigarrillo.

Cuando Arkady oyó una llave en la puerta, su primer impulso fue recoger las cintas y la grabadora y guardarlas en un armario de la cocina. No lo hizo. Luego lo lamentó.

Entró Ania y Alexéi Grigorenko se coló tras ella. Estaban colorados por la histeria anterior a la fiesta y la primera botella de champán. Si era de mal gusto hacer celebraciones transcurrido tan poco tiempo desde la muerte de su padre, también había un mensaje de Alexéi a hombres de la generación anterior: las viejas maneras, incluso entre ladrones, estaban desfasadas. Daba la impresión de creerse un príncipe. De hecho, era un pato de feria. Los dos formaban una atractiva pareja de entusiastas de las *boutiques*, Arkady tenía que reconocerlo. En comparación, él parecía que se hubiera vestido con la ropa sacada de la colada de un extraño.

—Alexéi dijo que quería ver mi apartamento —explicó Ania— y entonces me ha parecido oír a Tatiana en el tuyo.

—Es una mujer interesante —dijo Arkady.

—Es seductora incluso muerta, aparentemente. —Ania caminó adelante y atrás, casi olisqueando el aire.

—Espero que no te estemos molestando —dijo Alexéi.

—Arkady siempre está levantado —dijo Ania—, como un monje en sus plegarias.

—¿Es así como resuelve sus casos? —preguntó Alexéi—. ¿Rezando?

—Muchas veces.

Los rasgos de Alexéi eran más finos que los de su padre. Tenía los párpados caídos; manos rápidas y delicadas de un crupier; el bulto de una pistola bajo la chaqueta.

—¿Puedo ofreceros una bebida? ¿Algo para comer? —preguntó Arkady, como si hubiera algo de comida en la nevera.

—No, gracias —dijo Ania—. Va a mostrarme su nuevo apartamento. Es un dúplex.

—¿Un dúplex? —Esa era una palabra que Arkady nunca esperaba oír en labios rusos—. ¿Vas a mudarte a Moscú?

—¿Por qué no? Grisha dejó varias propiedades e inversiones aquí y en Kaliningrado.

—Dejó los beneficios de una guerra. Las cosas estaban tranquilas hasta que mataron a tu padre. Como en una selva, pero tranquilas. ¿Por qué no te llevas el dinero y vives en paz en alguna isla tropical?

—Quizá tengo más fe y menos negatividad que tú. —Alexéi fijó su mirada en las cintas de casete de Tatiana, que seguían en la mesa—. Por ejemplo, ¿cómo puedes soportar escuchar esta basura?

Alexéi fue a coger los casetes y Arkady lo agarró por la muñeca.

—No.

—Vale, relájate. —Alexéi se enderezó y se atusó el pelo—. No tenía ni idea de que significaban tanto para ti. Error mío.

Arkady sabía que era un momento que dejaba todo en evidencia: la ambición de Alexéi frente a su aislamiento. No se atrevió a mirar a Ania.

La una de la noche era un territorio tanto como una hora, y Víktor Orlov y Arkady se contaban entre sus residentes de larga duración. Víktor se dejó caer en una silla y contempló la grabadora y las cintas en la mesa de la cocina.

—¿Es esto lo que has estado escuchando?

—Tatiana.

—Ah. Es ella la que te ha estado jodiendo.

—Víktor, está muerta.

—No importa. Te tiene listo para que te tires de cabeza en un cubo de mierda. Solo porque tengas autorización para ir a Kaliningrado no significa que tengas que hacerlo. Esto no es exactamente una persecución candente. Lleva diez días muerta y mi única esperanza es que quien se la llevó la tenga en hielo.

—Hay una conexión...

—No hay ninguna conexión. Tatiana Petrova saltó desde el balcón de su apartamento en Moscú, le hicieron la autopsia en Moscú, y si los capullos del depósito de cadáveres la perdieron, lo hicieron en Moscú.

—Visité dos veces su apartamento —dijo Arkady—. La primera vez, lo había puesto patas arriba alguien que buscaba algo, quizá la libreta. La segunda vez estaba absolutamente vacío, para no correr riesgos.

—Pregunté —dijo Víktor—. La primera vez fueron los *skinheads* quienes destrozaron el apartamento solo para divertirse. La segunda vez el apartamento estaba vacío porque el constructor quiere edificar un centro comercial. Esos son los hechos. Tengo que preguntártelo, Arkady, ¿te encuentras bien?

—Hablé con el fiscal. Aceptó que busque en Kaliningrado.

—Por supuesto. Kaliningrado es como Siberia. Le encantaría que pasaras el resto de tu vida buscando cadáveres en Kaliningrado.

—Solo será un viaje de un día.

—¿A Kaliningrado? Eso no existe, ya lo verás. ¿Seguir un cadáver de ciudad en ciudad, llamar a un fabricante de bicicletas en Milán? Eso es demasiado loco incluso para mí.

¿Demasiado loco para Víktor? Arkady pensó que era inquietante.

—El fabricante de bicicletas —dijo— nos condujo a Bonnafos, quien, creo, era una fuente de Tatiana. No podemos interrogarlo, porque, por desgracia, le dispararon y lo mataron en la misma playa donde se encontró la libreta. Era lo bastante importante para que Tatiana hiciera un viaje especial a Kaliningrado. No sé lo que buscaba, pero la libreta es la clave.

—Solo que no puedes leerla.

—Tienes razón. Hemos de llamar a algunos expertos.

—¿No has probado con el profesor Kunin?

—Lo probaremos otra vez.

—No lo entiendo —dijo Víktor—. ¿Por qué estás tan enganchado por una libreta que nadie puede leer? Estoy contigo, pero quiero que sepas cómo me siento.

—Ahora lo sé.

—Dos hombres para cubrir dos ciudades. Debería ser interesante.

—¿Quieres ver la libreta? ¿Ver el motivo de todo este jaleo? Está en el escritorio.

Víktor metió las manos en los bolsillos del abrigo.

—Pasaré. Es tarde y ya siento la hoja de la guillotina. —Le dio a Arkady un abrazo formal—. Estamos muy jodidos.

Era vergonzoso que Arkady lo reconociera, pero estaba deseando que Víktor se marchara para poder volver a las cintas y escuchar la voz en el interior de las palabras. Había oído que las alucinaciones auditivas eran más sutiles y más poderosas que sus equivalentes visuales. Todavía oía de vez en cuando a su mujer Irina. Lo cual era una locura, porque estaba muerta.

En las últimas cintas, Tatiana sonaba cansada, con la guardia baja.

Se supone que soy muy importante, pero estoy enferma de importancia. De ser Nuestra Señora de los Dolores. De ser Tatiana Petrova. De hecho, preferiría perderme con los gitanos. Quizás estoy loca. Ansío a un hombre que no he conocido.

Eso ya decía bastante, pensó Arkady. Sin embargo, estaba la última cinta, con un toque metálico tan tenue que apenas merecía grabarse. Arkady hurgó de todos modos en la caja de material de Zhenia: conectores USB, cintas, auriculares, discos, tableros de ajedrez electrónicos. Mono de repetición. Había visto a Zhenia conectar el sistema de mejora de sonido a sus auriculares un centenar de veces. Arkady los enchufó a la grabadora y escuchó.

Silencio. Aspiración. Tres golpes amplificados de metal sobre metal. Luego tres arañazos. Silencio. Tap. Tap. Tap.

El padre de Arkady le había enseñado diversas capacidades útiles: cómo desmontar una pistola, hacer señales con banderas, enviar mensajes en código Morse.

Los golpes y arañazos estaban en código Morse y decían una y otra vez: «Estamos vivos.»

El submarino nuclear *Kursk* había encerrado a ciento dieciocho oficiales y marineros para un simulacro de combate en aguas del Ártico cuando, por razones no explicadas, sus torpedos delanteros estallaron y desencadenaron una serie de incendios a lo largo de la nave. La tripulación actuó en la más alta tradición de la Armada rusa y fueron recompensados póstumamente con medallas al honor. A las familias las tranquilizaron diciendo que toda la tripulación murió de forma casi instantánea.

Tap. Tap. Arañazo.

El jefe de operaciones de rescate informó de que oyó llamadas en el compartimento nueve del submarino en la parte de atrás del casco.

—Se está haciendo todo lo posible. La gente tiene que permanecer en calma y mantenerse en su posición —dijo el primer ministro y celebró una barbacoa en su villa del mar Negro.

Tap... tap...

En una conferencia de prensa, la madre de un tripulante exigió la verdad. Fue sedada por la fuerza y sacada de la sala a rastras. El jefe de operaciones decidió que había interpretado mal las señales de vida del compartimento nueve.

Los golpes llegaron a su fin.

Finalmente, diez días después del accidente, submarinistas noruegos rompieron la escotilla y encontraron una nota envuelta en plástico en el cadáver de un marinero sacado del compartimento nueve. Había escrito y fechado su nota a las 15.15 h, cuatro horas después de la explosión. Algunos expertos calcularon que veintitrés tripulantes del submarino habían sobrevivido otros tres o cuatro días.

La etiqueta en la cinta decía «Grisha», aunque la conexión al *Kursk* se le escapó a Arkady como un pez entre las manos.

12

Su mujer Irina había fallecido años atrás. Aun así, la recordaba cada vez que Arkady oía una voz como la suya en el barullo del metro o veía a una mujer hermosa en su esplendor. Mientras estaba viva, el misterio había sido por qué una mujer tan inteligente como Irina había unido su suerte a la de un hombre tan carente de perspectivas como Arkady. Después, Arkady no hablaba de ella por miedo a convertir su muerte en una «anécdota», que inevitablemente se alteraría cada vez que se contara, igual que una moneda de oro que se utiliza va perdiendo año tras año el dibujo acuñado.

Arkady recordaba cada detalle.

Habían salido a cenar y al cine. Irina tenía una infección menor y fue idea de Arkady parar en la policlínica local a pedir un antibiótico. La sala de espera estaba llena de chicos con monopatín, borrachos y abuelas con niños resfriados. Irina le pidió a Arkady que saliera y buscara un quiosco. Era periodista y si le faltaba un periódico era como si le faltara oxígeno.

Arkady recordaba la tarde agradable, las nubes de algodón reuniéndose y anuncios que ofrecían medicinas en venta grapados a los árboles.

Entretanto, la sala de espera se vació e Irina entró a ver al médico, que le prescribió Bactrim. En teoría, la policlínica tenía un amplio suministro. En realidad, el botiquín estaba vacío, porque los fármacos habían desaparecido por la puerta de atrás.

¿Irina era alérgica a la penicilina? Tanto es así que lo subrayó en su cuestionario. Pero la enfermera estaba pensando en una carta que había recibido ese día informando de que su hijo había vendido su apartamento y que ella tenía una semana para hacer las maletas. La única palabra que oyó fue «penicilina». Como no quedaban dosis orales en la policlínica, le dio a Irina una inyección y salió de la sala. Cuando Arkady regresó con un periódico y una revista, Irina estaba muerta.

Envuelta en una sábana húmeda, tenía aspecto de haber sido arrastrada por el mar hasta la costa. Aparentemente, cuando su tráquea empezó a cerrarse en una reacción anafiláctica, Irina reconoció el error de la enfermera y salió del consultorio con el vial en la mano. Una inyección de adrenalina la habría salvado. El médico, preso del pánico, partió la llave del botiquín, sellando el destino de Irina. Ella lo vio. Lo supo.

Cuando Arkady le cerró los ojos, el médico le advirtió que no tocara el «cuerpo». El rostro de Arkady se oscureció, sus manos se convirtieron en arpeos, y arrojó al médico contra la pared. El resto del personal retrocedió al pasillo y llamaron a la policía para que se ocuparan del loco. Entretanto, Arkady se sentó y sostuvo la mano de Irina como si estuvieran yendo juntos a algún sitio.

Tatiana le recordaba a Irina. Ambas eran audaces, idealistas. Y, Arkady lo reconocía, ambas estaban muertas.

El teléfono lo desconcertó. Era Maxim Dal, el poeta.

—¿Llama a todo el mundo en plena noche? —preguntó Arkady.

—Solo a gente nocturna. Rara vez me equivoco. La palidez, el silencio, la desnutrición, tiene todos los signos. ¿Tiene microondas?

—Por supuesto.

—Apuesto a que hay comida olvidada en ese microondas.

Arkady abrió el microondas. Dentro había una enchilada arrugada.

—¿Qué quiere?

—¿Recuerda nuestra conversación sobre la libreta de Tatiana?

—¿Buscaba alguna clase de premio de Estados Unidos por el trabajo de toda una vida?

—Por estar vivo, sí. ¿Recuerda que le pregunté sobre la libreta de Tatiana y si me mencionaba?

—¿Qué importa? Me dijo que tuvo una breve relación romántica con ella hace veinte años.

—Ese es el problema. Entonces yo era profesor y Tatiana era una joven estudiante. Las universidades de Estados Unidos no aprueban esas relaciones. Son puritanos. Si hay un atisbo de escándalo mi premio se va al garete.

—¿No ha tenido suficientes honores en su carrera?

—He pasado una mala temporada. A la mierda el honor. La diferencia son cincuenta mil dólares como poeta visitante en Estados Unidos o un bol de mendigo en Kaliningrado. ¿Ha estado alguna vez en Kaliningrado?

—No.

—Ya no hay seguridad. No es como en los viejos tiempos cuando un miembro de la Unión de Escritores podía escribir una *Oda al colinabo* y que le pagaran. Tampoco es como Moscú. Es un mundo separado. En serio, si alguna vez va allí, ha de dejar que le haga de guía.

Arkady bostezó. Sentía que se le estaban hundiendo los ojos en la cabeza.

—No lo creo. ¿Cómo podrían haberse enterado de la existencia de la libreta?

—Por otros poetas. No soy el único candidato.

—No sabía que la poesía era una ocupación de degüello. No creo que tenga que preocuparse por eso. Solo son unas pocas páginas y no he visto su nombre.

—¿Tiene la libreta?

—Sí, bajo llave.

—¿La ha leído?

—Nadie lo ha hecho. Nadie. Relájese. Buenas noches.

Arkady estaba a punto de irse a acostar cuando Víktor le llamó para disculparse por alguno de sus anteriores comentarios.

—Tienes derecho a tener una opinión. Hablaremos por la mañana.

—Espera, he estado fuera de lugar. Es por poner el foco en Kaliningrado. Recuerda que estuve destinado allí cuando estaba en la Armada. Era un agujero de mierda, alto secreto. Ni siquiera podías encontrarlo en el mapa.

—Gracias. —Arkady lo tomó como un voto de confianza.

—Otra cosa que olvidé mencionar. Vi a Zhenia en tu calle hoy. ¿Has hablado con él?

—No. ¿Dónde estaba?

—Fuera del edificio.

—¿Te ha visto?

—Creo que sí, porque se ha escondido como una ardilla.

—Típico.

—Pensaba que tenía que decírtelo.

Arkady se quedó dormido en cuanto su cabeza tocó la almohada. Tenía la sensación de estar envuelto en una telaraña, pero cómodamente. A gusto. Abrigado. Luego se zambulló en una profundidad negra y notó un viento frío en la cara. Aun así, sin quejas. Si eso era dormir, adelante. Por encima, un punto de luz que se desvanecía. Por debajo, una ciudad invisible.

La ciudad se extendió y se volvió líquida. Arkady provocó una salpicadura y se convirtió en un torpedo que aceleraba hacia la silueta de un barco. Era extraño que Tatiana se hubiera fijado en un accidente de submarino que se había producido doce años atrás. «Ardilla» describía perfectamente a Zhenia.

Zhenia.

Arkady tenía los ojos como platos. Bajó de la cama y fue a su despacho, encendiendo las luces por el camino. El escritorio era de caoba, con elementos de latón, y en el cajón inferior de la derecha, había una falsa tapa y una caja de seguridad de la que solo él conocía la combinación. Sin embargo, contuvo el aliento mientras probaba la manija y descubría que estaba cerrada.

Quizá Zhenia simplemente había estado en el barrio o había pasado cuando Arkady no estaba. Había varias explicaciones. Arkady no creía ninguna de ellas.

Al girar el dial, notó que las gachetas giraban: dos giros a la derecha, dos a la izquierda, uno a la derecha. Con un suave pop, la puerta se abrió.

Su pistola, una Makárov que le habían regalado, yacía en el fondo de la caja fuerte, pero la libreta había desaparecido. En su lugar había un formulario de permiso parental para un alistamiento en el ejército esperando su firma.

13

Zhenia vivía de las consignas de la estación de tren y apuestas con el ajedrez. No tediosas partidas de cuatro horas con posiciones enquistadas, sino Blitz: cuarenta movimientos en cinco minutos. Le ganó cincuenta dólares a un cocinero de barco que esperaba el tren a Arjánguelsk y otros tantos a un magnate que se dirigía a las plataformas de Samarcanda. Los dedos de Zhenia se movían en *pizzicato*, eliminando piezas del tablero. ¿Embarque en diez minutos? Zhenia podía jugar dos partidas, quizá tres.

Su lugar favorito era un pequeño parque llamado el Estanque del Patriarca, en un barrio de embajadas, casas de una planta y cafés en las aceras. Se sentó en un banco y puso el tablero y las piezas de ajedrez como si reflexionara sobre una posición difícil. Antes o después, alguien se detendría a darle consejo.

Entretanto, disfrutaba de la colección de cisnes y patos —ánade real, porrón osculado, cerceta— vestidos con plumas iridiscentes. Conocía los nombres de toda la fauna acuática y los árboles. Cuando se llevaron de la oreja a un niño que echaba tapones a los cisnes, Zhenia lo aprobó completamente. La brisa arrastró copos de algodón a una esquina del estanque. Las semillas apergaminadas de olmos eran lo bastante lentas para que uno pudiera atraparlas.

   La Escuela de Arquitectura de la universidad estaba cerca y los estudiantes se reunían en los bancos durante la pausa de mediodía. Aunque solo tenían dos años más que Zhenia, eran infinitamente más sofisticados. Todos los estudiantes, chicos y chicas, sostenían botellas abiertas de cerveza, posando con la naturalidad de modelos de revistas ilustradas. Los tejanos de los estudiantes estaban rotos por la rodilla como una declaración de moda. Los tejanos de Zhenia simplemente estaban rotos. No era que los chicos desairaran a Zhenia. Ni siquiera lo veían. ¿Y qué clase de conversación tendrían si se fijaran en él? ¿Submarinismo en la costa de México? ¿Esquí en Chamonix? Había media docena de chicas en el grupo, incluida una pelirroja de piel lechosa, tan hermosa que lo único que Zhenia podía hacer era mirarla. La pelirroja susurró tapándose la boca con la mano y Zhenia vio que el susurro se extendía por el grupo.

   —Disculpa.

   —¿Qué? —Zhenia se sobresaltó cuando un chico habló con él. Era el más grande del grupo y llevaba una sudadera de Stanford.

   —Lo siento, no quería asustarte, pero no eres el zumbado del ajedrez.

   —¿Qué?

   Otras conversaciones se apagaron.

   —Te hemos visto jugando en diferentes estaciones de tren. Estás haciendo lo mismo aquí. ¿De qué va?

Zhenia se sentía como un insecto bajo el microscopio.

—No sé de qué estás hablando.

—Claro que sí. Lo estás haciendo ahora. Por eso te llamamos el zumbado del ajedrez.

Zhenia se levantó, con la cara ardiendo. Aun así, el chico de Stanford lo miró desde arriba.

—Cálmate —dijo—, no voy a hacerte daño. Solo quiero saberlo, ¿eres el zumbado del ajedrez? De tus labios. ¿No? —El señor Stanford se volvió hacia la pelirroja—. Lotte, ¿es este el zumbado o no?

Ella dijo:

—La palabra que yo usé fue...

En ese momento el cisne salió del agua, voznando, con las alas extendidas y el cuello estirado como una cobra, persiguiendo al mismo gamberro que lo había molestado antes. Los estudiantes de arquitectura salieron corriendo y el tablero de ajedrez cayó del banco, esparciendo las piezas en todas direcciones.

Zhenia se encontró solo, buscando reyes y damas en el camino, la hierba y las hojas caídas. Encontró todas las piezas salvo un peón negro que cabeceaba en el estanque, fuera de su alcance.

«Zumbado» resonó en la cabeza de Zhenia.

Metió todo en su mochila, apartando la libreta que había cogido del escritorio de Arkady. Era un enigma sin ninguna pista, pero cumplía su propósito si obligaba a Arkady a firmar los formularios para alistarse en el ejército. Zhenia había faltado a clase tanto tiempo que ya no constaba en las listas y no iba a ninguna parte. ¿Cuánto tiempo podría sobrevivir gorroneando partidas con viajeros cansados? La mayoría de los jóvenes que pasaban por las estaciones iban conectados a sus iPhone. Algunos ni siquiera conocían las aperturas básicas del ajedrez, el más ruso de los test intelectuales. Sin ninguna titulación, Zhenia estaría compitiendo con tayikos y uzbekos para barrer. Sus otras opciones eran el ejército y la policía. Desde luego, no le iría bien en la policía. La tasa de resolución de asesinatos profesionales era del cuatro por ciento. ¿Cómo se atrevían a llamarse policías?

14

Un patólogo forense no hacía distinciones. Para él, héroes, tiranos u hombres santos eran todos carne en una camilla. Vivos, podrían haber lucido condecoraciones militares o la toga de un catedrático. Muertos, sus secretos se vertían como rollos de grasa, hígado ennegrecido, un cerebro tierno expuesto en un cuenco. Nada más.

Que Willy Pazenko siguiera vivo era un alivio para otros patólogos porque nadie quería rajar a un colega. Él había cumplido su parte, había perdido cuarenta kilos y resoplaba por los pasillos oscuros del depósito de cadáveres para hacer ejercicio, como un globo medio desinflado moviéndose con lentitud. Habían encontrado el cadáver de Tatiana, y no solo lo habían encontrado sino que lo habían incinerado y sus cenizas estaban en una caja de cartón con la etiqueta: MUJER DESCONOCIDA 13.312.

—Puedes pasarlo a una urna de cerámica o madera —le explicó Willy a Arkady—. La mayoría de la gente elige la madera.

—Te dije que no podía haber cremación.

—Lo sé, lo sé, ocurrió cuando no estaba aquí. La mitad de los asistentes son tayikos. Si les das órdenes y asienten con la cabeza, significa que no han entendido ni una palabra de lo que has dicho. Por otro lado, al menos no se beben el desinfectante. De todos modos, entre unas cosas y otras, estuvo dos semanas sin reclamar y ya sabes cómo funciona, el fruto más bajo es el que se recoge primero.

—¿Pero incinerada?

Willy consultó una carpeta.

—Fue identificada por su hermana, su única hermana. Ella hizo la petición.

—¿Su hermana estuvo aquí en Moscú?

—No. No se encontraba bien para viajar desde Kaliningrado, así que llevó a cabo la identificación por teléfono desde su casa.

—¿Desde un móvil? Estamos en un túnel aquí y la recepción es imposible.

—Hicimos la foto aquí y subimos a la calle para transmitirla.

—¿Quién hizo la foto?

—Alguien.

—¿La guardaron?

—Por desgracia, no.

—Dientes.

—Puede que encuentres algo pulverizado en el fondo de la caja.

—¿Suficiente ADN?

—No después de la cremación. Ya te digo que estoy rodeado de incompetentes.

—¿Al menos obtuvieron alguna identificación que lo corroborara?

—De un tal teniente detective Stásov, de la policía de Kaliningrado. —Willy dio una palmada en la carpeta—. Está todo aquí.

—Una última pregunta. Si esta es Tatiana Petrova, ¿por qué en la caja pone Mujer Desconocida?

—Puede significar que nos estamos quedando sin cajas. ¿La quieres? Su hermana dijo que podíamos deshacernos de ella como quisiéramos.

—No hablas en serio.

—Es o la papelera o tú.

—¿Has probado con su revista o sus amigos?

—No voy a ir por ahí esparciendo cenizas como sal y pimienta. Conoces a esa gente.

—¿Y la carpeta?

—Toda tuya. —Se lo entregó todo y le dio a Arkady una opinión crítica—. Creo que deberías elegir la madera.

En su coche, Arkady trató de llamar otra vez a Liudmila Petrova, y no recibió respuesta. Lo mismo con el detective Stásov. La telefonista de *Ahora* le dijo que Obolenski no había llegado. Los muertos estaban muertos. Los vivos seguían adelante.

Arkady visitó el taller de reparación de ordenadores donde a veces trabajaba Zhenia. Los técnicos le dijeron que había pasado antes para llevarse un portátil.

Cuando Arkady se alejó, se mantuvo atento, tratando de descubrir la figura del chico escondido. Zhenia no había respondido ninguna de las llamadas de Arkady, lo cual en sí mismo era una forma de negociación.

Víktor había llamado y dejado un mensaje para reunirse en el cementerio donde había sido enterrado Grisha Grigorenko. Habían ejecutado a dos hombres de sendos disparos y los habían arrojado como ofrendas a la lápida de Grisha. La guerra de sucesión había empezado.

Los detectives Slovo y Blok llevaban tanto tiempo de compañeros que habían llegado a parecerse: gafas de montura metálica similares y barba blanca de tres días. Tenían planes para retirarse juntos y vivir en una dacha con jardín en Sochi, y no iban a dejarse arrastrar a una guerra de disparos. Habían cumplido con un simulacro de investigación —el lugar fue acordonado de inmediato—, pero la furgoneta forense no había llegado.

Víktor recibió a Arkady a las puertas del cementerio.

—Blok y Slovo son de la vieja escuela. En su opinión, si dos bandas quieren pelear, que les den, que se maten entre ellos. Dos muertos es un buen comienzo.

—Bienvenidos, caballeros —dijo Slovo—. ¿Sabéis cuánto voy a echar de menos vuestros dos caretos? Cero. Vamos a hacer una fiesta de despedida. No estáis invitados. Y tampoco ninguno de estos dos.

Las víctimas tenían el cabello ensangrentado y una palidez nórdica. Arkady los reconoció de la Guarida. Eran hombres de Alexéi; entonces caminaban con arrogancia, liberados de una acusación de asesinato por falta de pruebas. Arkady quería ver si iban armados, pero no se atrevió a mover los cadáveres antes de que llegara la furgoneta forense. Slovo y Blok estaban encantados de no hacer nada. Su atención se había desplazado a su siguiente vida. Blok llevaba en el sujetapapeles un artículo titulado «Planificar un jardín subtropical».

—¿Sabes que hay doscientos sesenta y cuatro días de sol al año en Sochi? —le preguntó a Víktor.

—Asombroso.

Slovo señaló a un sepulturero que estaba en posición de firmes con una pala.

—Ahí está el hombre que los encontró.

Era uno de los sepultureros con los que Arkady había hablado dos semanas antes, el día de la manifestación. Se le ocurrió a Arkady que no había nadie más a la vista.

—¿Dónde está todo el mundo?

—Los trabajadores —dijo Slovo— están celebrando el Día de la Higiene.

—¿Qué significa? ¿Qué higiene? Es un cementerio.

—Significa que se toman la tarde libre —dijo Víktor—. Por eso tardaron tanto en encontrar los cadáveres.

Los ángulos de entrada de las balas sugerían que los hombres habían muerto de pie. En ambos casos la bala había entrado por el cuadrante trasero derecho del cráneo y había salido por el ojo opuesto. Ejecuciones. La falta de sangre en la lápida y en el suelo que los rodeaba indicaba que habían disparado a las víctimas en otro sitio y los habían llevado a la lápida de Grisha para echar más sal en la herida.

—Como dos sujetalibros —se burló Blok.

—Como una guerra de bandas —dijo Slovo—. Bueno, pronto se acabará.

—Ya estoy contando los días.

—Paz y tranquilidad.

Arkady pasó el haz de luz de la linterna sobre un cuerpo y luego sobre el otro. Los revólveres eran fiables y las Glock tenían estilo, pero los verdaderos artistas usaban una pistola con bala de calibre .22 que rebotaba como una bola de billar en el interior del cráneo e incluso se quedaba dentro. No había nada tan ordenado en los hombres muertos. Manchas de sangre y materia gris salpicaban de la cabeza a los pies, como si hubieran compartido un último y descomunal estornudo.

—No tiene sentido —dijo Arkady—. ¿Quién querría empezar una guerra ahora? La olla siempre está hirviendo, pero hay un entendimiento básico ahora. Una paridad. Todos están ganando dinero.

—Eso no cambia el hecho de que son asesinos —dijo Slovo.

—Dispararían a su madre si estuviera de pie en un billete de dólar —dijo Blok.

—A mí me parece una guerra de bandas —dijo Víktor—. Ahora Alexéi tiene que hacer algo.

Arkady examinó la lápida de Grisha y su retrato de tamaño real grabado en granito. ¿Era la pirámide de un mafioso, su firma para la eternidad? O una biografía con solo las partes buenas: el dirigente cívico, *bon vivant*, donante generoso, deportista de facciones duras, hombre de familia con un pie en el parachoques de un Jeep Cherokee, una pendiente de esquí al fondo, con una gorra de yate inclinada sobre la cabeza y en la cara la sonrisa de un hombre que lo tenía todo. Sin embargo, faltaba algo o algo estaba fuera de lugar.

—La llave del coche no está —dijo Víktor.

Se la habían llevado de la lápida, un mensaje que cualquiera podía comprender.

—Eso me recuerda —le dijo Slovo a Arkady— que Abdul Jan quiere verte.

—¿El mismísimo Abdul Jan?

—En realidad quería hablar con cualquiera que llevara el caso de Tatiana Petrova. Le dije que ya no había caso, pero se negó a aceptar un no por respuesta. Le dije que te pondrías en contacto con él.

—Abdul es uno de tus candidatos del caso Tatiana —dijo Víktor.

—Por lo que yo veo, no hay caso Grigorenko ni caso Tatiana —dijo Arkady.

—No podría estar más de acuerdo —dijo Blok.

—Es una doble negativa —dijo Slovo.

—Es un perro que se muerde la cola —dijo Víktor.

15

Millones de rusos están aterrorizados por unos pocos chechenos.

¿Por qué?

Porque cuando son brutales, nosotros somos diez veces más brutales.

Por cada golpe que nos den, les caerán diez a ellos.

Dices: no sé a quién darle.

Digo: dales a todos.

Dices: no sé a quién darle.

Digo: dales a todos.

Abdul llevaba una camiseta negra con su nombre escrito en blanco en el pecho y cantaba su rap en un tanque ruso quemado, con un lanzagranadas en el hombro. A continuación, Abdul aparecía en una jaula de hierro, destrozando la cara de un hombre. Luego conducía un BMW, esquivando el tráfico a alta velocidad. A continuación, llevaba la figura renqueante de una mujer a una cama de cuatro columnas con dosel. Abdul tenía el pelo negro grueso y los ojos amarillos, y a Arkady no le habría sorprendido verlo echarse hacia atrás y aullar como un lobo.

Dices que no sabes a quién joder,
yo digo, jódelas a todas,
jódelas a todas,
jódelas a todas.

La sala de proyección se oscureció y, cuando las luces se encendieron, Abdul estaba inclinado sobre una consola de vídeo, escribiendo notas. Una cohorte de hombres robustos hacían guardia con los brazos cruzados. También había mujeres hermosas, tan apáticas como maniquís, despatarradas en sillas de cuero. Todas llevaban camisetas de Abdul. Arkady pensaba hablar con los jefes principales de la mafia sobre Tatiana. Tenía que reconocer que no había caso, y quizás esa sería su mejor oportunidad.

—¿Qué opina? —preguntó Abdul.

—¿Del vídeo? La verdad es que no soy un crítico. —Arkady esperaba no haberse mostrado impresionado.

Las paredes insonorizadas, el minibar, la consola para mezclar audio y vídeo del tamaño de un puente de mando de nave espacial eran símbolos de éxito. También había recordatorios sutiles de las empresas de Abdul: el negocio de la demolición en Grozni, los coches que robaba en Alemania, las prostitutas que controlaba en los hoteles más caros de Moscú, todo anunciado con el insistente ritmo del rap.

—¿Su opinión sincera?

—Bueno, un poco...

—¿Sí?

—Exagerado.

—¿Exagerado?

—Un pelín.

—A la mierda. Mi último DVD vendió quinientas mil copias en todo el mundo. Tengo mil visitas diarias en mi web. ¿Eso le parece exagerado?

—Me parece aterrador. —A Arkady le pareció que se estaban desviando del tema—. ¿Les dijo a los detectives Slovo y Blok que conocía a Tatiana Petrova? —Todavía le parecía improbable a Arkady.

—Sí.

—¿Sobre una base amistosa?

—Le parece increíble. Un policía debería saber que nadie es del todo santo o del todo pecador.

—¿Y ahora es usted un buen ciudadano?

—¿Por qué no?

Víktor había seleccionado a Abdul, *Simio* Beledon y Valentina Shagelman como los dirigentes de la mafia con más posibilidades de haber ordenado el asesinato de Grisha Grigorenko. Por lo demás, todos eran buenos ciudadanos.

—Durante la guerra, Tatiana era amiga del pueblo checheno y trató de conseguir la paz. Cada vez que se cometía una atrocidad (y, créame, había atrocidades a diario) ella aparecía, desatada por así decirlo. —Oyó una risita en su cohorte—. Salid. ¿Para qué coño estáis aquí sentados? ¡Fuera todos!

Los hombres parecían acostumbrados a los cambios de humor mercúricos de su jefe. Suspiraron y se fueron;

las mujeres salieron detrás. Abdul hizo una pausa hasta que pasara la tormenta.

—Cretinos.

—No hay problema. Suena como si usted y Tatiana se llevaran bien.

—¿Llevarnos bien? Puede decirlo así. Dos veces en Chechenia puse la mira en Tatiana. La primera vez que me fijé en ella llevaba un niño cubierto de sangre. La segunda vez que la tuve en el punto de mira estaba poniendo a salvo a una abuela. Decidí que antes de apretar el gatillo debería descubrir quién era esa persona.

¿La historia era cierta? Abdul era un experto creando su propia leyenda.

Abdul buscó en el minibar.

—¿Le apetece tomar agua, cerveza, brandy?

—No, gracias.

—Así que la investigué.

—¿Y?

—Bueno, descubrí que era una mujer.

—¿Qué significa eso? ¿Usted y Tatiana?

—Descúbralo, usted es el investigador. Solo le diré que Tatiana Petrova era una luchadora. Nunca saltaría de ningún balcón.

—Eso no importa. No hay caso y no hay cadáver.

—Lo sé. La gente dice que está usted loco. —Abdul lanzó puñetazos al aire—. De verdad. Dicen que está chiflado. Le vi en el funeral de Grisha, haciendo pasar un mal rato a su hijo. ¿Y no lleva pistola? Eso es de lunático.

—No hay caso.

—Si le importa, siempre hay caso. Eh, quiero conocer su opinión. Tengo un segundo DVD.

—¿Otro?

—Tatiana pensaba que el vídeo quizá necesitaba un poco de equilibrio. Para extender mi base, sabe. —Señaló con la cabeza hacia la puerta—. Mis amigos son mis amigos, pero artísticamente no tienen ningún matiz.

—Adelante.

¿Por qué no otro baño de testosterona?, pensó Arkady. Hasta el momento, la única información que Abdul le había proporcionado era una insinuación de que se había acostado con Tatiana, y ella estaba demasiado muerta para negar esa fanfarronada.

Era el mismo DVD con la misma combinación de vanidad y sangre. Idéntico, salvo por una imagen final de Abdul mirando directamente a la cámara mientras una lágrima le resbalaba por la mejilla.

—Empatía —dijo Abdul.

—Al por mayor.

Shagelman hacía una buena imitación de un cretino. Su camisa y su traje eran una talla demasiado pequeños, de manera que sus tatuajes parecían salir reptando de sus puños. Su sonrisa era la sonrisa de un bobalicón, iluminada por dos dientes de oro. No decía prácticamente nada. En los consejos de la mafia, era mudo. Después, se iba a casa, a la cocina de su apartamento, e informaba palabra por palabra a su mujer, Valentina, mientras ella afilaba sus cuchillos y cortaba carne, pimientos y cebollas para un *shish kebab*. Shagelman siempre lloraba cuando ella cortaba las cebollas.

Valentina no aprobaba a Tatiana.

—El lugar de una mujer está en la casa, escuchando a su marido, ayudándole, guiándole, no atrayendo la atención hacia ella.

Sin atraer la atención hacia ella, Valentina había atesorado una fortuna de las obras públicas hechas en nombre de Shagelman.

Ella insistió en servir a Arkady y a su marido té negro y galletas en el salón, que estaba repleto de tapices y alfombras persas. Con el cabello recogido en un moño, ella misma parecía una tetera.

—No puedo decir que lamente el fallecimiento de Tatiana Petrova. Siempre tenía cosas buenas que decir de los chechenos y cosas malas que decir de Rusia. Es terrible decir esto, pero buen viaje.

—¿Cree que alguien podría haber llevado a cabo esa amenaza?

—En lo que a mí respecta, Tatiana Petrova era una traidora y una zorra.

Isaac Shagelman mantuvo la mirada baja y rehuyó el problema.

Valentina revolvió mermelada de fresas en su té.

—¿No cree que Grisha Grigorenko tuvo un funeral digno?

«Bueno, sí —pensó Arkady—, salvo por el agujero de bala en la nuca.»

—¿Grisha y Tatiana eran amigos?

La pregunta pilló a Valentina por sorpresa.

—Eso decía la gente. No presto atención a esos rumores. A Grisha le gustaba correr riesgos. Hacía esquí acuático. Le dije que el esquí acuático era para los nietos. ¡Él y su barco!

—¿Cómo se llamaba?

—*Natalia Goncharova*. Menudo barco.

En un lado de la mesa, Arkady se fijó en una pequeña pila de calendarios en color de algo llamado Banco de Curlandia. Nunca había oído hablar de él, pero los Shagelman eran conocidos por fundar bancos que eran poco más que catálogos bonitos para blanquear dinero. La foto de cubierta era de un pelícano tragando un pez.

—Bonita foto. —Arkady cogió un calendario.

—Llévese uno, por favor.

—¿Hay alguna relación con Renacimiento de Curlandia, el promotor inmobiliario?

—Hum. —Valentina encontró algo para revolver en el fondo de su taza.

—¿Renacimiento de Curlandia no estaba tratando de construir en el edificio donde vivía Tatiana Petrova?

—Supongo que sí.

—¿Ella no estaba paralizando el proyecto?

—Mire, gente como Tatiana Petrova actúa como si el aburguesamiento fuera algo sucio. Vamos a construir un hermoso centro comercial con más de cien tiendas. Cuando talas leña, saltan astillas.

—Es lo que me dice todo el mundo —dijo Arkady.

Iván *Simio* Beledon estaba orgulloso de vivir en una dacha que había sido residencia de campo del KGB. No había cabaña rústica en esta, sino un *spa* con piscina, pista de tenis, masaje, baño de barro, mesa de billar, humidificador de puros y guardaespaldas dentro y fuera.

Simio Beledon y Arkady se sentaron junto a la pista

de tenis. El jefe de la mafia se había quedado en pantalón corto y exhibía unos brazos largos y flacos y una espalda de vello grueso que se movía en la brisa. Nadie lo llamaba Simio en su presencia, y aunque se especializaba en el tráfico de drogas, despreciaba a cualquiera de su organización que «probara la mercancía», según lo expresaba él.

Sus dos hijos estaban jugando en la pista de tenis y Simio miraba con benevolencia en su dirección de vez en cuando.

—Lo tienen tan fácil que no lo saben. El respeto ha muerto.

—¿Juega alguna vez con ellos?

—¿Tengo pinta de estar loco? Iban mucho con el hijo de Grisha, Alexéi. Chicos ambiciosos. Una vez vi a Yeltsin jugando al tenis con Pavarotti. Menudo partido. —Beledon buscó entre un despliegue de vitaminas y frutas en una bandeja de plata—. Borís le pegaba fuerte a todas las bolas, pasara lo que pasase. El peso de Pavarotti era engañoso. Podría haber sido jugador de fútbol profesional. Tendría que haber visto la cara de Yeltsin cuando Pavarotti hacía una dejada. Me caían las lágrimas. La cuestión es ¿qué cara puso Grisha cuando alguien le apoyó una pistola en la cabeza? ¿Fue de sorpresa o de resignación? Morir es una cosa, que te traicionen es otra. Todo depende de quién fuera. La relación. —Simio se detuvo para aplaudir un *ace*—. ¿No le gustan los chicos? No tienen ninguna preocupación en el mundo. ¿Recuerda a Marlon Brando en *El padrino*? Sufre un ataque al corazón jugando con su nieto. Buena forma de morir. Familia. Por supuesto, ayuda que el chico sea un ganador. Que desarrolle el negocio. Que muestre un poco de ambición. Aunque a veces hay demasiada ambición, demasiado pronto. Eso puede crear conflictos. Usted, por ejemplo. Que yo sepa, lo único que tenía que hacer era encontrar el cadáver de Tatiana Petrova, a quien, por cierto, siempre tuve en gran estima a pesar de que estábamos en bandos diferentes, por así decirlo. En fin. Pero la ha encontrado, al menos sus cenizas. ¿Qué busca ahora? ¿Me lo cuenta?

—Busco al que la mató —dijo Arkady.

—¿Lo ve? Una respuesta sincera. Eso me gusta. Sin autoridad oficial, sin esperar a que un fiscal se la encuentre, solo determinación terca. ¿De quién era el buey muerto? Eso es lo que hay que buscar. Quién se beneficia. Tome, coja algunas pastillas. Tiene pinta de necesitar un poco de vitamina C y D. —Simio se levantó—. Los chicos le acompañarán a la salida.

—Pensaba que íbamos a hablar de Tatiana Petrova.

—Ya lo hemos hecho.

Víktor todavía no había respondido su llamada. No estaba en la Guarida ni en ninguno de la media docena de bares y cafeterías con cristales ahumados que frecuentaba. Finalmente, Arkady probó en la Armería, un abrevadero para guardias de frontera. Víktor estaba en el reservado del fondo, avergonzado de que lo hubieran encontrado, pero —como si le hubieran cortado las piernas— incapaz de dejar a sus nuevos camaradas.

—Espera, estos caballeros son muy educados.

—Vamos —dijo Arkady.

—Es hombre de pocas palabras, pero profundas.

Dos rostros de sonrisa torcida miraron a Arkady.

—Es nuestro colega.

—Va a unirse a nosotros en el Día de los Guardias de Frontera.

Eso era una promesa audaz. Los guardias de frontera eran famosos por beber en su día y tomar la plaza Roja.

—Una copa más —le rogó Víktor a Arkady.

—Levántate.

—Puedo hacerlo. No necesito ninguna ayuda. Por el amor de Dios, deja a un hombre un poco de dignidad. —Víktor hizo una reverencia teatral y casi se desplomó del banco.

Arkady consiguió llevarlo al coche.

Mientras circulaban, Arkady se fijó en que el *Natalia Goncharova*, el superyate de Grisha, ya no estaba anclado en el muelle del Kremlin. En ese caso, ¿dónde estaba Alexéi? Había alardeado con Ania de que tenía un dúplex. En cualquier caso estaba lejos del alcance de Arkady.

Víktor sacó la cabeza por la ventanilla y dijo como un experto.

—Aire fresco.

16

¿De quién era el buey?

La cuestión tenía una resonancia bíblica. Arkady imaginaba a un antiguo sumerio de pie en un campo de grano pisoteado y planteando la misma pregunta. ¿Quién sufría? ¿Quién se beneficiaba?

Las de Beledon y Valentina eran organizaciones establecidas, les iba muy bien, gracias, y no era probable ver ningún beneficio en revolver el carro de las manzanas. O el buey.

Abdul no observaba esas sutilezas. «Dices: no sé a quién darle. Digo: dales a todos.»

Pero ¿una organización chechena iba a tomar todas las bandas rusas? Abdul parecía más implicado en las ventas de su DVD que en la revolución.

Alexéi Grigorenko pensaba que podía heredar las empresas de su padre reclamándolas públicamente. Solo por su ignorancia, era peligroso.

¿De quién era el buey?

Por la noche, los concesionarios de coches y los clubes de caballeros dominaban Bulvárnoye Koltsó. Zhenia llamó al móvil de Arkady y se mostró aún más exasperante de lo habitual.

—¿De qué va la libreta?

—No es nada —dijo Arkady—, es solo una libreta. Lo importante es que la robaste y quiero recuperarla.

—Dijiste que estaba en código.

—No sé lo que es. No tiene valor.

—¿Por eso la metiste en la caja fuerte? ¿A lo mejor tendría que romperla?

—No.

—A lo mejor debería pedir dinero, pero seré generoso. Lo único que quiero es el formulario parental firmado para que pueda alistarme. Yo puedo ingresar en el ejército y tú puedes quedarte una libreta que nadie puede leer.

—Es de un caso cerrado.

—No está cerrado si estás trabajando en él.

—Es por Tatiana Petrova.

—Eso ya lo sé.

—¿Cómo lo sabes? —No había nombres en la libreta que Arkady recordara.

La voz de Zhenia adquirió un nuevo tono.

—Firma el permiso.

—¿Vas a descubrir el código?

—Te daré una hora antes de empezar a romper las hojas de la libreta.

—¿La has leído? ¿Qué más has averiguado?

—Firma el permiso —dijo Zhenia, y colgó.

—Mierda —dijo Arkady. Era la única palabra que servía.

En cuanto llegó a su apartamento, Arkady se desplomó en la cama. No había oído ningún ruido procedente del piso de Ania y no iba a llamar a su puerta. Quizás ella y Alexéi estaban disfrutando de una fiesta prefiesta. A Arkady no le importaba. Lo único que echaba de menos era dormir, y aún estaba vestido cuando subió la colcha.

La fatiga conjuró el más extraño de los sueños. Se encontró siguiendo un sonido de golpecitos por un pasillo oscuro; rápidos golpes de garras en un suelo de madera. Al acercarse se hizo evidente que estaba siguiendo un conejo blanco que entraba y salía de cortinas de terciopelo rojo. Arkady casi lo tenía a su alcance cuando el conejo se metió en una habitación llena de hombres con uniformes nazis y heridas horribles.

El padre de Arkady estaba sentado a una mesa con un revólver y tres teléfonos: blanco, rojo y negro. Arkady desconocía el significado de los colores. Aunque el general se había afeitado la parte superior de la cabeza, fumaba un cigarrillo con aplomo y cuando el conejo blanco saltó a su regazo, dejó que se acurrucara como si fuera su mascota favorita. Iba creciendo la expectativa. Aunque Arkady no comprendía nada, era consciente de unas manos empujándole hacia la mesa. El doguillo levantó la cara hacia Arkady.

Sonó el teléfono rojo. Sonó y sonó hasta que Arkady se despertó sudando. Los alemanes y su padre ya no estaban. El revólver había desaparecido y la pesadilla estaba incompleta. Sin embargo, el teléfono sonaba en su lugar.

—Hola.

—Hola, investigador Renko. Soy Lorenzo.

Arkady encontró su reloj. Eran las tres de la madrugada.

—Lorenzo...

—De Bicicletas Ercolo, en Milán.

—¿Qué hora es allí?

—Medianoche.

—Eso pensaba. —Arkady se frotó los ojos para sacudirse el sueño.

—Me dijo que llamara si encontraba el recibo o el número de bicicleta que hicimos para un tal señor Bonnafos. ¿Tiene bolígrafo y papel?

Arkady buscó a tientas en el cajón de la mesita de noche.

—Sí.

—Solo será un segundo —le prometió Lorenzo.

—Estoy preparado.

—Una bicicleta se prepara como un traje a medida, y más.

—Entiendo.

—Al fin y al cabo, una bicicleta no es solo una cuestión de belleza, sino que ha de estar hecha para resistir los rigores de la carretera.

—Estoy seguro. ¿Cuál es el número?

—Esto me ha llevado horas de investigación. ¿Está listo? —preguntó Lorenzo. Cantó los números de identificación como un maestro del bingo—: JB-10-25-12-81. JB-10-25-12-81.

—¿Recuerda alguna cosa más sobre Bonnafos?

—La caja del pedalier y los cables a la vista.

—Me refiero a personalmente.

—Un fanático del *fitness*, pero por lo demás diría que no tenía ningún rasgo de personalidad destacado.

—¿Mujeres?

—No.

—¿Política?

—No.

—¿Deportes?

—Aparte del ciclismo, no.

Arkady pensaba que Joseph Bonnafos sonaba cada vez más como un perfecto cero a la izquierda; quizás eso era una ventaja para un intérprete.

—¿Alguna cosa más? —preguntó Lorenzo—. Se está haciendo tarde.

—Nada más, gracias. Ha sido muy paciente.

Arkady esperaba alguna despedida educada, pero Lorenzo simplemente dijo:

—Encuentre la bici.

Arkady pensaba que aunque Bonnafos fuera un cero a la izquierda, su cerebro tenía que ser fenomenal. Según los estudios, cada cerebro humano era diferente, dependiendo de la edad, el sexo, el consumo de vodka y las enfermedades. ¿Había una diferencia según el idioma? En distintos lugares del mundo, la gente imitaba de forma diferente el maullido de los gatos. Si escuchaban a los gatos de manera distinta, ¿cómo iban a entenderse unos a otros? Preguntas eternas, pensó Arkady. Obviamente, estaba medio dormido.

Sin embargo, oyó el zumbido de la alarma de un coche y desde la ventana del dormitorio observó los garajes del otro lado de la calle, donde destellaban las luces de su Niva. Arkady pulsó su control remoto sin ningún éxito, lo cual solo le dio más ganas de disparar al coche y terminar con él.

Finalmente, por el bien de los vecinos, bajó en el ascensor y abrió el garaje. Era una construcción pequeña donde solo había espacio para su coche, una mesa de trabajo y bidones de gasolina. La luz estaba apagada y cuando desconectó la alarma se quedó en la completa oscuridad.

Oyó una pisada y olió a éter.

Cuando Arkady se despertó, estaba tumbado boca arriba entre bloques de hormigón cubiertos de barro. Podía levantar un poco la cabeza y cruzar una pierna sobre la otra, pero solo tenía visión periférica: negro en un lado y, en el otro, los faros cegadores de un coche.

Se tocó un chichón situado en medio de la frente que se había hecho en su primer intento de sentarse.

—¿Dónde estoy?

—Te daré una pista —dijo Alexéi—. No estás en un yate.

—¿Una casa flotante?

—Casi casi. Una barcaza.

Tenía que ser una barcaza con el lastre de un bloque de hormigón que estaba suspendido con cintas sobre otro bloque de hormigón donde él estaba tumbado como en un canapé. Arkady se retorció a un lado y a otro. De hecho, estaba sepultado con menos espacio que un ataúd.

—¿Qué quieres?

—Muy bien. Bajo control. Porque queremos tu concentración plena.

Arkady sintió que tenía los ojos bien abiertos y descubrió que estaba al nivel de los zapatos del otro hombre, y ese no era el mejor nivel para negociar. Lo que necesitaba era una madriguera y un conejo blanco que le indicara el camino.

—¿Qué quieres? —repitió Arkady.

—Quiero la libreta que te dio Ania.

—No la tengo.

—¿Quién la tiene?

—No lo sé.

El lastre cobró vida y bajó lo suficiente para dejar las cosas claras. Sin ningún efecto, Arkady trató de levantar las piernas y contenerlo. No gritó. Parecía sobreentendido que cualquier llamada de auxilio terminaría rápidamente con la conversación. No era la clase de situación que pudiera terminar de ninguna otra manera. La cuestión era si terminaría enseguida o al cabo de un rato.

—¿Crees que esto causará impresión a *Simio* Beledon o Abdul? —preguntó Alexéi—. A lo mejor me tomarán más en serio. Que se chupen las bolas. ¿No tienes opinión? Muy bien, lo intentaré otra vez, ¿Quién tiene la libreta? Sé que no la tiene Ania. Entonces, ¿quién la puede tener?

—He dicho que no lo sé.

Alexéi bajó otra vez el lastre, de manera que Arkady estaba respirando directamente en él. La cuestión era qué se aplastaría antes, la caja torácica o el cráneo.

Pensar racionalmente en esa situación exigía disciplina. No obstante, Arkady estaba casi convencido de que se encontraba en el puerto de Moscú. A la mañana siguiente, algún pobre marinero tendría que arrancarlo de la losa. Entretanto, Alexéi contaba con un control remoto y no se manchaba.

—Háblame de Kaliningrado —dijo Alexéi.

—¿Kaliningrado? —A Arkady le pilló por sorpresa.

—Kaliningrado. ¿Qué está pasando allí?

—No tengo ni idea de lo que está pasando allí.

—Está todo en la libreta.

—Nadie puede leer la libreta.

—Entonces, devuélvemela.

—No tengo la libreta, no pude leer la libreta y no tengo ni idea de lo que está pasando en Kaliningrado.

—Entonces no tiene sentido mantenerte con vida.

—Tengo muchas otras libretas.

—Estás ganando tiempo.

—No. —Literalmente no, pensó Arkady. Ganar tiempo implicaba la esperanza de rescate. Solo estaba terminando el juego.

El control remoto sonó y el lastre reanudó su lento descenso.

—Creo que es un pecado que mueras por una libreta que ni siquiera puedes leer —dijo Alexéi—. Ni siquiera es un despilfarro, es inmoral.

—En cuanto te lo diga, me matarás.

—Ese es un punto de vista pesimista. ¿Qué puedes perder?

—Te llevaré allí.

—Nada de expediciones. Dime dónde está la libreta aquí y ahora.

—Espera.

—Lástima. Última oportunidad. Adiós.

Algo pequeño pasó por delante de los faros. No era un conejo blanco de ojos rosados, orejas largas y un reloj, sino un perro de orejas cortas y ojos inexpresivos. El lastre se detuvo abruptamente cuando el perro empezó a olisquearlo. Un doguillo. Una vez que descubrió a Arkady se retorció con deleite y reptó por su pecho para lamerle la cara.

Los doguillos eran raros en Moscú. Arkady solo conocía uno.

Gritos y silbidos trataron de poner al perro fuera de su alcance, pero Arkady lo llamó *(«¡Polo!»)* y el perro volvió.

Cuando Alexéi metió la mano, Arkady le agarró el brazo y se lo retorció en sentido contrario a las agujas del reloj, con fuerza suficiente para dislocarle el hombro. Esto planteó un dilema a Alexéi. Tenía el mando a distancia, pero en una pelea, podía apretar el botón equivocado y aplastarse a sí mismo también, porque estaba brutalmente agarrado por alguien que había decidido vivir.

Los dos hombres retrocedieron de debajo del lastre como cangrejos atrapados en combate. Arkady era consciente de que se levantaba un aire fétido, de barcos arrastrados bajo las estrellas, del perro que salía corriendo y luces que se retiraban. El dolor de un hombro dislocado dejó a Alexéi poco tiempo para tomar decisiones. Se liberó pero llevaba la pistola en la cartuchera de debajo del brazo izquierdo y su brazo derecho colgaba inútil.

—Esto no ha ocurrido —dijo Alexéi.

Arkady le golpeó en la cara.

—Esto sí que ha ocurrido.

Le golpeó otra vez en la misma mejilla.

—Y esto también ha ocurrido. Ve a ver a *Simio* Beledon o a Abdul ahora. Cuéntales la historia que quieras.

17

La lluvia era deprimente. El barro era deprimente. El día siguiente probablemente sería deprimente.

—Kaliningrado. —Maxim abrió los brazos para dar la bienvenida a Arkady—. Una fantasía que salió mal.

Empezando por su aeropuerto tercermundista, pensó Arkady. La construcción y las aspiraciones se habían detenido a medio camino. La mayor parte del techo se había derrumbado y lo que quedaba revelaba barras de acero corrugado retorcidas y manchas de óxido. Las barreras en la carretera forzaban al tráfico a acercarse en zigzag. Los BMW negros hacían cola para ponerse al día con la burocracia, pero Maxim se impuso a todos con su majestuoso Zil.

—¿Ha venido conduciendo desde Moscú? —preguntó Arkady.

—¿Cree que dejaría atrás mi posesión más valiosa?

—¿Cómo sabía que estaría en el avión?

—Me lo dijo Ania. Decidí que como Dante en el infierno necesitaría un guía. «Abandonad toda esperanza al entrar aquí.» —Maxim cargó la bolsa de Arkady. Casi parecía contento—. Recuerde que di clases aquí durante años. Si alguien puede conducirle con seguridad a través de esta tierra de contradicciones soy yo. —Le mostró a Arkady una botella de Hennessy de doce años en una bolsa de papel—. Para privilegios de aparcamiento especiales. De hecho, voy a exhibir el Zil para promocionar un rally de coches clásicos de Moscú a Kaliningrado. Entre, vuelvo en un minuto.

Maxim rebotó bajo la lluvia, con la bolsa y el brandy metidos bajo el brazo.

Arkady comprendía que, básicamente, Maxim Dal se había ofrecido para proteger su premio de poesía y los cincuenta mil dólares caídos del cielo. Entonces, ¿por qué poner en peligro el premio yendo a una manifestación? El premio era estadounidense, pero las autoridades relevantes de Moscú podrían retirarle el pasaporte. Difícil de entender. Maxim poseía aptitudes para jugar a dos bandas. El viejo también tenía estilo, como el Zil con sus botones de control, interior de cuero y ceniceros extraíbles. Arkady encendió un cigarrillo y lo apagó de inmediato. Desde que había escapado de ser aplastado se estaba aficionando a los buenos hábitos.

—Tiene un aspecto fatal —dijo Maxim a cambio—. Una mera observación.

—No es el primero que me la hace.

Se extendían campos inhóspitos a ambos lados de la autopista, pero el asfalto era tan suave como la sensación de una mesa de billar, y las farolas mostraban elaborados diseños de galeones.

—Ahora estamos circulando por la carretera más cara

de Europa. En otras palabras, la mujer del alcalde tiene una empresa de construcción de carreteras. Así es como se hacen las cosas aquí. Lo ve, necesita que alguien le muestre cómo son las cosas. —Maxim miró alrededor—. No está contento. ¿No cree que podemos trabajar juntos?

—No es usted un detective ni un investigador.

—Soy un poeta. Es lo mismo. Aún más, soy un *könig*.

—¿Qué es un *könig*?

—Un *könig* es un oriundo de Kaliningrado. Puedo ayudarle. Seremos compañeros, estaremos tan juntos como pepinillos en un tarro.

Kaliningrado no tenía nada del empuje y el poder de Moscú ni la elegancia de San Petersburgo. Pepinillos sonaba bien.

—¿Cómo puede ayudarme?

—Le enseñaré esto.

—¿Por qué?

—Amaba a Tatiana —dijo Maxim—. Al menos, dígame a qué ha venido. Si no hay cadáver ni hay caso, ¿qué queda?

—Un fantasma. Como poeta debería saberlo.

La flecha encontró su diana; Maxim siempre era acusado de ser un poeta monocorde, igual que Arkady se estaba convirtiendo en un investigador monocorde. Si Liudmila Petrova no tenía información nueva sobre su hermana, Arkady podría haberse ahorrado el viaje.

—¿Es cierto lo que dicen de que está acabado? —preguntó Maxim—. Algunas personas cuentan que tiene un trozo de plomo rebotando en el cráneo, una bomba de relojería que los cirujanos no pueden extraer.

—¿Está usted acabado? —preguntó Arkady.

—Los poetas nunca están acabados. Siguen parloteando.

—Bueno, hay un elemento de riesgo. No puedo dejarle que me ayude ni aunque quiera.

—Eso es mi problema.

—No, es el mío. Rusia no puede permitirse perder otro poeta querido.

Arkady miró al poeta. El rostro de Maxim estaba colorado como si le hubieran dado un bofetón. Al acercarse a la ciudad, la arquitectura cambió de los horrores de edificios de cemento de cinco plantas de la era Jruschov a los horrores de edificios de cemento de ocho plantas de la era Brézhnev.

—Usted visitó mi escuela.

—¿Ah, sí?

—Yo estaba en tercer grado. Era una labor cultural de los miembros de la Unión de Escritores con niños mocosos.

—Sí, sí, estoy seguro de que tuvo un gran efecto.

—Recuerdo un poema en particular: *Todos los caballos son aristócratas.*

La lluvia adoptó un ritmo de martilleo constante. Los peatones se reunían en las esquinas y cruzaban en mareas opuestas de sombrillas. Maxim se permitió una sonrisa.

—Así pues, ¿le gustó ese poema?

Zhenia no había jugado al ajedrez en semanas, pero tenía poco dinero, y un torneo al aire libre en la Universidad de Moscú prometía ganancias fáciles. Uno o dos miembros del club reconocieron a Zhenia y trataron de escapar de que les tocara, pero en general reinaba la confianza entre los estudiantes. Los jugadores de Internet que normalmente perseguían a Supermario se sentaban en mesas y sillas al aire libre. La moda entre estudiantes licenciados eran los tejanos rotos y los jerséis de Milán. Zhenia llegó con pantalones de camuflaje arrugados, con el aspecto de un prisionero de guerra.

La universidad encarnaba todo lo que él odiaba, que era lo que no tenía: acceso, dinero, un futuro. Zhenia no tenía futuro ni pasado, solo un círculo. Su padre había disparado a Arkady y Víktor había matado a su padre. ¿Quién sabía en qué podría haberse convertido Arkady sin una bala en su cerebro? ¿Un gran pianista? ¿Un filósofo profundo? Al menos, fiscal general. Zhenia imaginaba que nueve gramos de plomo se habían iluminado en su cerebro como fuegos artificiales. El hombre tenía sus límites. ¿Qué estaba persiguiendo en Kaliningrado? Tatiana estaba muerta y desaparecida. La revista *Ahora* estaba promocionando un nuevo elenco de héroes. El fiscal se centraba en nuevos agentes de disrupción social.

Zhenia reconoció al chico de la sudadera de Stanford, el estudiante licenciado que lo había acosado en el Estanque del Patriarca, y casi se mareó tratando de mantener la cabeza baja. Había veinte participantes, incluida la chica pelirroja que había formado parte de su humillación. Probablemente se follaba al señor Stanford, pensó Zhenia.

La mayoría de los estudiantes había mantenido la frescura en su juego mediante el ajedrez electrónico. Capullos. Quitar una cara del otro lado del tablero eliminaba el tempo, la psicología y la amenaza de violencia.

Un tintineo de botellas de cerveza atrajo la atención. Stanford se puso enfrente de Zhenia e hizo un anuncio.

—Este es el zumbado del ajedrez. Ha vuelto entre nosotros. ¡Con el Jabberwock, hijo, ten cuidado! ¡Las fauces que muerden, las garras que agarran!

Fue su última risa. Zhenia fingió una apertura holandesa, atrajo las piezas de Stanford y las aniquiló. Zhenia tenía que informarle:

—Mate en tres.

El resto de las partidas de Zhenia funcionaron del mismo modo. No se fijó en que la chica había mantenido el mismo paso hasta que se sentó frente a él para la partida final.

—Hemos jugado antes —dijo ella.

—Lo dudo. Recuerdo las buenas partidas.

—Hace años, en un casino. Éramos niños.

Zhenia lo recordó entonces. Era una exhibición. Había salido vivo por los pelos.

—¿Por qué tu amigo y tú me llamáis zumbado?

—Eso fue palabra suya, no mía. Yo dije «genio».

El apenas visible hoyuelo en la mejilla de la chica estaba iluminado por el sol de la tarde. Sus cejas eran reflexivas briznas de pelo; sus ojos, esmeraldas; y Zhenia llevaba una docena de movimientos antes de darse cuenta de que perdía por un peón.

18

La casita de Liudmila Petrova quizás había sido una casa cochera antes de la guerra. Aunque los ladrillos se habían medio desintegrado en tierra de color óxido y había cinta aislante sosteniendo los cristales de las ventanas, la casa conservaba una leve huella del estilo de Königsberg en un barrio de hosca arquitectura de la época de Jruschov. Pequeñas tiendas vendían cedés o viajes a precio rebajado. Arkady y Maxim abrieron la puerta a un huerto donde los girasoles se asomaban por encima de la pared, las tomateras se descolgaban desde palos de madera y las berenjenas yacían orondas y perezosas en el suelo.

Cuando Liudmila no respondió al timbre, Maxim lanzó piedrecitas contra una ventana. Arkady no vio luces dentro, pero la ventana se abrió ruidosamente y una mujer colgó una jaula con un canario. Llevaba una bufanda de abuela, guantes de jardinera y gafas oscuras cerradas por los costados y provocó al pájaro para que ahuecara las alas en el frío.

—Siempre quejándose, siempre buscando compasión. Igual que nuestro viejo amigo Maxim. Siempre el centro de atención.

—Hola, Liudmila —dijo Maxim.

—Y con un amigo de dudosa reputación —añadió cuando Arkady se presentó.

—Siento lo de tu hermana.

—Entonces estoy segura de que tienes algún plan para sacar dinero de su muerte. Tú y Obolenski, tan dispuestos a convertirla en mártir.

—¿Identificaste el cadáver de Tatiana Petrova? —preguntó Arkady.

—A partir de una fotografía. No tenía sentido ir a Moscú.

—Liudmila es fotosensible —dijo Maxim—. Eso hace que viajar le resulte muy difícil.

—¿No querías identificar el cadáver?

—La foto bastaba.

—¿No te preocupaba lo que ocurrió con su cuerpo?

—Francamente, estoy más preocupada por el mío.

—¿Solicitaste la incineración?

Un minuto antes, la lluvia casi se había detenido; ahora estaba repiqueteando. Arkady oyó el barullo al otro lado del muro del huerto: en el mercado estaban poniendo el género a cubierto. Cualquier otra persona habría invitado a Arkady y Maxim a pasar.

—La pobre *Julieta* se está mojando. —Frotó al canario bajo su pico—. No cantan después de perder a su pareja.

—¿No recuerdas si solicitaste la incineración de tu hermana?

—Tengo que vivir mi propia vida.

Una vida circunspecta entre las verduras y los pájaros, pensó Arkady.

—¿Qué otros animales tienes?

—Bueno, no podemos tener gatos. Eso pondría demasiado nerviosa a *Julieta*. —Sacó la jaula de la ventana.

—¿Tatiana no tenía un perro? —preguntó Arkady.

—Sí, uno pequeño y feo. ¿Sabes cuáles son mis mascotas favoritas? Las verduras. —Cerró la ventana solo para reabrirla al cabo de un segundo—. Tampoco robes ninguna —agregó, y cerró la ventana del todo.

—Lo siento —dijo Maxim—. Como le dije, Liudmila es dura.

Arkady se entretuvo entre las tomateras. Había contado con la indignación de Liudmila Petrova, o al menos con la curiosidad sobre la muerte y los problemas con el cadáver de su hermana.

—Puede coger el avión de la tarde a Moscú —dijo Maxim—. Lástima que haya venido hasta aquí por nada. ¿Qué es eso?

Arkady le hizo una seña para que se acercara y los dos se quedaron junto a un pequeño excremento de perro que se estaba licuando bajo la lluvia. Los titulares corrieron en la mente de Arkady: «Llamada a la intervención de la brigada de mierda. Mierda descubierta en el huerto. Pruebas perdidas en la lluvia.»

No era poca cosa.

19

Se llamaba Lotte. Esta vez no dejó que Zhenia se le escurriera del anzuelo. Perder un peón con ella era un lento descenso a la tumba. Zhenia sabía lo que ella estaba haciendo; simplemente no podía detenerla. Al final de la partida, ella tenía las mejillas rosadas y Zhenia estaba sudando como un luchador. El señor Stanford se había ido. Casi todos los espectadores se habían marchado, porque habían esperado una rápida victoria de Lotte y la partida se había alargado hasta la hora de clase. Era la primera partida que Zhenia perdía en semanas, pero aun así se sentía extrañamente eufórico.

Lotte vivía en una casa artística al otro lado del conservatorio, donde la música flotaba de un piso a otro. Su abuelo era Vladímir Sternberg, el pintor de retratos más famoso de su tiempo. Sternberg había decidido astutamente pintar un solo tema: Stalin. Stalin dirigiéndose al XVI Congreso de los Sóviets, Stalin dirigiéndose al XVII Congreso de los Sóviets, etcétera, etcétera, pintando un Stalin un poco más alto, un poco más robusto, sin un brazo atrofiado y nunca acompañado de otro líder del Partido, porque esos semitiranos fatuos tarde o temprano eran borrados de las pinturas y marchaban a una celda. Sternberg los evitaba como si fueran contagiosos, mientras que la estatura del líder amado no dejaba de crecer hasta quedar rodeado únicamente de nubes plateadas y los rayos de un sol radiante.

Sternberg era poco más que huesos y venas azules, vestido con una bata y en zapatillas, pero maniobraba su silla de ruedas de ratán en torno a caballetes tapados con trapos. Obras de arte más pequeñas, también cubiertas, colgaban de la pared.

—Lotte, cielo, ponle un té a este joven. Lo has dejado agotado.

Zhenia lo secundó y se sentó.

—Lotte me ha contado todo de ti —dijo Sternberg.

Zhenia no sabía de qué estaba hablando el artista. Todavía estaba sorprendido de que Lotte se hubiera fijado en él, y se sentía tan fuera de lugar como un pájaro que entrara volando por casualidad por una ventana abierta. Había estado durmiendo en un colchón detrás de un salón de videojuegos, soportando el tableteo implacable de las ametralladoras y el silbido de los cohetes hasta bien entrada la noche. En comparación, los caballetes estaban en silencio y solemnes bajo las sábanas. Paletas y mesas estaban salpicadas de colores. Nunca se había fijado antes en que la pintura olía. Nunca había visto lienzos tan misteriosos.

—Adelante, echa un vistazo —dijo Sternberg.

—¿A cuál?

—A cualquiera.

Zhenia retiró cautelosamente una tela de un caballete y retrocedió para estudiar la pintura. Stalin aparecía saludando, no quedaba claro a quién ni por qué, solo que estaba atento a su gente, debajo de él. Zhenia desveló un segundo retrato y un tercero, cada uno de ellos pintado con el carácter enérgico de la propaganda. Stalin era un artista que cambiaba deprisa, en verde militar en un momento y con ropa blanca de verano en el siguiente, y saludando perpetuamente.

—Podía hacer cinco al día —dijo Sternberg.

Zhenia suponía que estaba «muy bien».

—¿Bien? —Sternberg casi se levantó de su silla—. Es más rápido que la escuela de Rubens. Por supuesto, el mercado de los retratos de Stalin se ha resentido desde hace un tiempo.

Lotte le llevó un té a Zhenia y susurró.

—Pregúntale a mi abuelo por sus otras pinturas.

—No le interesan —dijo Sternberg.

—¿Por qué no? —dijo Zhenia.

—No es interesante. Las pinté en privado.

—Mira. —Lotte desveló una pintura de un pueblo en una extensión de nieve blanca.

Era una escena rústica nocturna, y cuanto más la miraba Zhenia, más cosas veía en ella. Las ascuas de las chimeneas, representadas en pinceladas agitadas, se convertían en diablillos de fuego. Camisas congeladas volaban en el aire. Ventanas brillantemente iluminadas en plena noche sugerían alegría o desastre. Zhenia cruzó los brazos para buscar calor.

El resto de las pinturas —media docena— eran iguales y diferentes. Cada una proponía un tema rural, y cada una, al examinarla, estaba al borde de la explosión. Un granero a punto de convertirse en leña, un patinador bajo el hielo, el ojo de un caballo desorbitado de pánico.

—¿Los esconde? —preguntó Zhenia—. ¿Por qué?

—Una pregunta audaz para ser el primer día que vienes invitado, pero me gusta.

—¿Y?

—¿Qué crees? Para salvar la cabeza. Lotte, ¿puedes traer también unas galletas? Gracias, querida. Eres demasiado buena. —A Zhenia le dijo—: Adora a su abuelo. Bueno, ojo por ojo, ¿qué vas a hacer con tu tablero de ajedrez? ¿Cuáles son tus planes?

—Nada en particular.

—Que es nada en absoluto, por supuesto. Lotte dice que eres muy bueno en ajedrez, un diamante en bruto. ¿Eres muy bueno?

—Normal.

—¿Solo normal? Quizás unos veinte jugadores del mundo se ganan la vida con el ajedrez. ¿Eres uno de los veinte mejores jugadores del mundo?

—No lo sé.

—Ni siquiera tienes ránking, porque no juegas en torneos oficiales. La invisibilidad podría ser una táctica sagaz si estás buscando partidas en una estación de ferrocarril, amigo mío, pero para el mundo del ajedrez, no existes.

Lotte volvió con magdalenas.

Sternberg esbozó una sonrisa.

—Lotte, justo estaba contando a tu amigo la buena noticia. Los retratos de Stalin están empezando a venderse otra vez.

Zhenia y Lotte fueron amables diez minutos. Los ojos

de Zhenia se desviaron a las pinturas de los pueblos cubiertos de nieve, campesinos divirtiéndose, oseznos siguiendo a su madre. Nada calienta el corazón de un ruso como osos en un árbol.

Después, cuando Zhenia y Lotte estuvieron solos en un café, ella dijo:

—Adoro a mi abuelo. Es un hombre dulce y un artista fantástico. Pero ¿pasarte la vida negando tu arte? Ahora nadie lo conoce y es demasiado tarde.

Maxim estaba llevando a Arkady otra vez al aeropuerto bajo la lluvia. Los limpiaparabrisas del Zil se movían a un lado y a otro. El tráfico peatonal se había convertido en un cúmulo de paraguas. En los puestos de la acera, los tenderos extendieron lonas impermeabilizadas sobre cajas de fruta, una mesa de imitaciones de Prada, una fila de bicicletas.

—Aparque —pidió Arkady.

—¿Y ahora qué? Va a perder el vuelo —dijo Maxim.

—Volveré enseguida.

Pasó por encima de una alcantarilla y se coló entre los chorros de agua que caían a ambos lados de un toldo que decía: BICICLETAS KÖNIG. Un técnico con una bolsa de plástico en la cabeza recolocaba bicicletas. Otro, en la parte oscura de la tienda, ajustaba una rueda, haciéndola girar hasta que los radios dejaron de verse. Cuanto más gesticulaba Maxim para que Arkady se diera prisa, más ganas tenía Arkady de ojear banderines, llaveros, frenos, material ciclista brillante y cascos aún más brillantes.

Había carteles del Tour de Francia, el Giro de Italia o

el Tour de San Petersburgo en las paredes en una sucesión interminable. Un tablón de anuncios anunciaba carreras locales de Kaliningrado a Chkalovsk, a Zelenogradsk o al istmo de Curlandia.

—Es una obsesión, ¿no? —Arkady pasó la mano por una fila de cascos brillantes.

El hombre de la rueda murmuró.

—Se convierte en tu puta vida. No puedes dejar que te absorba.

—Bien dicho —dijo Arkady—. ¿Sales a pasear a menudo?

—Tenemos un club que alquila bicicletas y tiendas de campaña —dijo su amigo—. Somos muy sociables. Te propondría una bonita vuelta local de Kaliningrado a Zelenogradsk o Baltijsk. Pasamos la noche, hacemos una hoguera, nos zambullimos en el lago. Es una especie de salida de adultos.

Arkady examinó los banderines.

—Parece que también participas en carreras. ¿Usas tus propias bicicletas?

—Por supuesto. Quiero decir que alardeamos de nuestros productos, claro.

—¿Alguna vez las llevas en avión?

—Claro.

—¿Hay que pagar sobrecarga?

El hombre de la rueda se detuvo de golpe.

—Joder, no. ¿No voy a poner una bici de mil dólares en manos de esos simios de carga? Compramos un asiento para la bici y la dejamos en el vestíbulo.

—¿Tu nombre es...?

—Kurt. Soy Kurt, él es Karl.

—¿Mil dólares? ¿Eso es el límite?

—No hay límite.

—¿Diez mil dólares?

—Podemos gastarlos —dijo Karl.

—¿Diez mil dólares? ¿Llevas una bolsa de plástico y vendéis bicis de diez mil dólares?

—No en la tienda ni ahora mismo.

—Pero podemos conseguir lo que quiera —dijo Kurt.

—Quiero una Ercolo Pantera.

Ese era el momento en que ellos deberían haber tratado de desviarlo a una bici de gama alta de la tienda. En cambio, preguntaron:

—¿Qué iba a hacer una Pantera en Kaliningrado?

¿Acaso no era esa la cuestión?, pensó Arkady.

20

—¿De quién es esta casa? —preguntó Lotte.

—De un tipo que conozco. —Zhenia miró en la nevera, donde una cáscara de queso mantenía una vigilia solitaria.

—¿Te deja llave? Tiene que ser un buen amigo.

—Más o menos. Es investigador.

—¿Ah, sí?

Arkady había dejado que Ania colgara fotografías de reclusos y sus tatuajes, con especial atención a los dragones, vírgenes y telarañas. Las fotos captaron la atención de la chica.

—Las vi en una revista —dijo Lotte.

—¿Quieres una cerveza? —Zhenia abrió dos botellas.

—¿Tu amigo es un poco extraño?

—¿Arkady? No podría ser más vulgar.

Lotte paseó junto a las estanterías.

—Le gusta leer.

—Tu cerveza, me temo que no está muy fría.

—Es muy británico —dijo ella bruscamente—. La cerveza natural es británica, la fría es americana.

—Pues aquí tienes tu cerveza británica.

Zhenia se sentía socialmente inepto y sabía que era un error llevarla al apartamento de Arkady. Todo era demasiado acelerado, pero no tenía otro sitio donde llevarla. Esperaba que ella hubiera puesto alguna excusa, que tenía clase o algún compromiso anterior. En el mundo del ajedrez oficial él era un pez pequeño. Por fortuna, al menos sabía cómo mover las piezas. El ajedrez era algo vivo: trampas, gambitos, proteger un peón pasado o la amenaza de dos torres alineadas como un cañón. El ajedrez era drama. La defensa siciliana olía a hechos oscuros en callejones oscuros. Cada anotación se leía como una historia. Por malo que fuera, cualquier jugador se relacionaba con los inmortales del juego. Paul Morphy y su fetichismo con los zapatos. Fischer el genio y Fischer el cascarrabias. Los serenos Capablanca y Alekhine, el glotón que se comía los dedos y murió al atragantarse con un bistec.

Zhenia pensó que, aparte del ajedrez, no tenían nada en común. Una pequeña aventura con un bribón, sería como ella recordaría el día. Él calculó que Lotte probablemente tendría diecinueve años, lo cual la hacía más de un año mayor que él, y lo más probable era que tuviera la vida programada: un año de rebelión, seguido por unos pocos trofeos menores de ajedrez, matrimonio con un millonario, hijos, una serie de aventuras con oligarcas y finalmente arrojada por la borda en Montecarlo.

—¿Cuáles son tus planes? —preguntó ella.

—¿Planes? Alistarme en el ejército y sentar cabeza.

—En serio, ¿qué quieres?

—Ser rico, supongo. Tener un buen coche.

—¿Y un hogar?

—Supongo —dijo Zhenia, aunque no podía imaginarse cómo sería un hogar.

—Eres muy evasivo.

Eso dijo ella, pero Zhenia sabía que si le contara la verdad saldría corriendo.

—Es complicado.

—Es sencillo. Oí que le disparaste a alguien.

—¿Quién dice eso?

—Todo el mundo. Por eso tienen miedo a jugar al ajedrez contigo.

—Tú no tienes miedo.

—Porque soy pelirroja. Todo el mundo sabe que las pelirrojas están locas. —En una voz más grave añadió—: No hagas como mi abuelo. No seas cobarde.

—¿Qué debería ser?

—Alguien.

—Voy tirando.

—¿Sí?

—Vivo con libertad, por mi cuenta.

—Salvo cuando pasas frío.

—Todo el mundo debería vivir con una mochila. Descubrirían qué es lo esencial.

—¿Como un forajido? ¿Qué es lo esencial? Enséñamelo.

Estaba acorralado y Zhenia se dio cuenta de que discutir con Lotte era como el ajedrez y, una vez más, estaba perdiendo.

—Vale.

Hurgó en su mochila y puso sobre la mesa un objeto tras otro: un ajedrez plegable, una bolsita de terciopelo con piezas de ajedrez, un reloj de ajedrez, una libreta y un lápiz, un libro de bolsillo sobre Bobby Fischer y bolsas de plástico que contenían un cepillo de dientes, un tubo de dentífrico y jabón.

—¿Cuántas partidas de ajedrez has ganado? Más de mil. ¿Y esto es todo lo que tienes para enseñar? Menudo forajido.

—Puedo ganarte.

—Pero no lo has hecho. —Lotte cogió la libreta y la abrió para saborear su victoria por segunda vez—. Ad5, Td5; De2, Td1. Ese fue tu error.

Él la siguió en torno a la mesa.

—Jugaré otra vez contigo, ahora mismo.

—La partida ha terminado.

—Entonces, si soy una pérdida de tiempo, ¿por qué estás aquí todavía?

—Nunca he dicho que fueras una pérdida de tiempo. —Se volvió hacia él y le dio un beso en los labios—. Nunca he dicho eso.

El apartamento de Maxim era básicamente un túnel cavado a través de pizza, botellas medio vacías de cerveza, botellas de vodka vacías del todo y libros, periódicos y revistas de poesía por todas partes, derramándose de los estantes, apilados en el suelo, resbalando bajo sus pies. La fina ceniza volcánica de los cigarrillos flotaba en el aire.

—Es más cómodo de lo que parece. —Maxim barrió del sofá una caja de pizza y unos manuscritos—. ¿Qué le hizo decidirse a quedarse en Kaliningrado?

—Es encantador. A lo mejor debería ir a un hotel —dijo Arkady.

—¿Y pagar esos precios? Es absurdo. —Maxim golpeó los cojines—. Sé que hay una botella de vodka en alguna parte.

Danzaron uno en torno a otro para cruzar la habitación.

—No puedo evitar pensar que molesto —dijo Arkady.

—En absoluto. Por supuesto, si hubiera sabido que iba a tener un invitado, habría...

Pedido una excavadora, pensó Arkady.

—Es la vida de un poeta —dijo—. ¿Dónde quiere que cuelgue mi abrigo?

—Donde quiera. Solo hay una regla.

—¿Sí? —Arkady estaba ansioso por oírla.

—No encienda un cigarrillo hasta que encuentre un cenicero.

—Muy prudente.

—Tuvimos problemas en el pasado.

—Con otros poetas, sin duda.

—Ahora que lo menciona. Siéntese, por favor.

Arkady cogió un fajo de papeles del suelo.

En la primera página decía: «Solo para reseña.»

—El autor es un escritorzuelo sin ningún talento condenado a una bien merecida oscuridad —dijo Maxim, y añadió en un aparte—. Busca la misma beca que yo en Estados Unidos.

—¿Sabe que acaba de morir?

—¿Sí? En ese caso, Rusia ha perdido una voz singular... desaparecido demasiado pronto... deja un vacío. Quiero decir, ¿por qué no ser generosos?

—No me lo dijo.

—¿Qué es lo que no le dije?

—El nombre de la beca.

—¿Ah, no? No creo que tengan un nombre todavía. Están empezando. Será secreto hasta que tomen su decisión.

—Asombroso. ¿De verdad haría cualquier cosa para salir de Kaliningrado?

—No existe Kaliningrado. —Empezando por la puerta de la calle, Maxim hizo mímica de un hombre entrando en el apartamento, alcanzando una mesa de café, visitando el dormitorio y volviendo con una almohada, de la cual sacó una botella de vodka tan brillante como el cromo—. Es solo cuestión de recrear lo último que has hecho.

—¿Por qué la almohada?

—Eso no lo recuerdo. ¿Tiene hambre? —Maxim sacó de un armario los vasos, morcilla y una barra de pan dura como un bastón—. No soy eslavo. Sin ánimo de ofender, pero un eslavo bebe para emborracharse.

—Me he fijado.

—En cambio, una persona civilizada en un país normal bebe en compañía cordial, con buena comida y un intervalo decente entre brindis y brindis.

Arkady tenía que reconocer que eso superaba la debilidad de Víktor por el agua de colonia.

Empezaron solemnemente.

—Por Tatiana.

—Por Tatiana.

Enseguida aparecieron las primeras gotas de sudor en la frente.

—¿Qué quiere decir —preguntó Arkady— con que Kaliningrado no existe?

—Solo lo que he dicho. No hay pasado, no hay gente, no hay nombre.

Maxim explicó que Kaliningrado había sido Königsberg, residencia de los reyes alemanes. Pero los bombardeos británicos lo arrasaron durante la guerra y, después del conflicto, Iósif Stalin obligó a marcharse a toda la población alemana. Todas las gentes, sus hogares y recuerdos se borraron. En su lugar, Stalin trasladó a una nueva población de rusos y le dio un nombre nuevo, Kaliningrado, en homenaje a su adulador Kalinin.

—Kalinin era un mierda, ya lo sabe. Allí estaba, el presidente del Presidium del Sóviet Supremo, y Stalin envió a su esposa a un campo de prisioneros. El mismo Stalin la sacó de su celda para que bailara en la mesa. Supongo que cuando has quebrado a un hombre de ese modo, lo has quebrado para siempre. Dios mío, tengo la boca seca.

Maxim volvió a llenar el vaso de vodka.

—Y este es el chiste. Nadie reconoce ser kaliningradense. Se llaman *königs*. Pero la ciudad tiene el índice de delincuencia más elevado de Europa. Así que sabes que estás en Rusia.

El visitante tenía un hematoma bajo el ojo del tamaño de un puño. Por lo demás, a Zhenia le pareció la clase de nuevo ruso demasiado arreglado y con la exagerada confianza de quien ya había ganado su primer millón de dólares. Antes de que Zhenia pudiera cerrar la puerta, el hombre estaba en el apartamento.

—Disculpa, me llamo Alexéi. Pensaba que era la casa del investigador Renko.

—Lo es. Yo también vivo aquí —dijo Zhenia.

—Y... —Alexéi se volvió hacia Lotte, que estaba sentada ante el tablero de ajedrez y le devolvió la mirada.

—Una amiga —dijo Zhenia.

—¿Hay alguien más en la casa?

—No.

—Estáis en una fiesta privada.

—Estamos jugando una partida.

—Vaya con este sitio. Es como un museo. —Alexéi examinó las pesadas cortinas soviéticas, el suelo de parquet, la mesa de caoba y un armario lo bastante grande para navegar en él. Se fijó en Lotte—. Cuando el gato no está, los ratones bailan. ¿Es lo que sois? ¿Dos ratoncitos? No quiero estropear la diversión, solo he venido a coger una libreta como esta. De hecho, es una libreta igual que esta. —Tocó la libreta que estaba abierta sobre el tablero—. ¿Qué estás escribiendo?

—Cuando juegas al ajedrez —dijo Zhenia—, anotas los movimientos para estudiarlos después.

—Suena emocionante. —Alexéi se dejó caer en el sofá, al lado de Lotte. Cuando la chica intentó levantarse, él la agarró con fuerza del brazo—. Esperaré a Renko.

—Arkady está en Kaliningrado —dijo Zhenia.

—¿En Kaliningrado? ¿No es irónico? En ese caso, tendremos que empezar sin él. —Soltó a Lotte y dejó una pistola en medio del tablero, derribando piezas negras y blancas—. Partida nueva.

El hematoma de la cara era reciente. Zhenia quería creer que el puñetazo se lo había propinado Arkady, pero no podía imaginarlo.

—¿En qué puedo ayudarte? —dijo Zhenia.

—Eso me gusta. Estoy buscando una libreta común

de espiral, sin ningún valor ni utilidad para nadie. Como esta, solo que el lenguaje es un poco diferente. Muy diferente en realidad. Cuando la veas, dímelo. Te daré cincuenta dólares a cambio.

—No.

—Cien dólares. Tienes pinta de que te vendría bien el dinero.

—No, gracias.

—Mil dólares.

—No.

Alexéi le preguntó a Lotte.

—¿Tu novio habla en serio?

—Completamente.

Zhenia pensó que Lotte no tenía miedo.

—Está rechazando mil dólares por una libreta de la que asegura no saber nada. Lo siento. Simplemente no lo creo. —Levantó la pistola—. Esta es mi máquina de rayos X. Puede decirme si alguien está mintiendo o no. ¿Qué clase de pistola es? —le preguntó a Zhenia.

—Creo que es una Makárov.

—¿Una Makárov qué?

—Una Makárov doscientos treinta y cuatro.

Alexéi pasó los dedos ligeramente por la culata.

—Exacto. Y si pones una pistola como esta delante de la gente, la mayoría actúa como si le hubieras puesto una serpiente en su regazo. ¿Cuántos pueden mantener la calma? He oído rumores. —Alexéi se volvió hacia Lotte—. ¿De verdad creías que era un chico ordinario? Es como Renko, una bomba de relojería.

—¿Qué quieres? —dijo Zhenia.

—Quiero la libreta. Encuentra la libreta.

—No sé qué aspecto tiene.

—Lo sabrás.

—Búscala tú. —Zhenia se acercó al armario y lo abrió. Cayeron cajas de zapatos, y de cada caja cayeron libretas al suelo—. Tengo centenares y centenares de partidas de ajedrez, aperturas, situaciones. ¿Qué quieres? Ruy López, siciliana, gambito de dama aceptado, gambito de dama rechazado. A mí me gusta la siciliana.

—¿De qué estás hablando? —dijo Alexéi.

—No tenemos la puta libreta. —Zhenia buscó en el armario y tiró más cajas al suelo. Sabía que debería estar intimidado. Pero por el momento era valiente y veía el mundo a través de los ojos verdes de Lotte.

Se había ido la luz en el edificio de Maxim y el poeta recitó a la luz de las velas.

Los caballos son aristócratas.
Cabeza alta y vestidos de seda.
Pateados, fustigados, orejas levantadas
por temor a los leopardos.
Mientras sus verdaderos enemigos en el Ministerio de
Industria Ligera gritan: ¡Más cola!

—Encantador —dijo Arkady.

—Gracias —dijo Maxim—. Había un animal para cada letra del alfabeto. ¿Recuerda? Necesito aire fresco.

Arkady abrió una ventana.

—Necesita un hígado nuevo.

Ayudó a Maxim a levantarse del suelo y lo condujo

hacia el dormitorio. Aunque la botella de vodka estaba medio llena, Arkady la declaró ganadora y la metió debajo del sofá de una patada.

—¿Le ha gustado la morcilla? —preguntó Maxim.

—Estoy tratando de no pensar en eso.

—¿Cómo vamos? —Maxim caminó a tientas hacia el pasillo oscuro.

—Avanzando.

—Perdió el avión. Lo siento.

—No pasa nada. De esa forma puede vigilarme. Es lo que está haciendo, ¿no?

Si la sala de estar de Maxim era un túnel, su dormitorio era un pozo de hedor masculino, una mareante mezcla de cortinas corridas, cerveza rancia y loción para después del afeitado. Arkady buscó en la oscuridad algún lugar para depositarlo y finalmente lo inclinó en el borde de una cama.

Arkady cavó un agujero para él mismo en el sofá y se acomodó después de apartar unos libros, monedas y unas galletas de perro.

Zhenia juntaba libretas y Lotte las ordenaba. Una hora después de que Alexéi se fuera del apartamento todavía le temblaban las manos. Ordenar implicaba algo más que simplemente meter libretas en su caja adecuada, pero la tarea era en sí misma un proceso de sanación. Las piezas de ajedrez parecían contentas de volver a su saco de terciopelo.

La única libreta que no habían tocado era la del tablero, que había permanecido abierta toda la tarde. Cuando

Lotte la cerró se descubrió mirando la cubierta de atrás y tardó un momento en comprender que la libreta había sido girada y volteada. La parte de atrás estaba delante y la parte de arriba abajo. En la posición original, las páginas estaban llenas de círculos, flechas, figuras de palo con elementos de jeroglíficos, mapas y señales de tráfico en un lío de taquigrafía y código aparentemente ininteligible.

21

Con la chaqueta cruzada abotonada hasta arriba para protegerse del viento, Arkady bajó a pasos agigantados por una duna hacia la playa. Maxim se quedó atrás, tambaleándose entre una niebla matinal tan gruesa como un forro de algodón.

—Parece indecentemente feliz —dijo Maxim.

La playa era una mezcla de guijarros y arena salpicada de restos de madera y algas. En pequeños charcos formados por la marea bailaban crustáceos en miniatura. El graznido de las gaviotas se elevaba por encima del rumor de las olas. ¿Qué era lo desagradable?

—¿No le gusta la playa? —preguntó Arkady—. ¿Su padre nunca le llevaba?

—Mi padre rara vez salía de casa. Esta es la clase de niebla que él llamaba «crema de guisantes». Eso es lo que es, una crema de guisantes. ¿Por qué ha insistido en venir aquí?

—Solo quiero formarme una idea del lugar.

—Es todo lo mismo. Arena, agua, más arena.

—¿Dijo que hay una frontera en el istmo?

—Más o menos.

—¿Cuánto tiempo se tarda?

—Diez, quince minutos. La mitad norte del istmo es lituana; la mitad sur es rusa. Dicen que hay alces. Yo nunca he visto ninguno. Niebla sí, alces no. —Maxim dio un pisotón—. Iba a hablar con la hermana de Tatiana y volver a Moscú. En cambio, estamos aquí varados en un banco de arena con una carretera de un solo sentido. Durante el verano, hay gente tomando el sol, niños con cometas, nudistas jugando a voleibol. Pero en este momento del año todo está vacío. Es deprimente. ¿Por qué estamos aquí?

—Estamos aquí porque Joseph Bonnafos y Tatiana vinieron aquí. No estaban en Moscú.

—¿Y?

—¿Y si se le caen las llaves de casa en la puerta de atrás las busca delante porque hay mejor luz? Además, quería verlo.

—Parece más bien un perro de caza olisqueando el aire.

Arkady lo tomó como un cumplido.

—¿Por qué no vuelve al coche?

—Se perdería.

—Es difícil perderse en un banco de arena. ¿Por qué se ofreció para ser mi guía?

—Estaba borracho entonces. Hágame caso, nadie viene aquí en esta época del año.

—Entonces es un buen sitio para reunirse con alguien.

—¿Reunirse con quién? ¿Reunirse para qué? No sé si puedo aguantar tanta especulación con el estómago vacío.

Eran buenas preguntas. Arkady tenía que reconocerlo. El teniente Stásov de la policía de Kaliningrado nunca había enviado fotografías del cadáver ni del lugar pese a que lo había prometido. Con suerte, no sabría que Arkady estaba en Kaliningrado.

—El istmo de Curlandia —dijo Maxim— es estrecho pero largo. Puede esconder cualquier cosa en la arena. De hecho, la arena hará el trabajo por usted.

—¿Qué quiere decir?

—Se llaman dunas viajeras. Tapan carreteras, invaden casas y ocultan pruebas.

La idea de un paisaje en movimiento era intrigante. La única estructura que Arkady veía en la playa era un quiosco cerrado recubierto de carteles de grupos de rock y discotecas, pero a saber qué habría reclamado la naturaleza. La única otra persona a la vista era una figura tan envuelta en bufandas que podría haber sido un peregrino de la Edad Media. Arrastraba un trineo con el botín de un vagabundo de playa: madera, botellas y latas.

La orilla atrajo a Arkady. No sabía si la niebla se estaba haciendo más densa o disipándose, ni si imaginó o vio realmente un movimiento en los pinos que bordeaban las dunas. ¿Un alce esquivo? Unos prismáticos lo enfocaron a él. Los prismáticos se movieron y enfocaron a otro punto de la playa, a las algas que había arrastrado la marea. Dos niñas ajenas a la aproximación de Arkady y Maxim estaban en el mar, con agua hasta los tobillos, barriendo la arena con rastrillos. Descalzas, con el pelo decolorado por el sol y vestidos escasos parecían supervivientes de un naufragio y, aunque temblaban de frío, examinaban las piedrecitas a la luz de una vela y guardaban las pocas que elegían en un saquito de cuero.

—Ámbar —dijo Maxim.

Un chico salió de los pinos y cruzó la playa, con unos prismáticos en una mano y una pistola de señales en la otra. No hizo caso de Maxim ni Arkady y gritó a las niñas para que se dieran prisa.

Arkady lo interceptó.

—¿Podemos hablar?

El chico levantó la pistola de señales. Las pistolas de señales no estaban diseñadas para la precisión, pero el fósforo rojo de un cartucho alcanzaba los 2.500 grados, lo cual la convertía en un arma considerable.

—¡Vova! —gritó una de las niñas.

—¡Voy! —gritó el chico.

Su atención se volvió hacia el quiosco y a una furgoneta con un cerdo iluminado que parecía flotar en el techo. Era un cerdito rosado y feliz. Arkady no podía ver al conductor, pero era alguien que había quitado suficiente presión de las ruedas para poder rodar con suavidad por la arena.

Las chicas corrieron y la furgoneta las siguió, inclinándose como un pequeño barco sobre la superficie desigual de la playa. Cuando la furgoneta encendió los faros y proyectó las sombras de las niñas, estas tiraron sus herramientas. El chico las apartó hacia los pinos, pero la furgoneta las obligó a dirigirse al borde del agua hasta que Arkady y Maxim se interpusieron ante los faros. La furgoneta se detuvo, haciendo una pausa reflexiva entre la niebla.

Arkady pensó que el conductor tendría que decidirse. El tiempo y la marea no esperaban a nadie. Cada segundo que pasaba al borde del agua, la furgoneta se hundía en la arena húmeda.

—«A la feria, a la feria, a comprar un lechón —recitó Maxim—. Brinca que brinca, canta esta canción.»

El agua fría se filtró por los zapatos de Arkady. Enseguida alcanzaría el tubo de escape y pararía el motor. Antes de eso, la arena cedería y la furgoneta perdería toda la tracción. El chico llamado Vova y las dos niñas se escabulleron mientras la furgoneta se concentraba en Arkady y Maxim. Arkady se preguntó cuántas opciones estaba considerando el conductor. Entonces, sin un atisbo de problema, la furgoneta retrocedió hacia un terreno más sólido y partió en dirección al quiosco mientras el cerdo se bamboleaba con las ondulaciones de la playa, lentamente al principio y luego al trote.

Arkady recogió las herramientas que habían abandonado las niñas en su huida. Su lámpara era ingeniosa: una zapatilla de ciclista rellenada con una vela y arena. Arkady añadió una tarjeta con el número de su teléfono móvil y un billete de veinte rublos.

Maxim estaba echando humo.

—Un chiste —dijo en cuanto entraron en el coche—. Un hombre está leyendo un libro, y llaman a la puerta. Sale a abrir y hay un caracol en el umbral. El hombre solo quiere leer su libro, así que le da una patada al caracol en la oscuridad y vuelve a leer el libro. Pasan dos años. Llaman a la puerta. Al abrir se encuentra con el caracol que le pregunta: «¿Qué coño ha sido eso?» Así que le pregunto ¿qué coño ha sido eso?

—No lo sé.

—Parecía personal. Nos persigue un lunático con una furgoneta de carnicero y usted no parece particularmente sorprendido. Tengo los zapatos mojados, los calcetines húmedos y usted está poniendo dinero en una zapatilla que se va a llevar la marea. ¿Cree que alguien va a verlo?

—Los chicos lo verán. Son muy audaces. Volverán en cuanto vean que no hay moros en la costa.

—¿Qué tiene eso que ver con Tatiana?

—Tatiana compró la libreta a unos chicos en esta playa, quizás a estos mismos chicos. Queríamos establecer contacto y creo que lo hemos hecho.

—¿Entonces ha sido un gran éxito?

—Desde luego.

—Sentía que me estaba mojando los pies.

—Puedo entender eso. Lo siento por sus zapatos.

A pesar de la disculpa, Maxim estaba ofendido.

—¿Y ahora qué?

—Dijo que había una frontera en el istmo.

—Más o menos.

—Me gustaría verla.

«Más o menos» era una exageración. Un punto de control ruso típico contaba con guardias de frontera preparados para examinar cualquier documento sospechoso. Bajo cualquier pretexto, un viajero podía ser conducido a salas de espera donde el contenido de su mochila sería vaciado y fisgoneado.

Sin embargo, la frontera ruso-lituana en el istmo de Curlandia no era más que una casucha detrás de una torre de comunicaciones esquelética de diez metros de alto. El puesto y la torre estaban custodiados por neumáticos blanqueados medio enterrados en el suelo y un reflector antiguo con aspecto de no haber sido encendido desde el sitio de Leningrado. Las líneas telefónicas colgaban de la alambrada y desaparecían en un bosquecito de abedules. Un guardia de frontera con ropa de camuflaje ordinaria se levantó lo suficiente para hacer un movimiento circular con el brazo y gritó:

—¡Vuelvan! No pueden ir más lejos en coche.

—¿Esto es todo? —preguntó Arkady.

—Esta es la frontera —dijo Maxim—. En esta época del año pasan algunos observadores de aves. Por lo demás, es muy mínimo. ¿Quiere denunciar al maníaco en la furgoneta del carnicero?

—¿Qué denunciaríamos?

—Vimos a un hombre amenazando niños.

—Solo que se ha ido y también los niños.

—Podrían buscar.

—Los guardias no están autorizados a dejar sus puestos.

—Podrían llamar.

—Esperemos que no —dijo Arkady—. A partir de aquí, seamos invisibles.

En el camino de regreso del istmo, Maxim miró a Arkady durante unos segundos.

—Tiene una opinión muy elevada de sí mismo, Renko. En dos días, cree que ha entendido Kaliningrado. Que sabe todo lo que hay que saber.

—No exactamente.

—Pero al parecer sí lo suficiente para meterse en el mar espontáneamente. ¿Qué más sabe?

—No mucho.

—Cuénteme.

—Sé que Tatiana Petrova pensaba que merecía la pena arriesgar su vida para venir a Kaliningrado a por una libreta que nadie podía leer. Que cayó de un balcón el día que regresó a Moscú. Que los periodistas honestos tienen enemigos y Tatiana más que ninguno.

—Supongo que han utilizado a expertos y ordenadores para descifrar el código.

—Quizás. Eso no ayudaría —dijo Arkady.

—¿No lo cree?

—No creo que sea un código. No puede leerse, igual que no puede leerse la mente de otra persona.

—¿Usted también tiene enemigos?

—¿Puede ser más específico?

—Gente que le tiraría por el balcón.

—Bueno, no he estado mucho tiempo en Kaliningrado —dijo Arkady—. Deme tiempo.

Sin avisar, Maxim metió el Zil en una carretera llena de baches. Un camión pasó atronadoramente a su lado, como un rinoceronte salpicando arena y agua.

—¿Dónde estamos? —preguntó Arkady.

Las palabras apenas habían salido de la boca de Arkady cuando bajó bruscamente la línea del horizonte. La dirección del Zil se sacudió sobre surcos tan duros como el cemento y el coche se detuvo en seco ante el espectáculo de una mina a cielo abierto con maquinaria gigante en funcionamiento.

No hacía falta mucho personal para manejar una mina a cielo abierto. Un hombre para controlar una excavadora, otro en un *bulldozer* que empujaba la tierra a un lado y otro. El capataz iba a pie con una manguera de alta presión. El suelo suelto se apilaba en montículos de escombros negros. Entretanto, una excavadora mantenía un patrón de caminos que descendían seis niveles de arriba abajo. Entre el ruido de los motores y el chorro de agua a presión, un meteoro podría haber impactado en la mina y nadie se habría enterado.

—El noventa por ciento del ámbar del mundo procede de Kaliningrado —dijo Maxim—. Controlar Kaliningrado significa controlar la producción mundial de ámbar. Eso merece un poco de lío.

—¿Quién lo controla?

—Lo controlaba Grisha Grigorenko, pero alguien lo mató. Quién sabe, a lo mejor hay una nueva guerra. O quizá con su talento puede usted empezar una.

22

En el primer panel de la primera página había un = y las palabras «bla, bla». En el segundo panel, ⛎: y ☽. En el tercero, un insecto, ⌀ y ⚭. En el cuarto, ⬡ y 2B. En el primer panel de la segunda página había ⊟: y ☆. En el segundo panel, ⌀, ☼ y ◐. En el tercer panel, ⛎:, ? y ✕. En el cuarto, ⚭ y ☾. En el primer panel de la tercera página había ☽:, ↓ y ⌀. En el segundo panel, ☽ y =. En el tercer panel, ◖, ◐ y RR. En el cuarto panel, ☆:, ↓, ⧻, R R y L. En el primer panel de la cuarta página había ⊞:. En el segundo panel, $ y ⌀. En el tercer panel, ⊟, y en el cuarto ☢. En el primer panel de la quinta página, ⛎: en el segundo panel ⑤, en el tercero, ☽ y ⊟, y en el cuarto, ⊛. Y así continuaba en esa veta inescrutable —☽:, ⧻, ⌇, ⌀, ⛎:, ⌀— hasta el nombre «Natalia Goncharova» y un dibujo de una mujer con un collar de perlas, 👤. Pese a ser un esbozo apresurado, quedaba claro que pretendía expresar fuerza de voluntad y belleza.

Después del nombre de Natalia Goncharova había páginas en blanco hasta la cara interior de la contraportada, que tenía cinco dibujos idénticos de un gato, la palabra «Ercolo» y una corta lista de datos.

60 cm
56,5 cm
1.990 g

Eran símbolos y números sin sentido sin un contexto, pero aparentemente merecía la pena matar por esa libreta.

Lotte negó con la cabeza.

—La muestra es demasiado pequeña. Estudié lingüística en la universidad. No podemos traducir esto con tan pocos símbolos, ni en un millón de años.

—No lo pienses como una traducción, piénsalo como si fuese una partida. Hemos de ganar una partida. No pienses en gramática, sigue tu instinto.

—¿Qué te hace pensar que podemos hacer eso?

—Porque soy jugador. ¿Cuáles son los primeros símbolos?

—Un signo igual, «bla, bla», y lo que podría ser un cañón o un hombre con sombrero de copa subrayado o una pelota en un tubo con una línea debajo.

—Es un principio. Si tenemos un par de símbolos podemos triangular y construir un contexto. Como construir una escalera peldaño a peldaño.

—No creo que sea posible.

—Claro que sí. En el segundo panel también hay una oreja o medio corazón.

—¿Tercero?

—Alguna clase de insecto y dos anillos entrelazados, que podría significar acuerdo, matrimonio o esposas.

—¿Cuarto?

—Un pez...

—O el símbolo de un pez de los primeros cristianos...

—O tenacillas, un cohete o un avión —dijo Zhenia.

—¿2B?

—Una dirección, una habitación. *To be or not to be.*

—¿Primer panel de la segunda página?

—Una caja con un palo atravesado, quizá llevando algo caliente o explosivos.

—¿O una cometa cuadrada? —dijo Lotte.

—Quizás. A continuación, una estrella o una estrella de mar o la placa de un sheriff del oeste.

—Vale.

—El insecto, salida del sol, puesta de sol, Humpty Dumpty, un ojo dormido, erizo y un triángulo, un pilón o una nariz. En el tercer panel, el hombre del sombrero otra vez, pero sin raya debajo, un signo de interrogación y unas espadas cruzadas. En el cuarto, anillos entrelazados y otra vez el símbolo del pez.

—Pero esta vez bajo una ola —dijo Lotte.

—Exacto. Luego, en la tercera página, la luna creciente o una rodaja de manzana o una uña. Después una flecha hacia abajo y un insecto. En el segundo panel, la oreja y el signo igual. En el tercer panel, higos negros y blancos, o lágrimas, y RR. En el cuarto, la estrella seguida por una flecha hacia abajo, las vías del ferrocarril, RR y la L mayúscula. En la cuarta página, ladrillos, signo de dólar y el insecto. Ves, ayuda a coger ritmo. —Zhenia trató de sonar despreocupado.

—¿En serio?

—En el tercer panel, la cometa cuadrada. En el cuarto, el símbolo de la radiactividad. Luego en la siguiente página, el hombre con el sombrero de copa...

—Con una raya debajo.

—Con una raya debajo. Y una espiral, remolino o hipnosis. Y el tercer símbolo es la oreja otra vez, el cuarto, la caja atravesada por una línea. Luego sigue y sigue: luna creciente, vías de ferrocarril, ola, flecha señalando hacia abajo con un lazo arriba, cruz y cara seria hasta que llegamos al dibujo de una mujer y su nombre, Natalia Goncharova, la mayor golfa en la historia rusa, zarinas excluidas, por supuesto.

—Nunca oímos su versión de la historia —dijo Lotte.

—Se casa con Pushkin, el gran poeta ruso, le pone los cuernos y hace que lo maten en un duelo. ¿Qué tiene eso que ver con la mafia? Ni idea. Entonces, ¿qué opinas?

—A lo mejor no somos tan listos como creemos que somos. Esto no es un código secreto, ni siquiera un lenguaje. Son solo dibujos. La persona que lo escribió seguro que tenía una memoria increíble. Probablemente, es el uno por ciento de lo que se dijo realmente.

Zhenia se hundió en su silla.

—Entonces crees que es imposible.

—No he dicho eso. Esto son notas de una reunión, ¿no? Dos puntos indica quién está hablando, ¿verdad? Seis símbolos: Sombrero de Copa con una Raya, Sombrero de Copa sin Raya, Cometa Cuadrada, Ladrillos, Luna Creciente y Estrella tienen dos puntos. Estos son los participantes y esta es su conversación.

—Entonces, ¿por qué el tipo que tomaba notas dividió las páginas en paneles?

—¿Por qué un tablero de ajedrez tiene sesenta y cuatro casillas? Para evitar que las piezas corran en todas direcciones. Los símbolos son pistas personales. Veremos adónde van.

Cuando Zhenia lo pensó, vio las similitudes con el ajedrez. Sus símbolos eran tan definidos como piezas, solo tenía que adivinar qué movimientos hacía cada símbolo.

Maxim conocía un restaurante que servía a sus invitados, en una versión de plástico de la Cámara de Ámbar, la «octava maravilla del mundo».

La «Cámara» estaba llena de paneles con ámbar artificial y oro en forma de querubines y Pedro el Grande. Las camareras iban disfrazadas de María Antonieta, con el pelo salpicado de polvo dorado y un lunar postizo cuidadosamente situado en el escote. En una jaula situada en el centro de la sala, un ruiseñor mecánico abrió el pico y vomitó su canto.

—Esto casi compensa mis pies mojados —dijo Maxim—. Quizás un poco de *foie gras* y un pato a la naranja ayudarán.

—Y quizá pueda contarme por qué una furgoneta con un cerdo persigue a los niños.

—Ámbar.

—No habla en serio.

—Completamente. Cuando los caballeros teutónicos gobernaban aquí, cortaban las manos al que se embolsaba ámbar. La furgoneta probablemente solo estaba tratando de asustar a los chicos.

—Me da la impresión de que pretendía algo más que eso. Soy bastante perceptivo con la gente que me persigue.

—Supongo que en su profesión eso es un don. ¿Invita usted? Me he dado cuenta de que soy más comunicativo cuando estoy bien alimentado y seco.

—Atibórrese.

—Excelente. Aquí está nuestra camarera.

Maxim pidió el festín que se había prometido a sí mismo. Arkady pidió vodka, pan negro y mantequilla.

—¿Lo era? —preguntó.

—¿Qué?

—La octava maravilla del mundo.

—Supongo que sí. Imagine muros de ámbar brillante, pan de oro, espejos venecianos y mosaicos de piedras semipreciosas. La gente decía que cuando los rayos de sol incidían en las ventanas del palacio, parecía que la Cámara de Ámbar ardía. Era la estancia favorita de Catalina la Grande. Por desgracia, también fue el trofeo de guerra favorito de los nazis. La desmantelaron y la escondieron en un búnker o en un pozo en la Selva Negra o se la llevaron en un rompehielos o en un submarino. Imagine la Cámara de Ámbar descansando en el oscuro fondo del mar. Como un alga.

Ver a Maxim sirviéndose comida en el plato le recordó a Arkady las excavadoras de la mina a cielo abierto. Maxim, por su parte, comentó que le resultaba doloroso ver a Arkady comer tan poco.

—Hay dos clases de poetas. El poeta muerto de ham-

bre y el calenturiento y disoluto. Prefiero este último.
—Llamó al sumiller.

—Como un alga —dijo Arkady—. ¿Qué quiere decir
con eso?

—Es una metáfora trillada. Lo que distingue al ámbar
de los diamantes, zafiros y rubíes es que el ámbar puede
contener signos de vida. Hace cincuenta millones de años,
era resina que goteaba de un pino y, en ocasiones, captu-
raba otras formas de vida. Piense en un diamante con un
mosquito en medio. No existe. Por eso cuando otras mafias trataban de meterse en el negocio del ámbar, Grisha
respondía.

—¿Por interés científico?

—Más bien no. Hubo un tira y afloja que se conoció
como las guerras del ámbar.

—Suena pintoresco.

—Bastante sangriento, en realidad. ¿Quiere una char-
lota rusa? Las natillas son muy buenas.

—¿La guerra del ámbar ha terminado?

—Tomaremos los *petits fours* y las natillas —le dijo
Maxim a la camarera, y suspiró cuando ella hizo una reverencia y casi se le salió el pecho del vestido. Guiñó un
ojo a Arkady—. ¿Qué le importa la guerra? Pensaba que
solo estaba examinando las circunstancias de la muerte de
Tatiana Petrova.

—Su muerte se vuelve cada vez más extraña y está tan
implicada con Kaliningrado como lo está con Moscú.

—¿En qué sentido?

—La libreta del intérprete.

—¿Que está siendo decodificada por expertos mientras hablamos?

—Supongo que sí.

—¿Por qué tengo la sensación de que se están acumulando grandes pilas de mierda de caballo a mi alrededor?

—Porque es usted un poeta.

Zhenia y Lotte estaban aprendiendo la profundidad del idioma ruso. Cada interpretación generaba dos más, que solo se multiplicaban otra vez. Estaban siguiendo hilos de palabras imaginados por otra persona con toda una vida de experiencia, cualquier cosa que pudiera relacionarse con cualquier otro símbolo o con todos los desconocidos de la historia del intérprete: un arañazo en la rodilla, un higo maduro, un cuento de la hora de acostarse.

Estaban buscando pistas mnemónicas, el mensaje de un hombre a sí mismo con un mundo de símbolos y palabras entre los que elegir. Y, Dios no lo quisiera, las palabras podían proceder de otro idioma y un intérprete profesional hablaba al menos cinco.

Incluso una simple flecha podía ser una peonza infantil, un árbol caído, «Salida» o «por ahí se va a Estonia». O un misil. Cada interpretación ponía el texto patas arriba.

—Deberías irte a casa —le dijo Zhenia a Lotte.

—No voy a irme cuando estamos en la mitad.

—Ojalá lo estuviéramos. Creo que hemos ido hacia atrás. —Lo cual era cierto, pensó. No habían aprendido nada y estaban exhaustos—. Tu familia estará preocupada.

—Es martes.

—¿Y?

—Los martes mi padre queda con su amante, una oboísta de la sinfónica, y mi madre se encuentra con su amante, un barítono del coro. Viven semanas de seis días. No se darán cuenta de que no estoy hasta dentro de veinticuatro horas.

—¿Y tu abuelo?

—Tiene una nueva modelo. Él tampoco se fijará.

Sonó el teléfono de Zhenia. Hizo el signo de silencio a Lotte antes de responder como si tal cosa con un «Hola».

—Soy Arkady. ¿Estás en el apartamento?

—No.

—¿Estás solo?

Arkady tuvo que repetir la pregunta porque el Zil de Maxim estaba en los aledaños de la ciudad y la cobertura de móvil era desigual.

—Sí.

—¿Todavía tienes la libreta de Tatiana Petrova?

—No. —Tres mentiras seguidas. Un buen comienzo, pensó Zhenia. Le convenía que la cobertura de móvil fuera escasa—. ¿Has pensado en nuestro trato?

—¿Hasta dónde has llegado en la traducción? —preguntó Arkady.

—Estamos trabajando en ello.

Una pausa.

—¿Estamos?

—Mi amiga Lotte.

—¿Una novia?

—Una amiga.

Había varias razones para que Arkady estuviera furioso, empezando por la seguridad de la chica.

—Si es una amiga, mándala a casa. ¿Alguna señal de Ania?

—No.

—¿Y de Alexéi Grigorenko?

La recepción se interrumpió otra vez.

—¿Sabes la caja fuerte de donde sacaste la libreta de Tatiana? —dijo Arkady—. ¿Todavía está allí mi pistola?

—No te oigo.

—La munición está en la librería...

—¿Sí?

—¿Me oyes ahora?

—¿Dónde?

Pero la conexión se había perdido.

Lotte había pegado el oído al teléfono. Cuando la conexión se perdió por completo, preguntó:

—¿Qué trato?

—El ejército. Necesito su permiso para alistarme siendo menor.

—Ahora me estás asustando.

—¿Quieres irte a casa?

—Después de que terminemos con el enigma.

La carretera de regreso a la ciudad condujo a Maxim y Arkady junto a bloques de pisos tan manchados como urinarios y tiendas, que no eran más que contenedores de barco decorados con carteles. Maxim decidió alardear de lo que llamaba la novena maravilla del mundo, el edificio más feo de la época soviética.

—Un monstruo de Frankenstein de edificio. Un zombi.

—Suena orgulloso.

—No me refiero solamente al edificio más feo al oeste de los Urales. Me refiero de aquí al Pacífico. Del arenque del Báltico al salmón rojo de Kamchatka.

—Una distancia ambiciosa.

—Hablo como un hijo nativo.

—¿Qué tal está la cobertura de móvil en el edificio más feo?

—De hecho, es excelente.

Las farolas de las calles daban al Zil de Maxim una cualidad tan translúcida que parecía flotar a través de la ciudad. Las cabezas se volvían de las pilas de ropa y artículos baratos ofrecidos en los puestos de las aceras para seguir la procesión de un solo coche.

Arkady necesitaba espacio para llamar a Víktor, borracho o no, y enviarlo al apartamento. Había un tono nuevo en la voz del chico. No alarma, pero desde luego sí ansiedad.

—Durante la guerra, los británicos bombardearon Königsberg hasta convertirla en polvo. Su objetivo especial era el castillo que dominaba la ciudad. Cuando terminó la guerra ya no quedaba castillo y Stalin reconstruyó en el lugar donde se había alzado el castillo.

Maxim recorrió un aparcamiento oscuro y detuvo el coche.

Al principio, Arkady no vio nada extraño. Tardó un rato en discernir que la mitad del cielo nocturno estaba oculta.

—La última sede del partido comunista —dijo Maxim—. La gente lo llama el Monstruo.

Los perros ladraban histéricamente al otro lado de una alambrada, esperando que Maxim o Arkady hicieran algo tan estúpido como ofrecer un dedo a través de los agujeros. Arkady sospechaba que los alimentaban muy de vez en cuando. Botellas y basura se acumulaban allí donde el viento las arrastraba.

Arkady estiró el cuello para asimilar el tamaño del Monstruo. El edificio, de veinte pisos de altura, se alzaba sobre él.

—Es el edificio más grande de la ciudad y no se ha utilizado nunca —dijo Maxim—. Ni un día.

La mayoría de las ventanas estaban rotas. El Monstruo tenía cuatro patas y más que ninguna otra cosa le recordó a Arkady un elefante sin cabeza.

—¿Cuál es el problema?

—La historia. Antes de que terminaran la parte superior del edificio, la parte inferior empezó a inundarse por los viejos túneles que había debajo del castillo. Ahora, todo el edificio se está hundiendo y cuesta demasiado caro demolerlo. El Partido pidió crédito a los bancos y tendría que devolver el pago. Se están hundiendo juntos. Es maravilloso.

—No pueden continuar así eternamente.

—¿Por qué no? Cuando Putin vino de visita, simplemente pintaron el edificio de azul y simularon que no estaba aquí. Fue la alucinación de masas más grande del mundo.

Al menos la cobertura de móvil era buena. Maxim se esfumó mientras Arkady llamaba a Víktor, quien adoptó un tono de superioridad moral.

—¿Dónde demonios estás?

—En Kaliningrado.

—Pensaba que solo ibas a estar un día.

—Yo también lo pensaba. Se han complicado las cosas.

—Eso deberían escribirlo en tu tumba: «Se complicaron las cosas.»

—¿Has visto a Alexéi Grigorenko?

—De hecho, estaba vigilando la Guarida cuando entró Alexéi. Tenía un ojo morado.

—Nos encontramos en el puerto.

—Así que no chocó con una puerta. Abdul se burló de él.

—¿Abdul?

—Esa víbora quería que el encargado pusiera su vídeo en el restaurante. Es un insulto para cualquier soldado ruso que haya servido en Chechenia. No pude soportarlo.

Arkady vio que Maxim limpiaba el guardabarros del Zil con una manga.

—¿Qué hiciste?

—Le dije a Abdul que pondría mi pistola debajo de sus pantalones y le volaría las pelotas.

—¿Ves? Por eso no podía dejarte solo.

—Bueno, será mejor que te des prisa en volver. Ania y Alexéi se están uniendo mucho.

—Ania está haciendo una investigación.

—¿Así lo llamas? —preguntó Víktor—. Cuanto antes vuelvas, mejor. Y vigila al presunto poeta Maxim Dal. No es de fiar.

—Hago lo posible.

Arkady oyó un silbido procedente de arriba y levantó la mirada a tiempo de ver una ventana explotando por un impacto. «Los fantasmas se divierten», pensó.

—Según Arkady —dijo Zhenia—, hay un viejo dicho de la Armada: «Primero velocidad, luego dirección.»

—¿Qué significa? —preguntó Lotte.

—Ir a alguna parte es mejor que no ir a ninguna parte.

Trabajaban juntos con las palabras, buscando un eco más sólido, anotándolas en fichas ordenadas por cada participante.

Hombre del Sombrero de Copa con Raya: oreja, insecto, dos anillos, pez y 2B.

Cometa Cuadrada: estrella, insecto.

Hombre con Sombrero de Copa sin Raya: cuchillos cruzados, dos anillos, pez bajo la ola.

Luna Creciente: flecha abajo, insecto, oreja, signo igual, lágrima negra, lágrima blanca y RR.

Estrella: flecha abajo, vías de tren, RR e insecto.

Ladrillos: flecha arriba, insecto, cometa cuadrada, radiactividad.

Cometa Cuadrada: flecha arriba, insecto, radiactividad.

Sombrero de Copa sin Raya: espiral, oreja, cometa, avispa en un círculo.

—Hay muchos insectos —dijo Zhenia—. ¿Qué clase de insecto, por cierto?

Lotte se inclinó hacia delante para mostrarle el colgante que llevaba al cuello. Había una avispa atrapada en ámbar.

Probaron temas. Ferrocarriles, por la vía de tren y el significado de las siglas RR en inglés; Naval como en pez y ola. Un pez bajo el agua tenía que ser un submarino o un torpedo. L podía ser Lenin, eso siempre era seguro. Una flecha podría significar dirección, salida o consecuencia. O Diana la Cazadora o Guillermo Tell. Las lágrimas podían ser sufrimiento, petróleo, sangre, semillas de manzana, higos o peras. La vía de tren podía ser una cremallera, una valla, una herida o puntos de sutura. Las olas podían significar mar, la Armada, la flota del Báltico.

—En ocasiones juegas con el jugador, no con el tablero —dijo Zhenia.

—¿Qué significa?

—Me imagino a algunos de estos jugadores. Para empezar, está el intérprete. Está relajado, confiado, escribe «bla, bla» para las formalidades. Quizás actúa con un poco de superioridad. Luego están los otros, sobre todo el primer Hombre con Sombrero. Lo primero que dice es que son todos iguales. Todo el mundo va a poder explicarse. Etiqueta clásica de los tiempos soviéticos. Abre la reunión y la cierra. No hay forma de confundirlo con ningún otro participante. Tiene una raya debajo, como el galón de un almirante. El segundo Hombre con Sombrero sin la raya debajo es el que impone la fuerza. Lleva los cuchillos. Podemos aprender mucho de los detalles.

—Eso me recuerda... —dijo Lotte.

—¿Sí?

—Estuve en un torneo en Varsovia, jugando con chicas chinas. Es asombrosa la cantidad de jugadoras que pueden producir.

—¿Y?

—Su nombre estaba en una placa que tenía el símbolo de la cometa cuadrada. En realidad, significa China.

—Ah. —Así que para mantener las cosas en perspectiva, mientras él había estado haciendo chanchullos en estaciones de tren. Lotte había estado viajando en el circuito internacional de torneos de ajedrez—. Es un pequeño gran detalle. ¿Cómo quedaste?

—Segunda.

—Es genial. ¿Recuerdas alguna cosa más?

—Uno de los patrocinadores del torneo era un banco chino, el banco del Amanecer Rojo de Shanghai.

—No salida del sol ni puesta del sol.

—No, en China, el alba siempre es roja.

—Probablemente por toda la contaminación que tienen. Pues estamos avanzando mucho. ¿Qué crees que significa Natalia Goncharova?

—Belleza —dijo Lotte.

—O adulterio. —Zhenia extendió fichas por la mesa de la cocina—. Todo está abierto a interpretación. Podría ser: «Debido a un círculo de espías chino, un torpedo hundió un submarino nuclear averiado y dejó a las víctimas en una amplia mancha de aceite, por lo cual el Ministerio de Defensa Ruso se otorgó a sí mismo la orden de Lenin.»

—¿O? —preguntó Lotte.

Zhenia reordenó las fichas.

—«El gran poeta ruso Pushkin y su infiel mujer Natalia estaban navegando por la costa de China cuando a ella le picó fatalmente una avispa. La música de su funeral hizo saltar lágrimas. Se sirvió pescado e higos después de la ceremonia.»

Circularon en torno a los parques y senderos iluminados por farolas en el centro de la ciudad sin que Arkady supiera el propósito. ¿Para escapar del Monstruo? ¿Para impresionar a un turista?

—Aquí está el futuro —dijo Maxim—. El llamado Pueblo de Pescadores, un facsímil de la vieja Königsberg.

—Parece un parque temático —dijo Arkady.

—El futuro será un parque temático.

Los edificios de entramado de madera y el faro del Pueblo eran un disfraz para tiendas caras y alojamientos de clase alta. ¿Dónde estaban los ajetreados vendedores de pescado, carretillas de arenque o redes colgadas a secar brillando como tapices de escamas plateadas? Ni siquiera había una barca de pescadores de verdad, solo un par de botes neumáticos de mantenimiento y una solitaria embarcación con un motor fuera borda.

—En ocasiones, para completar la escena, un amigo y yo sacamos una de las barcas y pescado. Es relajante.

—¿Tatiana fue con usted?

—¿Tatiana? No. Nunca se relajaba. Sabía que estaba en peligro cada vez que salía de casa. O en su propia casa. Pero agradecía el peligro. Su vida era un baile con el peligro. Solo Kaliningrado podría criar a una mujer como ella. Una vez me dijo que prefería una vida corta, un relámpago en el cielo.

—¿Un relámpago o un baile? —preguntó Arkady.

—En cierto modo, las dos cosas, mi querido Renko.

—¿Siempre y cuando pudiera llevar consigo a su perro? Eso es lo que me contó Obolenski. Un pequeño doguillo, ¿no?

—¿Lo ha visto?

—No estoy seguro. ¿Cómo se llama?

—*Polo*.

—¿Cuándo fue la última vez que vio a Tatiana? —preguntó Arkady.

—El día que murió.

—¿Aún estaba enamorado de ella?

—Todavía le tenía cariño. Nos respetábamos mutuamente, pero habíamos pasado hacía mucho tiempo la etapa ardiente de una relación.

—¿Se confiaba a usted?

—Hasta cierto punto. Diría que estaba más cerca de su hermana Liudmila y de Obolenski.

—¿Mencionó a alguien de la mafia?

—A nadie en particular.

—¿Y Abdul? ¿Los Shagelman? ¿*Simio* Beledon? Todos tenían un motivo de queja en su opinión.

—Los criminales siempre tienen un motivo de queja —dijo Maxim—. Quieren Kaliningrado. No es solo el ámbar. Plantas de automóviles, barcos, la flota del Báltico y pronto, quizá, casinos. Bajo la superficie basta hay un apuesto principado.

—Todo lo cual Alexéi Grigorenko quiere como herencia.

Un Mercedes frenó aparentemente por respeto, para dejar pasar al Zil. Los BMW construidos en Kaliningrado parecían saltar directamente a Moscú; Nissan e Isuzu hacían el trayecto inverso desde los puertos del Pacífico y tenían aspecto de zapatos de segunda mano.

—¿Está buscando a alguien? —preguntó Arkady.

Maxim seguía mirando por los retrovisores laterales.

—Conocidos.

—¿Quizá su viejo compañero de pesca? —coincidió Arkady—. No hay nada como viejos amigos para mantenerse alerta.

El río se dividía en una pequeña isla de tilos dispuestos en filas en torno al chapitel de una catedral.

—Tatiana tendrá una estatua aquí algún día, cuando se hayan olvidado de nosotros. La gente preguntará por qué no hicimos nada cuando la asesinaron. Usted lleva el peso por todos nosotros.

—No contaría mucho con eso —dijo Arkady.

—Entonces tenemos problemas.

La torre de la iglesia se alzaba en su propio lecho de luces. Maxim se acercó lentamente.

—Nuestra catedral. —Maxim señaló una tumba metida en un rincón—. Nuestro filósofo.

La tumba era de piedra tosca, junto a un pórtico y una verja de hierro forjado. Los faros del Zil iluminaron una placa que decía: IMMANUEL KANT.

—¿Esto es una visita cultural de medianoche? —preguntó Arkady—. O simplemente nos lleva la corriente.

—Vamos, vamos, tiene que haber estudiado a Kant en la universidad —dijo Maxim—. ¿La mente más grande de su época? ¿Quizás el filósofo más famoso de todos los tiempos? Seres racionales. Imperativo categórico.

Maxim continuó circulando a poca velocidad, sorteando árboles, haciendo un giro en el extremo estrecho de la isla.

—Creeré su palabra al respecto —dijo Arkady.

—O el asesino inquisitivo. Incluso si un asesino pregunta por el paradero de alguien al que piensa matar, la honestidad requiere contar la verdad.

—Me temo que eso se me pasó.

—Pero puede que el viejo estuviera enfermo —añadió Maxim—. Ahora los médicos creen que es posible que

Kant tuviera un tumor cerebral. Mostraba todos los signos. Pérdida de visión, pérdida de inhibición social, desmayos. Hemos estado basando nuestros ejemplos morales en un hombre que se estaba volviendo loco.

Arkady notó un empujón y acto seguido una luz brillante. Al volverse vio un monovolumen Mercedes golpeando el parachoques trasero del Zil. El Zil saltó adelante y avanzó a través de un lecho de flores hasta un sendero junto al río. Cuando el monovolumen se colocó a su lado, Arkady vio a un hombre al volante y dos atrás. Maxim gritó y señaló la guantera. Arkady tiró de ella, golpeó y la pateó, pero el compartimento estaba atascado. El monovolumen los adelantó, ganando suficiente ángulo para apartar al Zil del sendero y obligarlo a dirigirse hacia el agua. Maxim no tuvo más opción que detenerse. Bajaron dos hombres del Mercedes, armados con sendas pistolas semiautomáticas. Se situaron a ambos lados del Zil, iluminando el coche con destellos del cañón, haciendo agujeros en las puertas, sembrando dibujos de estrellas en el parabrisas y las ventanas y gritando.

—¿Quieres joderme? Dile hola a mi pequeña amiga.

El trabajo había terminado en cuestión de segundos. Los cargadores de las pistolas estaban vacíos. Los agresores compartieron un momento de satisfacción hasta que el Zil volvió a la vida. Ninguna bala había penetrado en el interior blindado del coche. Las ventanas estaban marcadas, pero no rotas. Pesado como un tanque, el Zil volvió al camino y echó a un lado al otro coche mientras, tropezando y cayendo, los asesinos en ciernes se subieron a él. Cuando todavía podía, el Mercedes se separó y se alejó de la tumba del filósofo acelerando.

23

Zhenia y Lotte se despertaron en el sofá y se encontraron a Alexéi sentado a la mesa y estudiando sus notas.

—Esto es progreso. Sobre todo porque ni siquiera sabíais de qué libreta hablaba, sobre todo, porque mentisteis.

—La encontré después de que te marchaste —dijo Zhenia.

—Y sigues mintiendo.

—Yo la encontré —dijo Lotte.

—Ahora mentís el uno por el otro, un signo de amor verdadero.

Zhenia se incorporó.

—¿Cómo has entrado?

—Con una llave, ¿cómo si no?

—¿Dónde está Ania?

Alexéi no dijo nada, pero encendió un cigarrillo y observó la punta encendida como si fuera el atizador de un hogar. Se le ocurrió a Zhenia que aunque el hematoma del ojo todavía parecía tierno, Alexéi iba vestido con ropa limpia y afeitado y estaba de nuevo al mando.

—¿Tienes pistola? —preguntó Alexéi.

—No.

—He oído que al investigador Renko le dieron una pistola grabada por sus buenos servicios. No puedo imaginar a Renko recibiendo un premio por nada, pero es lo que dice la gente.

—No lo sé.

—¿Lotte?

—No lo conozco —dijo ella.

—Es importante que descubra en qué parte de Kaliningrado está el investigador. ¿No ha llamado?

—No —dijo Zhenia.

Alexéi sonrió.

—¿No os ha pedido que traduzcáis la libreta?

—No.

—Por supuesto que sí.

Alexéi pasó las páginas de símbolos y listas de posibles significados.

—La cuestión es ¿dónde está exactamente Renko ahora? Tú no lo sabes y Ania no lo dirá. Trabaja con un tal detective Víktor Orlov.

—Orlov es un borracho.

—Es lo que he oído. Así que solo estáis vosotros dos y yo y, por ahora, estáis traduciendo la libreta para mí. Quiero que os quedéis aquí hasta que hayáis terminado. Ahora estamos en el mismo equipo.

—No he tenido éxito en traducir nada hasta ahora —dijo Zhenia.

—Pero tú y tu amiga tenéis una idea, una percepción general sobre de qué trata. Estáis sobre algo.

—Es un lenguaje privado. Tardaremos semanas, si es que terminamos.

—Bueno, vamos a darte un incentivo. La temperatura en el núcleo de un cigarrillo encendido es de setecientos grados.

—¿Y?

—Y tu amiga tiene una piel tierna, virginal.

—¿Qué quieres decir?

—Dos más dos. Un par de genios deberían saber quién es más vulnerable. La cebra más lenta. La chica más hermosa. —Alexéi cogió sus teléfonos móviles.

El corazón de Zhenia se aceleró. Lotte temblaba tan fuerte que le castañeteaban los dientes.

—Os daré diez horas —dijo Alexéi.

—Eso no es razonable.

—¿Parezco un hombre razonable?

—Pero es imposible —dijo Zhenia.

—Os daré diez horas. Dejaré uno de mis hombres en la puerta.

—¿Quién es Ania? —preguntó Lotte.

—Yo en tu caso no me preocuparía por otra mujer —dijo Alexéi—. ¿Dónde están las tijeras?

Zhenia encontró unas en el escritorio y se quedó quieto como una estatua mientras Alexéi cortaba el cable del teléfono del apartamento.

En un cuento de hadas, Zhenia podría haber sorprendido y reducido a Alexéi. No era así en la realidad. No era la aparición conveniente de ceniceros u objetos contundentes lo que cambiaba la suerte de un héroe, sino la fuerza de voluntad y el valor. ¿Cómo se proponía ser un soldado para la Madre Rusia si no podía defenderse? Sabía dónde estaba el arma de Arkady. ¿Dónde estaban las balas? Otro enigma.

Lotte observó a Alexéi saliendo y susurró a Zhenia.

—Disparaste a alguien, ¿no?

Zhenia asintió, temeroso de horrorizar sus suscepti-bilidades, pero ella pareció encontrar alivio.

—Las balas están en la librería —dijo Lotte.

—Sí. —Se preguntó adónde quería llegar ella con eso.

—Solo hemos de encontrar el libro adecuado. Algo apropiado.

—Renko tiene miles de libros. Está loco por los libros.

—¿Qué clase de libros?

—Los libros de su padre. Cuentos de hadas. *Alicia en el país de las maravillas. Ruslán y Liudmila. El mago de Oz.* Me los leía.

—Entonces habrá elegido el libro con atención. —Caminó por las estanterías de ficción y examinó los autores —Bulgákov, Chéjov, Pushkin—, deslizando cada volumen hacia fuera para mirar detrás.

—Este tiene que ser. —Señaló uno un poco demasiado alto para que ella llegara—. Hemingway. *Adiós a las armas.*

—¿Te sientes lista?

—Mucho.

Pero cuando Zhenia tiró del libro, lo único que encontró fue un único cartucho solitario.

Arkady esperó hasta que el otro coche se perdió de vista para sentarse erguido. Sentía una punzada en la frente por una astilla de cristal, pero la coraza interior del coche blindado no se había quebrado y las ventanillas a prueba de balas estaban resquebrajadas pero no rotas.

—Vamos, larguémonos, vamos —dijo Arkady.

Se estiró para quitar el cinturón a Maxim y sacarlo de un empujón. Con una navaja abrió la tapa de la guantera que Maxim tanto quería abrir. Dentro había dos billetes para el transbordador y una pistola.

Maxim se sacudió de rabia.

—Han tratado de matarnos.

—Exacto. Ha de elegir con más cuidado a sus amigos. —Arkady bajó del coche y arrastró a Maxim por un sendero.

—Mi precioso Zil.

—Bueno, era un coche blindado al servicio del Kremlin y tengo que decir que, para ser una antigualla, ha resistido muy bien.

—¿Qué pasa con mi pieza de museo?

—Es bueno con las palabras. Estoy seguro de que se le ocurrirá algo.

—¿Y qué quiere decir con que elija a mis amigos con más cuidado?

—Quiero decir que ha accedido a estar en este lugar a esta hora. ¿Cómo si no iban a encontrarnos en toda una ciudad?

—Pensaba que querían hablar con usted.

—En cambio han tratado de matarnos.

—Pensaba...

—Y tiene dos billetes de ida para el transbordador de mañana a Riga. ¿Para quién es el otro?

—Sé que parece eso...

—Cállese. —Arkady rodeó a Maxim como si fuera un espécimen—. Alexéi vio cómo desaparecía en el puerto cuando trataba de aplastarme en la barcaza. Cuando necesitaba que le ayudara, huyó. Es la clase de cosas que un asesino se toma como algo personal.

—Eso es pura invención.

—Había un perro en el puerto, un doguillo heroico llamado *Polo*.

No hay muchos doguillos en Moscú.

—Pura fantasía.

—¿Alexéi le ofreció dinero? ¿Qué hay de esa maravillosa beca en Estados Unidos y del premio de cincuenta mil dólares?

Maxim estaba anonadado.

—Ha terminado. Han elegido a otro.

Arkady le dio un empujón al hombretón para que se moviera.

—¿Por qué se lo inventó?

—Quería saber qué había en la libreta.

—¿Por qué?

—Por Alexéi.

—¿Por qué ayudarle?

—Estaba asustado.

Arkady se preguntó si era verdad, una verdad a medias o una licencia poética.

Zhenia y Lotte no sabían si el hombre al que Alexéi había apostado a la puerta del apartamento era grande o pequeño, vestido de punta en blanco o cubierto de ceniza de cigarrillo. Lo oían arrastrar los pies adelante y atrás como un oso en el zoo.

Zhenia había cargado la pistola de Arkady y se la había metido en la parte de atrás del cinturón. Lotte encontró ropa de esquí en un armario; sacó los discos de los palos para procurarse un par de lanzas endebles.

Entretanto, Zhenia había encontrado un tema.

—Si las alineas bien, «olas» son el océano, «pez» son barcos o submarinos y «estrella» es la autoridad rusa, probablemente la Armada.

—Podría ser.

—Como hay un signo del dólar, RR podría ser rublo ruso y no ferrocarril. Y en ese caso 2B no sería Shakespeare sino dos billones o dos mil millones. Incluso en rublos eso sería mucho dinero. ¿Qué opinas?

—¿Qué tiene esto que ver con Natalia Goncharova?

—Esa es la parte guapa —dijo Zhenia—. No hay mención de dónde o cuándo se celebró la reunión en la libreta. Ninguna. Creo que podría ser el yate de Grisha, el *Natalia Goncharova*, lo cual sería un golpe brillante. Habría dejado claro a todos que Grisha estaba al mando.

—¿Importa? Es del pasado, ¿no?

—No por la forma en que actúa Alexéi.

—Actúa como si fuera cuestión de vida o muerte —dijo Lotte—. Se lo toma personalmente.

—Las mujeres siempre creen que las cosas son personales.

—Dime algo que no lo sea.

—El ajedrez.

—Obviamente, nunca has tenido a un oponente masculino mirándote los pechos toda la partida.

—Oh.

—Da igual, espero que estuviera en el pasado. Lo que me preocupa es el símbolo de una cara sin nada más que una X por boca. Eso significa que nadie habla. Creo que eso nos incluye a nosotros.

No era tanto una cuestión de máxima confianza como de menor desconfianza. Una vez que Alexéi había intentado que lo asesinaran, Maxim parecía dispuesto a cooperar. Hasta que llegaran a la siguiente curva en la carretera. Además, ¿dónde más iba a quedarse Arkady salvo en el apartamento de Maxim? Kaliningrado le parecía cada vez más una isla, con hoteles y terminales vigilados por la mafia y la policía. Y tenía la sensación de no haber dormido durante días. Cerró los ojos y soñó que una botella de vodka rodaba adelante y atrás en el sofá, que un gusano de plomo le devoraba el cerebro, que un perro pequeño con cara de mono le lamía la cara, hasta que se despertó con la salida del sol y los trinos de gorriones y encontró a Ania sentada frente a él en una silla.

—Tienes un corte —dijo ella.

Arkady se tocó el cuero cabelludo.

—Au.

—A lo mejor la próxima vez te gustaría probar con un picahielos.

—¿Dónde está Maxim?

—Ha ido a alquilar un coche.

—¿Qué estás haciendo aquí?

—Qué recibimiento más encantador.

Arkady no hizo caso de la taza de té que le ofreció Ania. Se había quitado el maquillaje de la cara, aunque todavía iba vestida con indumentaria brillante de fiesta.

—¿Dónde está Alexéi? —preguntó.

—En Moscú, en Kaliningrado. No lo sé. Va y viene en el avión privado de la empresa de Grisha. En este momento, creo que está escondiendo la cara, pero quizá lo sabes mejor que nadie. Te has convertido en un muy mal enemigo de Alexéi.

—Nunca le he caído bien. Él te trajo a Kaliningrado, ¿no?

—Sí, pero hemos seguido caminos separados.

—¿Es un disgusto reciente? ¿Os habéis cansado el uno del otro?

—Me ha dejado.

—¿A ti? Es difícil de creer. Parecíais llevaros bien.

—Arkady, a veces puedes ser muy hijo de puta.

—¿Cómo va la investigación para tu artículo sobre Tatiana? —preguntó él.

—Avanzando.

—Me alegro de oírlo.

—¿Y tu investigación? —preguntó Ania.

—Va tirando.

—Sí, bueno, cada vez que te veo con cristal roto en el pelo sé que tu investigación está avanzando.

Arkady se movió y una pila de discos resbalaron del extremo del sofá al suelo. No sabía a qué estaba esperando ella. ¿A que Alexéi volviera y se la llevara otra vez? Arkady se dio cuenta de que había experimentado otro sueño, o no tanto un sueño como el recuerdo de haber compartido su cama con Ania, el recuerdo de que ella había dormido con su camisa, de respirar en el cabello de ella. Resultaba extraño ver a la misma mujer a través de los ojos de otro hombre. Un desplazamiento siniestro.

—¿Has tenido noticias de Zhenia? —preguntó Arkady.

—No. A veces se esconde, como tú.

—Bien, entonces al menos está a salvo. ¿Todavía tiene la libreta?

—Quizás. Es inútil.

—Entonces, ¿por qué la quiere Alexéi?

Ania se encogió de hombros.

Alexéi probablemente la había dejado al descubrir que ella ya no tenía la libreta, pensó Arkady. Bueno, allí estaba, incólume después de las noches con el rico y peligroso.

—¿Vas a volver a Moscú? —preguntó Ania.

—Después de ocuparme de unos cabos sueltos.

—¿Por ejemplo?

—¿Alguna vez Alexéi ha tenido acceso a las llaves de mi apartamento?

—Nunca se las di.

—No es lo que he preguntado —dijo Arkady—. ¿Hubo alguna vez una situación en la que podría haber tenido acceso a tu bolso?

—Es posible. ¿No te fías de mí?

—No lo sé. No sé quién eres. ¿Estoy hablando contigo o con la compañera de baile de Alexéi?

Sonó el teléfono de Arkady. Era Vova, el chico de la playa. Arkady escuchó un minuto antes de colgar.

—He de irme.

—Nadie te lo impide.

—¿Me das mis llaves?

—Desde luego. —Ania buscó en su bolso y las dejó en su mano.

—Gracias. —Arkady pasó a su lado y se dirigió a la puerta.

Ania se dejó caer en la silla. ¿Qué esperaba de Arkady? No podías tensar mucho la cuerda con él. Escuchó las moscas que se movían en la ventana, miró sin enfocar los álbumes de jazz esparcidos en el suelo, abrió un pastillero para coger un par de aspirinas que mascó y tragó. Se levantó el vestido para mirar una quemadura de cigarrillo aplicada en la cara interior de su muslo.

24

Arkady alquiló un Lada, una lata comparado con el Zil, y condujo hasta las dunas donde había visto por primera vez a Vova y sus hermanas buscando ámbar. Vova estaba esperando, descalzo otra vez, preparado para salir corriendo. Cuando Arkady le preguntó dónde vivía, Vova señaló a una caseta medio engullida por una duna.

—Gime por la noche. Tenemos unas vigas que la sostienen. Algún día se derrumbará, pero hasta entonces es toda nuestra. —Miró a Arkady de soslayo—. Se encontró con Cerdito.

—¿El hombre de la furgoneta de carnicero? Da bastante miedo.

—Sí, pero nadie me creerá.

—Prueba conmigo.

Vova examinaba continuamente la playa, el hábito de un vigilante. Había encontrado la tarjeta que Arkady había dejado en la zapatilla de ciclismo de Joseph Bonnafos y tenía algo que contar. O que vender, más probablemente, pensó Arkady.

—¿Es policía?

—En Moscú, no aquí.

—Porque la policía robará lo que tenga.

Eran conocidos por eso, pensó Arkady. Observó agujeros de aire que aparecían en la arena cuando el agua se retiraba: señales de un mundo oculto.

—Vova, por lo que a mí respecta es un asunto privado.

—Para mí también.

—¿Cómo se llaman tus hermanas?

—Liuba y Lena. Liuba tiene diez años. Lena, ocho.

—Al teléfono dijiste que tenías una bicicleta.

—Una bicicleta especial. Negra, con un gato.

Un viento constante esculpía la arena y azotaba el pelo de Vova en torno a su frente. Arkady tenía curiosidad por saber cómo sería vivir en un elemento tan implacable.

—¿Has enseñado la bicicleta a alguien más? —preguntó Arkady.

—Se lo dije a los tipos de la tienda de bicis.

—¿Cuánto te ofrecieron?

—Cincuenta dólares.

—Es mucho. —Quizás una centésima parte del valor de la Pantera, pensó Arkady—. ¿No se la enseñaste?

—Conozco a esos tipos, se quedarían el dinero y la bici.

—Eso es verdad.

Vova caminó en un círculo cerrado.

—¿Hay algo más? —preguntó Arkady.

—Cerdito.

—¿Qué pasa con él?

—Vimos a Cerdito matar al ciclista. Lo vimos desde los árboles.

La mayoría de los testigos, jóvenes o viejos, trataban de recrear la intensidad y el horror de un asesinato, como si resaltaran las líneas de un libro de dibujos. Vova era frío y realista. El ciclista todavía estaba vivo cuando Cerdito lo lanzó a la furgoneta de carnicero. Hubo un breve sonido como de pies pateando en el lateral de la furgoneta y luego un disparo. Cerdito salió y revisó el maillot del ciclista. Dio la impresión de estar cada vez más frustrado y finalmente lo echó a un lado.

—¿Te vio?

—No lo creo.

—Entonces, ¿por qué te persigue?

—Nos llevamos la bici.

Eso alteraba la situación.

—¿Robaste la bicicleta a Cerdito?

—Sí.

—¿Lo sabe?

—Más o menos.

—¿Más o menos?

—Vio que Liuba llevaba el casco y trató de atropellarla, pero no podía conducir por las dunas.

—¿Dónde están tus padres?

—Van a volver. —Sonó más como un deseo que como fanfarronería.

—¿Y vosotros? ¿Quién se ocupa de ti y tus hermanas?

—Nuestra abuela. Vive en la ciudad.

—¿Os da de comer?

—Nos las apañamos.

—¿Cuál es tu nombre completo? —Vova era diminutivo de Vladímir.

Vova cerró la boca. Sin padres, sin apellido.

—Vale —dijo Arkady—. Además de la bici y el casco, ¿qué más os llevasteis?

—Solo una libreta que encontré en la hierba. Estaba llena de garabatos.

—Entonces, ¿por qué la cogisteis?

—También encontramos una tarjeta con un teléfono móvil. Cuando la gente pone un número de móvil en una cosa, es que quiere recuperarla, ¿no?

—Eso es inteligente.

—Y la mujer que respondió era amable. Vino enseguida.

—¿Qué aspecto tenía?

—Parecía muy lista.

—¿Dijo su nombre?

—No. Tenía un perro pequeño.

—¿De qué clase?

—Tenía ojos saltones.

—¿Ojos saltones? ¿Y la cola?

—Corta y retorcida. Era bonita.

—¿La perrita?

—La mujer. —Vova añadió de hombre a hombre—. Y tenía piernas bonitas.

—¿Te fijaste en eso?

—Ha preguntado.

—¿Cuánto te dio por la libreta?

—Cincuenta dólares. Lo que de verdad necesito es una pistola.

Arkady se preguntó en qué clase de mundo vivía donde los chicos habitaban en casuchas y pedían una pistola como si tal cosa.

—Te diré una cosa —dijo Arkady—. Te daré cincuenta dólares si tú y tus hermanas permanecéis lejos de la playa.

—¿Habla en serio?

Arkady abrió la billetera.

—No os acerquéis a la playa en una semana, ¿podéis hacer eso?

—No hay problema. —Vova se animó—. Ojalá hubiera estado aquí durante la guerra del ámbar. Cada día aparecían cadáveres en la playa.

—Serás rico después de vender la bici.

—Hay un problema. Lena se llevó la bici y se olvidó de dónde la dejó. La arena se movió y ahora ha desaparecido.

Zhenia y Lotte tenían un plan que, como una partida de ajedrez, dependía de los movimientos del oponente: si el hombre del vestíbulo los llamaba, si entraba en el apartamento, si iba solo, si tenía cómplices. Zhenia sacaría la pistola. Si fallaba, Lotte seguiría con los bastones de esquí suponiendo que el hombre estuviera a su alcance. Ya habían pasado cuatro horas del plazo marcado por Alexéi y el miedo y el agotamiento los estaban venciendo.

En manos de Zhenia, la pistola era un funesto signo de interrogación, una pérdida de control más que control, una sensación de condena más que de decisión. Lotte no podía evitar mirar a la puerta como si la sangre ya se estuviera filtrando desde el umbral. Una idea sobre un símbolo era seguida titubeantemente por otra, y en ocasiones pasaban minutos sin que se pronunciara una palabra.

—Dos anillos entrelazados podrían significar coopera-ción —dijo Lotte.

—O dos ojos, dos huevos, dos címbalos, dos ruedas —dijo Zhenia.

—Entonces crees que es mala idea.

—No, pero no tenemos tiempo para ser una enciclo-pedia.

—Encajaría con los signos igual, las orejas de un buen oído y el «bla, bla» de la apertura.

Zhenia no dijo nada.

—Entonces, ¿crees que esto es posible? —preguntó Lotte.

—Peliagudo —concedió.

—Salvo para un timador de ajedrez, supongo.

—Sí. —Zhenia no era psiquiatra, pero sentía que podía leer la personalidad y el nivel de talento de alguien que se sentara frente a él en un tablero de ajedrez. Lo que veía en las notas del intérprete sugería vanidad. Lo que veía en Lotte era que estaba asustada pero animada—. Dinero, China, bancos, rublos, dólares, submarinos —dijo—. ¿En qué se resume?

—¿Qué significa la L?

—No lo sé.

—¿Higos negros?

—¿Lágrimas?

—Petróleo —dijo Lotte—. Cuando Rusia no puede pagar en dinero paga en petróleo.

—Y en gas natural, la lágrima blanca.

—¿Qué es lo que paga?

—¿Y si las vías de ferrocarril no son vías sino puntos de sutura? —dijo Zhenia—. ¿Y si son reparaciones?

—¿Y qué pasa con Natalia Goncharova? No tiene conexión con nada.

—Es una anomalía —concedió Zhenia.

—Una anomalía es algo que no sabes cómo tratar. ¿No es la mejor pista la que aparentemente no encaja? —preguntó Lotte.

Los escándalos de la corte imperial nunca habían sido el punto fuerte de Zhenia.

—Si mal no recuerdo —dijo—, Natalia Goncharova arrastró a su marido a un duelo en el que lo mataron. Eso es todo. El material de novelas románticas.

—O del asesinato —dijo Lotte—. Resulta que su marido era Pushkin, el poeta más grande de Rusia. El otro duelista llevaba un abrigo con botones de plata. La bala de Pushkin rebotó en un botón. Tres días más tarde, él estaba muerto y Natalia Goncharova encontró consuelo en brazos del zar. Así pues, adulterio, conspiración, censura, asesinato. ¿Por dónde quieres empezar?

25

Desde su primera visita al jardín de Liudmila Petrova, los girasoles se habían alborotado, los tomates pesaban en la mata y los calabacines se habían arrugado. En cambio, las malas hierbas florecían.

Un doguillo salió corriendo de la puerta de la casita en persecución de una pelota de goma. El perro agarró la bola, la agitó furiosamente y empezó a correr otra vez hacia una mujer que estaba apoyada en la puerta con los brazos cruzados.

—¡*Polo!* —dijo Arkady.

La mujer levantó la mirada. El perro se detuvo y trató de mirar en dos direcciones al mismo tiempo, luego, con expresión de disculpa, llevó la pelota a Arkady.

—Has vuelto —dijo la mujer.

—Eso me temo. —Arkady sacó la pelota de la boca del perro y añadió tuteándola—: Siento decir que tu amigo no tiene sentido de la lealtad.

La mujer no sonrió, pero Arkady tuvo la sensación de que en cierto modo le hacía gracia.

—Siempre que intento cuidar el huerto, *Polo* quiere jugar.

—A lo mejor es el precio de la amistad. —Miró en torno al huerto—. Tu verdura parece a punto de estallar.

—Quizá no le he estado prestando suficiente atención.

—No sé qué decirte —dijo Arkady—. No soy agricultor.

—Se supone que es muy sencillo. Plantas y riegas.

—Y mantienes a los perros alejados. Hay mucha verdura que parece lista para ser recogida. Podría ayudarte.

—¿Y tu investigación?

—Puede esperar —dijo Arkady.

—Eres un investigador extraño. ¿Qué te hace pensar que necesito ayuda?

—Cuando estuve aquí con Maxim llevabas gafas porque eras sensible a la luz.

—Maxim siempre se está fijando en mí.

—Es la impresión que me dio. Y no has arrancado malas hierbas desde entonces. Tu hermana era la que cuidaba el huerto.

—¿Cómo lo supiste?

Además del perro, el huerto descuidado y la ausencia de gafas oscuras. Había oído la voz de Tatiana en cintas de audio durante horas. La habría reconocido en cualquier sitio.

Ella se volvió y entró en la casita, y, aunque no hubo invitación, Arkady la siguió. El doguillo siguió a Arkady, soltando la pelota como una sugerencia, dejando que rodara y recuperándola. Mientras Tatiana calentaba agua para el té, Arkady miró los adornitos que ocupaban estantes de la cocina y armarios. Fotos familiares de Liudmila Petrova sosteniendo bebés y niños pequeños de varias edades. Postales de todo el mundo. Fotografías enmarcadas de las mismas dos niñas con sonrisas brillantes y pelo dorado, pedaleando, yendo en kayak, bajando corriendo por una duna con los brazos extendidos como si pudieran volar.

—¿Quién era mayor?

—Ella. Solo nos llevábamos diez meses.

—¿Estas fotos son de sus hijos?

—No. Primos, amigos, hijos de amigos. A pesar de su poca visión, Liudmila era una gran aficionada a la fotografía. —Puso dos tazas de té en la mesa y se sentó—. ¿Azúcar?

—No, gracias.

—Todos los hombres que conozco toman el té sin azúcar. ¿Por qué?

—No lo sé. ¿Por qué todas las mujeres que conozco chupan el té en un terrón de azúcar? —La pilló haciéndolo.

—Es un pequeño pecado y hay muchos donde elegir. Le dije a Liudmila que no fuera a Moscú, pero ella siempre tenía que ser la hermana mayor. Odiaba preocuparse y me temo que hice su vida desgraciada. ¿Cómo lo supiste? Oh, sí, las gafas oscuras.

—Parece que te has curado milagrosamente.

—¿Fue tan sencillo como eso?

—Más o menos.

—¿Crees que voy a salir de aquí con vida?

—Lo dudo. Puedes correr el riesgo como Liudmila, pero apuesto a que sospechan.

—¿Por qué crees que sospechan?

—Me he fijado al entrar en que hay un hombre en un coche vigilando tu puerta.

—Es el teniente Stásov. Me ha convertido en su proyecto personal. Entró y registró la casa. Ahora se queda en la calle.

Por un segundo, Arkady tuvo el impulso de tocarla y ver si era real. Se preguntó con qué frecuencia causaba ese efecto en los hombres, como si creara una vibración tenue.

Siguió insistiendo.

—Supongamos que la persona que mató a Liudmila estuviera esperando en tu apartamento. ¿Dónde estabas tú?

—Me quedé trabajando hasta tarde en la revista con Obolenski. Maxim pasó y dijo que me habían declarado muerta, que había saltado desde mi balcón y que teníamos que salir de Moscú lo antes posible. Porque una vez que estás oficialmente muerta no tardarás en estarlo en realidad. Es una cuestión de contabilidad. Condujimos toda la noche hasta Kaliningrado. No sabía que Liudmila iba a ir a mi apartamento.

—La cuestión es quién la empujó. Debería haber llamado al timbre cuando llegó a tu apartamento.

—Yo no estaba allí.

—Pero Liudmila tenía su propia llave, ¿no?

—Sí. —La voz de Tatiana sonó más apagada—. Confundieron a mi hermana conmigo y murió. Ahora yo estoy viva simulando ser ella. —Aunque claramente despreciaba las lágrimas, se enjugó los ojos antes de cambiar de tema—. Maxim me habló de tu aventura en la playa. Así que encontraste al chico que se llama Vova.

—Sabe negociar.

—Lo sé. Le pagué cincuenta dólares por la libreta.

—¿Qué hay en ella?

—Lo confieso —dijo ella—. No lo sé.

Arkady casi rio.

—¿No lo sabes? Están disparando a gente y tirándola por los balcones por esta libreta y tú no sabes por qué.

—Joseph, el intérprete, iba a traducirla para mí.

—¿Y esto iba a ser una gran historia, tan grande como una guerra en Chechenia o una bomba en Moscú?

—Eso es lo que dijo Joseph. Y la prueba estaba en la libreta.

—¿No te dio una idea?

—Solo que no lo podía entender nadie más que él.

—¿Por qué iba a ayudarte? ¿Por qué iba a jugarse el cuello?

—Quería ser alguien. Quería ser alguna cosa además de un eco, que es lo que había sido toda su vida. Por otro lado, pensaba que mantener todo en notas que solo él podía leer lo mantendría a salvo.

—Y en cambio, es veneno pasando de mano en mano.

—¿Tienes la libreta? —preguntó ella.

—La tiene un amigo.

—¿Un intérprete?

—Es una manera de decirlo.

El té se había enfriado. Tatiana miró por la puerta mosquitera a una fila de sandías que se habían hinchado y abierto.

—Es culpa mía —dijo Arkady—. Si no hubiera metido las narices cuestionando la identificación del cuerpo de Liudmila, tú podrías estar a salvo.

—Ahora has de seguir. Tú eres el investigador.

Arkady oyó un ruido. El doguillo había abierto un armario y derramado la caja de galletas.

Tatiana las recogió.

—Qué cerdito.

—Eso me recuerda, ¿cómo llegó aquí *Polo*?

—Maxim lo trajo después.

—Es un camino largo. Hay que cruzar las aduanas lituana y polaca y todo. ¿Maxim estaba contento yendo y viniendo?

—Eso parecía.

Arkady se preguntó qué le harían a Tatiana esos censores que seguían a periodistas con una pistola o una porra. Igual que ella tendría que habérselo preguntado.

—¿Conoces a Stásov? —preguntó Tatiana.

—Hemos hablado por teléfono.

La verja estaba abierta. Arkady apartó la persiana para ver a un hombre en un avejentado Audi aparcado al otro lado de la calle, ante una agencia de viajes que prometía: «Idilio a precio de saldo en Croacia.» Al parecer nadie buscaba un idilio.

—¿Tienes una pistola? —preguntó Arkady.

—¿Tú? —Ella interpretó la pausa de Arkady—. Qué par de seres humanos inútiles.

Arkady se encogió de hombros. Eso parecía.

Visitó las otras habitaciones. La casa era pequeña y acogedora y todos los cuartos daban a un pasillo estrecho. Los muebles eran de roble de antes de la guerra. Los antepasados miraban desde marcos ovales. Habían convertido la habitación del fondo en un cuarto oscuro de fotografía. La puerta de atrás no se abría.

—No vas a encontrar nada. Stásov se llevó mi portátil.

—¿Pero todavía cree que eres Liudmila?

—De momento. Lo borré todo.

En la cama había una mochila llena a tope. No era la señal de alguien resignado a quedarse atrapado.

—¿Dónde está tu canario? Parece que se ha llevado la jaula con él.

—Con una amiga.

—Entonces estás lista para marcharte.

Tardó un segundo en decir.

—Supongo que sí. ¿Adónde?

Tatiana clavó en Arkady una mirada que le decía que estaba pidiéndole más confianza de la que se había ganado. Al fin y al cabo, ¿cuánto hacía que lo conocía? ¿Quince minutos? ¿Y qué podía hacer por ella mientras ella estaba atrapada?

Arkady salió primero con *Polo* y lanzó la pelota de goma del doguillo debajo del coche del detective. El perro empezó a ladrar de forma lo bastante histérica para que Arkady tuviera que gritar:

—No se mueva.

Stásov bajó la ventanilla del pasajero.

—¿Qué? ¿De qué está hablando?

—Mi perro está debajo de su coche. Si se mueve, lo atropellará.

—Entonces sáquelo.

—Lo intentaré si no se mueve.

—No me muevo, por el amor de Dios.

—Estaba persiguiendo una pelota.

—Saque el maldito perro. ¡Qué idiota!

—¿Tiene el freno de mano puesto?

—Dese prisa o los atropellaré a los dos.

—Solo es un cachorro.

—Será un cadáver si no lo saca.

—¿Puede llegar a la correa desde su lado?

—No, no puedo coger su maldita correa.

—Oh, bueno, pediremos ayuda.

—No necesitamos más gente.

—No puede culpar a un cachorro.

—Le pegaré un tiro si no se aparta del coche.

—Bueno, parece que ha desaparecido.

—¿Desaparecido?

—Oh, ya lo veo. Está bien, gracias a Dios. —Arkady sacó a *Polo* tirando de la correa y lo cogió.

Para entonces Tatiana había salido por la puerta del jardín y se había unido a los compradores de las paradas.

—Seis letras, raza de perro, que empieza por «af».

—No puedo creerlo —dijo Zhenia.

—Vamos, no seas tan pasmado. Estáis resolviendo un enigma y yo estoy resolviendo otro. Podemos ayudarnos mutuamente. Vale, programa de televisión, dos palabras, empieza por «gr». Tampoco podéis ir a ninguna parte. Está bien, a vuestro rollo.

Pasó media hora antes de que el hombre del pasillo apretara otra vez la boca en la puerta.

—No seas tan capullo. Dos palabras, once letras, empieza por GR.

—*Gran Hermano* —dijo Lotte.

—Encaja. Mira, no ha estado mal. Ahora podéis preguntarme a mí.

—¿Preguntarte?

—Lo justo es justo.

Zhenia se preguntó qué aspecto tendría el hombre que estaba al otro lado de la puerta. ¿Alto o bajo? ¿Delgado o gordo? ¿Entre asesinato y asesinato tenía un bebé en sus rodillas? Zhenia y Lotte esperaban con una bala en la pistola de Arkady y bastones de esquí debajo de la mesa.

—Es una clase de enigma diferente —dijo Zhenia.

—Te das un aire de superioridad. Solo estoy tratando de ayudar.

—¿Tienes hijos? —preguntó Lotte.

—No, no. Nada personal. Personal *verboten*. Ni siquiera debería estar hablando contigo.

—Entonces no lo hagas —dijo Zhenia.

—Como queráis. Tenéis alrededor de una hora, según mi reloj. Mira, solo hablaré con la chica. Ni siquiera ha dicho nada. Escríbelo en un trozo de papel, deslízalo por debajo de la puerta.

—Esto es una pérdida de tiempo total —dijo Zhenia—. El hombre es un asesino. Simplemente nos está torturando.

—Solo voy a hablar con ella.

Lotte cogió un trozo de formulario del escritorio y escribió la letra L. La deslizó por debajo de la puerta.

—¿Eso es todo? —preguntó el hombre.

—Esto tiene gracia —dijo Zhenia—. No reconocería a un perro afgano ni aunque le mordiera.

La hoja volvió. El hombre al otro lado de la puerta dijo:

—El numeral romano de cincuenta. Está en todos los crucigramas que se han escrito.

Lotte bajó por la lista de interpretaciones de la letra L y miró a Zhenia.

—Se nos pasó esta.

—Podría ser cincuenta mil. Cincuenta millones, cincuenta por ciento.

—¿Por qué? ¿Y qué pasa con todas las avispas en círculos?

Zhenia se dio cuenta de que estaba mirándole los pechos.

—Si la avispa está atrapada en ámbar —dijo—, entonces la pista es el ámbar no la avispa.

Sonó un teléfono móvil en el vestíbulo. El hombre del crucigrama contestó y sonó descontento.

—¿Todo bien? —preguntó Zhenia.

Hubo un silencio al otro lado de la puerta.

—¿Va a volver Alexéi? Todavía tenemos media hora —dijo Zhenia.

De nuevo silencio.

—Acabas de decirnos que teníamos casi media hora —dijo Lotte.

Nada.

—No puedes matar a alguien antes de tiempo —dijo Zhenia, pese a que sabía lo ridículo que sonaba—. ¿Sigue al teléfono? Déjame hablar con él. —Abrió la puerta con la cadena y el hombre del crucigrama le pasó el teléfono por la rendija—. Alexéi, estamos avanzando.

—¿Qué tenéis?

—No es la libreta normal ni el acta de una reunión. No hay fecha. Solo sé que se reparará un submarino, que una cantidad considerable de rublos rusos cambiará de manos.

Alexéi no dijo nada, pero el silencio era significativo. Ese era el punto en una partida de ajedrez en que un jugador no tiene más opción que sacar el rey de la protección de la fila del fondo y avanzar hacia el centro del tablero.

—Va a haber otra reunión —dijo Zhenia.

—¿A bordo del *Natalia Goncharova*?

—Sí. —¿Qué otra cosa podía decir?

—Gracias, era todo lo que necesitaba oír. Devuélvele el teléfono a mi hombre.

Zhenia devolvió el teléfono y cerró la puerta.

—¿Ha funcionado? —preguntó Lotte.

—No lo sé.

Lo único que recibió del otro lado de la puerta fue silencio. No «lo has conseguido, chaval», sino solo una sensación pegajosa y la boca seca.

Él y Lotte ya no se miraban el uno al otro. No era justo. Si alguien tenía que ceñirse a un horario era un ejecutor. Asimilaron los sonidos de la calle, el edificio vacío, el sonido de un silenciador ajustado en el cañón de una pistola. Solo tenía diecisiete años. Descubrió que el ajedrez ya no era tan importante para él. Había fantaseado con que le pusieran su nombre a una apertura. Ahora todas las partidas parecían triviales. Tenía otras ambiciones. Curiosamente, pensó que no sería tan malo ser un investigador como Arkady.

Lotte decidió renunciar al ajedrez por la música. Su familia siempre había sido de artistas. Oyó un arco pasando por las cuerdas de un contrabajo. Algo deprimente de Wagner. *Götterdämmerung*. El ocaso de los dioses.

Zhenia sacó la pistola de la parte de atrás del cinturón, pero Lotte estaba en medio, tratando de mantener la puerta cerrada. Zhenia se estiró hacia ella y los dos se apoyaron juntos contra la puerta.

El hombre del crucigrama empujó con todas sus fuerzas. La cadena sonó y Zhenia miró a un hombre delgado con una nariz de pico surcada de pequeñas venas tratando de insertar una pistola. La puerta se cerró de golpe y la abrió un hombre anciano con bata y zapatillas.

—¡Lotte, te he encontrado! —El abuelo de Lotte, el cobarde, pugnó por la pistola—. Tenéis que correr.

El hombre del crucigrama lo apartó.

La puerta se cerró. Zhenia oyó una cabeza aplastada contra la jamba. La puerta se abrió otra vez con todas las cartas barajadas cuando Víktor Orlov golpeó dos veces más al hombre de los crucigramas contra la jamba y lo tiró por la escalera.

26

Con luces blancas delante y rojas atrás, una fila de ciclistas serpenteaba a última hora de la tarde, persiguiendo farolas, entrando y saliendo de calles y parques.

Arkady y Tatiana habían contratado una de las excursiones de una noche de la tienda de bicicletas y dejaron a *Polo* al cuidado de un vecino.

Unirse al grupo había sido idea de Tatiana. Había rechazado todos los medios de fuga que él había propuesto. Simplemente mencionó la excursión de la tienda de bicicletas y se aferró a ello. Ella alquiló una bici y equipo. La chaqueta cruzada de Arkady servía como un atuendo inusual y Karl, el dueño de la tienda, le preguntó cuándo había montado por última vez.

—Hace un tiempo. Supongo que no me vendría mal una pinza para el pantalón.

Karl lo miró de pies a cabeza.

—Siempre que tengas dinero para un taxi.

Los ciclistas no eran un grupo politizado. La mitad eran mujeres. La mayoría llevaba un saco de dormir y tienda y —aunque el trayecto era de solo cincuenta kilómetros, apenas un paseo— había un aire de anticipación, sobre todo después de que los ciclistas salieron de la ciudad.

Arkady se bamboleaba al principio, pero el tráfico era ligero y recuperó la sensación de equilibrio. Tatiana luchaba contra el viento, y estaba claro que estaba disfrutando. Pasaron camiones militares, pero eso era de esperar estando tan cerca del puerto base de la flota del Báltico.

Karl iba en cabeza. A una señal de él, las bicicletas se metieron por un camino casi invisible entre abedules larguiruchos y pasaron a través de helechos altos hasta la cintura hasta llegar a una empalizada negra de abetos. Finalmente, el grupo se detuvo en un círculo de piedras carbonizadas. Las mujeres enseguida reunieron madera y los hombres montaron las tiendas. A Arkady le dieron una endeble de nailon de dos personas y armazón de plástico. Cuando empezó a arder una hoguera de campamento, extendieron sobre unos periódicos un festín de vodka, vino, salchichas, tocino salado y pan.

Todos los demás ciclistas parecían conocerse entre sí. Karl se inclinó sobre la hoguera para hablarle a Arkady.

—Tu amiga debería quitarse el casco —dijo—. Aquí somos todos amigos.

Tatiana se quitó el casco. Nadie dio ninguna pista de reconocer a la famosa periodista de Moscú.

—Mucho mejor —dijo Karl, como si se hubiera cruzado un umbral de amistad.

Se abrió el apetito. Los ciclistas tenían treinta y tantos y cuarenta y tantos, y en su mayor parte eran atractivos porque estaban en forma. Klim era contable; Tolia, bombero; Ina, maestra de escuela; Katia, esteticista. Arkady no podía acordarse de todos los nombres, sobre todo porque las caras danzaban a la luz de la hoguera.

Ina le pasó un vaso de vodka a Arkady.

—¿A qué te dedicas?

—Soy investigador.

—Y esta dama, supongo que es una *femme fatale*.

—Exactamente —dijo Tatiana.

—Bueno —dijo Karl—, hay una tradición de campamento de contar historias, pero también está la tradición de las canciones. —De la oscuridad sacó una guitarra.

Cantaron sobre mujeres de ojos oscuros, lobos de ojos amarillos, gitanos, marineros, madres llorosas, vías de tren que se extendían hasta el horizonte... y cada canción iba acompañada de una ronda de vodka. Las mejillas se pusieron coloradas y, al tiempo que el fuego se suavizaba, Arkady se dio cuenta de que Ina, la maestra de escuela, se había desnudado de cintura para arriba.

—El movimiento naturista tiene una larga tradición en los estados bálticos.

—Ya lo veo —dijo Arkady.

—Algunos lo hacen, otros no.

Karl había traído también una balalaika, lo cual siempre era una invitación para que alguien entrechocara los talones como un cosaco. Al agacharse, Klim cayó como un ciervo herido, y eso fue la señal para que otros miembros del club se alejaran del fuego y se retiraran. Pero no durante mucho tiempo. Arkady oyó cuerpos que entraban y salían de las tiendas.

Tatiana cerró la tienda con la cremallera.

—Esto es una locura.

—Tú querías salir de la ciudad.

—No a costa de toda dignidad.

—Eres bienvenida en la mía. Está hecha polvo, pero puedes quedártela.

Arkady desenrolló una colchoneta, que suavizó el suelo cubierto de agujas de pino. La oscuridad magnificaba los sonidos: el roce de ramas, el cric de los grillos, el engullir de los sapos.

—Tengo que confesar —dijo Tatiana— que había una playa nudista en el istmo. De niñas, Liudmila y yo nos colábamos a mirar. Probablemente aún existe.

Unos pies sonaron junto a la tienda y un dedo chocó contra ella. Arkady esperó a que el visitante siguiera adelante.

—Es como una orgía pésimamente organizada —dijo Arkady.

Tatiana casi se rio.

—¿Y mañana? —preguntó él—. Kaliningrado es peligroso para ti y Moscú no es mejor.

—Pensaré en eso. A lo mejor las cosas se calman.

—Ya te han asesinado una vez. Diría que las cosas han ido demasiado lejos.

—No para ti. Tú puedes volver a Moscú.

—No —dijo él, aunque reconocía lo tentado que había estado y lo pequeño que había sido su papel.

Era el drama de Tatiana, y Arkady se dio cuenta de que ella no estaba interesada en huir. Quizás escapar era la última cosa en la que pensaba.

Durmieron lo más separados posible dentro de la tienda, pero la noche era fría y al despertarse se la encontró acurrucada contra su espalda. Las otras tiendas estaban en silencio, con el fuego de campamento reducido a un crepitar de ascuas.

El nombre del asesino era Fiódorov. Era más bajito y mayor de lo que Zhenia esperaba y lucía el traje completo y el bigote fino de un actor de cine mudo, y aunque Víktor lo había esposado a un radiador, el hombre mantenía un aire profesional.

—No me gustaba el trabajo. Matar niños no me sienta bien. Se suponía que solo tenía que cuidarlos. Alexéi me dijo: «No dejes que salgan ni que monten un pollo ni nada.» Parecían muy amables.

—¿Pero les habrías disparado?

—Habría hecho lo que me dijeron. ¿Qué vas a hacer? —Miró a Lotte, encogiéndose de hombros—. Lo siento.

—Esa es la diferencia entre tú y nosotros. —Fue a acompañar a su abuelo al ascensor. El acto de valor del artista lo había dejado agotado.

—Quizás. —Esa fue la declaración del hombre, ese asesino que hacía crucigramas para pasar el rato.

Zhenia buscó signos delatores, las marcas y pestañeos que traicionan un gambito antes de que se juegue. Fiódorov estaba tratando de quedar bien con Víktor, porque era el que ostentaba el poder.

—Una chica espabilada, pero poco realista —dijo Fiódorov. Logró sacar un paquete de cigarrillos y un mechero—. ¿Quieres uno? —le preguntó a Víktor—. ¿No? ¿Puedes darme un cenicero? ¿No te encantan estos apartamentos antiguos? Techos altos, chimeneas, suelo de parquet. Francamente, me alegro de que no haya nadie herido. Yo soy la parte herida, ¿no? Esto se puede arreglar. ¿Crees que puedes aflojar estas esposas?

—No creo que tu problema sean las esposas —dijo Víktor—. Tu problema es si vas a estar vivo dentro de diez minutos.

—Bueno, para ser drástico, tú eres un borracho notorio y el chico es un tramposo. Creo que ahora os estáis dando cuenta del problema en el que os habéis metido. Solo es mi opinión.

Víktor se tomó su tiempo para abrir una lata de Fanta; en los interrogatorios, como en la comedia, el tempo lo era todo.

—¿Qué busca Alexéi? —preguntó.

—Venganza, supongo. Trata de encontrar al asesino de Grisha. Ese es su deber filial.

—¿Qué tiene eso que ver con la libreta en la que están trabajando estos chicos?

—Ni idea. ¿Puedes darme un poco de hielo? Tengo un dolor de cabeza terrible. Me has golpeado la cabeza contra la puta pared. Probablemente debería ir al hospital.

—¿Cuáles fueron exactamente las palabras de Alexéi?

—Esperar hasta que él volviera. Luego llama y quiere que me ocupe de los chicos enseguida. No quiere cabos sueltos, esa clase de cosas.

—¿Mencionó al investigador Renko? —preguntó Zhenia.

—¿Quién es el investigador Renko? —preguntó Fiódorov a Víktor.

—Responde al chico —dijo Víktor.

—Hablaré contigo, no con el chico.

—¿Renko está bien? —preguntó Zhenia con tanta intensidad que hasta sorprendió a Víktor.

—Quién coño lo sabe. Mira, se me ocurre que como yo no he hecho nada, no tienes motivos legales para retenerme. A lo mejor debería acusarte de asalto y secuestro. Tienes suerte si lo dejamos así.

—Habla con el chico —dijo Víktor.

Fiódorov se fijó en la Makárov que descansaba en el regazo de Zhenia y se incorporó apoyándose en el codo para preguntar.

—¿Es esa mi pistola? ¿Te llamas Zhenia? Zhenia, ¿has manejado un arma de verdad antes?

Zhenia desmontó la pistola como le había enseñado Arkady.

—Vaya —dijo Fiódorov con una leve sorpresa.

Zhenia reajustó la pistola y apuntó a Fiódorov.

—¿Dónde está Alexéi?

—Esto es estúpido. Lo he dejado claro, no respondo preguntas de un chaval.

—No me lo digas a mí, díselo a él —dijo Víktor.

—¿Quién sabe? Alexéi tiene su propio avión privado. Está aquí, está allí...

—No te pongas nervioso —dijo Víktor.

—No estoy nervioso, coño.

—No me lo digas a mí, díselo a él.

—¿En Kaliningrado? —preguntó Zhenia.

Fiódorov sonrió.

—A lo mejor puede desmontar una pistola. Eso no significa que pueda apretar el gatillo.

—Has olvidado el silenciador. —Víktor le pasó a Zhenia un tubo negro mate.

—Créeme —dijo Fiódorov—, me han apuntado con un arma en un centenar de ocasiones. Con los chicos es todo bravuconería.

Zhenia ajustó el silenciador en el cañón.

La sonrisa de Fiódorov se quedó sin aire.

—Te lo advierto, los niños no deberían jugar con pistolas cargadas.

—Zhenia no es un niño —dijo Víktor.

Zhenia disparó y el suelo de parquet estalló junto a Fiódorov.

—¿Dónde está Alexéi? —preguntó.

—¡Estás loco!

El segundo disparo de Zhenia astilló el suelo al otro lado de Fiódorov. Su tez se puso gris sebo e hizo una mueca de anticipación.

—¿Dónde está Alexéi? —preguntó otra vez Zhenia.

—¡No lo sé!

Zhenia apoyó el silenciador en la frente de Fiódorov y apretó el gatillo con la lentitud suficiente para que él oyera el mecanismo de disparo de la pistola deslizándose en su lugar.

—En Kaliningrado —dijo Fiódorov—. Están todos allí. Alexéi, Abdul, Beledon, todos.

—He encontrado un taxi para mi abuelo —dijo Lotte al volver a la puerta.

Se detuvo y miró a Zhenia, con la pistola y el olor a carbón en el aire. En un instante desapareció en el ascensor.

Zhenia bajó corriendo por la escalera tras ella, rebotando en las paredes. La atrapó en el vestíbulo, pero Lotte se zafó cuando él intentó agarrarla del brazo.

—No eres mejor que él —dijo Lotte—. Solo necesitas una buena excusa.

—No es lo que piensas.

—Entonces, ¿qué es?

—Un juego. —Zhenia se llevó la pistola a la cabeza y apretó el gatillo. El percutor impactó en una recámara vacía—. Un juego. Vacié el cargador y solo metí dos balas. No soy un asesino, solo un tramposo.

Víktor encontró canguros.

Los detectives Slovo y Blok tendrían que haber estado en Sochi, pero dos días después de retirarse habían regresado. En Moscú eran hombres de autoridad. En Sochi eran don nadies barrigudos de mediana edad en sandalias que se unían a otros don nadies en sandalias llenando carros de supermercado con vino australiano de saldo, esperando una sonrisa de la cajera, amontonando sucedáneo de caviar en galletas húmedas, desmayándose en el sofá con una copa en la mano. Estuvieron encantados de mantener a Fiódorov esposado a una litera en la celda de borrachos favorita de Víktor.

Comunicarse con Arkady no fue tan fácil.

—¿Sabes lo que me haría feliz? —dijo Víktor—. Que se molestara en llamarnos. ¿Dónde está? Está en un agujero o en alta mar. Porque sus amigos de Moscú van todos hacia él.

27

Arkady y Tatiana se escabulleron mientras los ciclistas dormían profundamente, se colocaron las linternas frontales y se pusieron en marcha. El viento tenía gusto a sal y hacía que los abedules se inclinaran y suspiraran. Ella iba delante y él la seguía.

Al ir saliendo el sol, la ciudad turística de Zelenogradsk empezó a materializarse en la oscuridad con una fila de puestos de pescado y patatas fritas, salas de videojuegos y, a lo largo de un paseo, las siluetas de hoteles de antes de la guerra con los característicos techos en punta alemanes. En la playa, algunos madrugadores observaban la llegada de las olas que morían en la arena.

—Ahora es temporada baja —dijo Tatiana mientras pedaleaban—. Los únicos que vienen son observadores de pájaros. Es una pista de aterrizaje para halcones y águilas. Liudmila y yo veníamos siempre.

Dejaron atrás el centro de la ciudad. Arkady reconoció el quiosco y carteles de tatuajes que había visto con Maxim. El mismo vagabundo arrastraba su trineo por el arcén. En dirección norte, la carretera se redujo a un solo carril. Las casitas dejaron paso a chozas de pescadores cada vez más dispersas, mientras la playa se estrechaba hasta convertirse en un banco de arena con una laguna en un lado y el océano en el otro. Ni un solo coche. Solo el sonido de las olas.

—Sigue siendo mágico. —Tatiana sonó renovada, a su pesar.

Cuando las casitas ya estaban muy separadas, Tatiana se detuvo en una con la pintura desgastada y reja de encaje, como la casa de una bruja indigente. Arkady la reconoció de una foto que había visto en la cocina de Liudmila.

—En ocasiones, no viene nadie durante meses. Liudmila tenía la única llave.

Tatiana buscó bajo una fila de enanos de jardín, estrellas de mar y conchas de molusco. Arkady observó durante un minuto hasta que encontró un rastrillo y lo usó como una palanqueta para abrir la ventana.

—Esta es tu cabaña, ¿no? —dijo—. Es espléndida para ser una casita de pescadores.

—Casi ilegal.

La cabaña tenía un salón con una chimenea, una cocina económica, un váter, dos dormitorios y una galería cerrada para dormir en verano. El agua para bañarse procedía de una bomba. Había un arcón lleno de juegos de mesa y novelas en rústica que llenaban hasta los topes un estante. La despensa se limitaba a salchichas de lata y arenque en vinagre. Un aro con más llaves de las que parecían necesarias colgaba de la pared.

—También hay un trastero —dijo Tatiana.

Llevó a Arkady al exterior y abrió una estructura de madera no más grande que una sauna. Las bicicletas colgaban de una barra central, con cables antirrobo atravesando las ruedas. Las bicicletas eran resistentes, nada especial. Arkady pensó que era una elección inteligente, considerando que la casita permanecía desocupada durante meses. Los estantes estaban llenos de martillos y sierras, tarros de clavos y tornillos ordenados por tamaño, tubos de masilla, latas de pintura etiquetadas a mano y la clase de material específico que solo podía apreciar un manitas. Los muebles del exterior atados con cables reunían polvo en una esquina. No había gran cosa de material de pesca.

Cuando regresaron a la cabaña, Arkady se dejó caer en una silla de mimbre. Sus piernas le recordaron que hacía muchos años que no montaba en bicicleta.

Tatiana se asomó de habitación en habitación.

—A mi padre le encantaba esto.

—¿Cómo era?

—Era historiador. Muchas veces decía: «En ocasiones, cuanto menos sabes mejor.»

—¿Qué clase de historiador es ese?

—Historiador ruso. Decía que en un país normal la historia se movía hacia delante. La historia evolucionaba. En Rusia, en cambio, la historia podía ir en cualquier dirección o desaparecer por completo, lo que nos convertía en la envidia del mundo. Imaginaba un Kaliningrado en otro sitio.

—¿Tu padre estaba deprimido?

—Totalmente. —Regresó y se dejó caer en una mecedora—. Eso era lo que quería que fuera Rusia. No perfecta, solo normal. ¿Y tu padre?

—Más asesino que depresivo. Podría decirse que la guerra le permitió desahogarse.

La luz enmarcó a Tatiana. Arkady pensó que no era hermosa en un sentido convencional. Su frente era demasiado ancha, sus ojos demasiado grises y su actitud demasiado provocativa.

—Maxim asegura que serías antes un meteoro brillante que una pequeña luna fija —dijo.

—Maxim dice muchas estupideces.

—¿Conoce este sitio?

—Lo traje una vez.

—Perfecto.

—Quiere hacer algo grandioso.

—Todavía está enamorado de ti, ¿verdad?

—No lo sé.

—Sí que lo sabes. Estaba dispuesto a ver a Alexéi aplastándome bajo un lastre de una tonelada en el puerto de Moscú.

—Estás mintiendo.

Arkady describió la escena.

—Tengo un testigo. *Polo*. Me salvó la vida. Maxim probablemente pensaba que solo querían asustarme y que podría convencer a Alexéi. Los viejos poetas han perdido el ritmo. Supongo que es lo primero que se pierde, como las piernas de un boxeador. De todos modos, no creo que Maxim tuviera nada contra mí. Estaba tratando de protegerte, de impedir que descubriera que estabas viva.

—Ahora quiere arriesgar su vida. Le dije que a su edad ya no importaba.

—Si no te importa que lo diga, eres una persona difícil de la que enamorarse.

—¿Y tú? —preguntó Tatiana. No sabía qué quería decir con eso, y cambió de tema como si sintiera que se estaba acercando a un abismo—. Liudmila y yo corríamos por las dunas. Cada día eran diferentes. Diferente lugar, diferente forma. Y, por supuesto, nuestro padre nos enseñó a buscar ámbar. Pensaba que la única historia real era la geología; todo lo demás era opinión. ¿Sabías que el océano más joven del mundo es el mar Báltico?

—Por eso estamos aquí, para ver envejecer el mar.

—No tanto. —Se echó hacia delante en la mecedora para ofrecerle un cigarrillo.

—No, gracias.

—¿Estás seguro?

Tatiana dio unos golpecitos en el paquete y cogió una memoria de ordenador que cayó. Era de plástico, del tamaño de unas cerillas de restaurante.

—¿Qué hay ahí? —preguntó Arkady.

—¿Qué quieres? El asesinato de periodistas, golpes a manifestantes, corrupción en las altas esferas, violación de recursos naturales por parte de un círculo de millonarios, una democracia fraudulenta, construcción de palacios, un ejército hundido. Si has sido una fuente, la mención de cualquiera de estas cosas podría costarte a ti o a alguien cercano a ti una bala en la cabeza. Está todo aquí en artículos a un espacio.

—Pero los han publicado todos, ¿no? ¿No hay nada nuevo?

—La libreta. La libreta es nueva. Pero no la tengo. Tengo todos estos datos que conducen a la cima de una pirámide, pero no puedo alcanzarla sin saber lo que Grisha estaba haciendo, y eso está en la libreta. Sé quién, pero no sé qué. Tus expertos podrían saber qué, pero no sabrán quién. Háblame de la gente que está trabajando en ello. ¿Son expertos en lingüística o analistas militares?

—Son dos chicos que juegan al ajedrez.

Tatiana se recostó en la silla.

—¿Nada más?

—Nada más. Juegan bien.

—¿Son chicos?

Arkady asintió.

—Joseph... —Tatiana no pudo evitar reírse, asombrada—. Joseph estaba convencido de que la libreta sería imposible de descifrar porque tendrías que haber vivido su vida para comprender su vocabulario personal. Su música sofisticada, sus libros, sus películas, etcétera.

—¿Ser un suizo de mediana edad que probablemente adoraba a Mozart? No. Tiene suerte de contar con estos dos.

—Pobre Joseph. Tenía más dificultades de las que creía.

—Tú lo condujiste allí.

—Sí, eso es cierto —dijo ella al cabo de un momento—. ¿Crees que también te he conducido a ti?

—Sin duda.

Víktor colocó una butaca frente a la puerta del apartamento de Arkady. Si alguien quería entrar tendría que enfrentarse con él. Cada pocos minutos comprobaba su móvil por si acaso Arkady había enviado un mensaje de texto o dejado un mensaje. Víktor odiaba Internet.

—Cuéntaselo —dijo Lotte.

—Hay un tema náutico —explicó Zhenia—. Armada, barco, submarino, torpedo, agua, mar.

—Te diré cuál es el tema —dijo Víktor—. Un montón de dinero cambiando de manos y cada sinvergüenza vigilando a todos los demás sinvergüenzas. Nadie confía en nadie. Por eso se reúnen.

—Explícaselo —dijo Lotte.

—Por favor —dijo Víktor.

—Esto es lo que creo que dice la libreta: «El astillero del Amanecer Rojo en China acepta pagar a Rusia dos mil millones para reparar y reacondicionar un submarino para su navegabilidad. Quizás el cincuenta por ciento del Ministerio de Defensa ruso y el cincuenta por ciento a ciertos socios anónimos de...»

—Algo de ámbar —dijo Lotte—. Tiene que ser eso.

Zhenia estaba desconcertado, pero continuó.

—Y no habrá registro público. Las partes se reunirán en el barco *Natalia Goncharova*.

—Te refieres al yate de Grisha.

—Supongo.

—Solo que Grisha está muerto y las notas son de hace dos semanas.

—Entonces van a reunirse otra vez, todos menos Grisha —dijo Zhenia.

—¿Quién va a reunirse? —preguntó Víktor.

—No lo sabemos —reconoció Lotte.

Víktor abrió una lata de Fanta.

—Aficionados.

28

Arkady y Tatiana se sentaron en el porche y observaron las olas que se rizaban y estallaban como espuma en la playa. En los aleros, las telarañas se hinchaban cada vez que soplaba el viento. Tatiana escribía sin parar en una libreta amarilla. Parecía tan ligera —una mota a la luz de la lámpara— que era difícil creer que inspirara rabia y temor entre hombres armados.

—¿Te importa si te pregunto qué estás escribiendo?

—Es un *Opus Horribilis*. O una crónica de corrupción, como quieras llamarlo. Hay tanta corrupción para elegir que es difícil saber por dónde empezar. Imagina un contratista de defensa malversando tres mil millones de rublos de su presupuesto para construir muelles para submarinos nucleares. Eso son cien millones de dólares en dinero real que se invirtieron en inmobiliarias. La policía dice que cuando entraron en el apartamento de uno de los supuestos malversadores encontraron obras de arte, joyas y, adivina qué, al ministro de Defensa en persona con su amante.

»Pero eso no es nada comparado con el trasvase de siete mil millones de rublos de nuestro sistema de navegación por satélite, que podría explicar todos nuestros lanzamientos de satélites fallidos. La lista sigue y sigue. El Ministerio de Defensa reconoce que una quinta parte del presupuesto militar se roba. Solo se puede especular con lo que podría descubrir una investigación independiente.

Tatiana escribía sin esfuerzo, pero se le ocurrió a Arkady que había algo cauteloso, omitido, incompleto.

—¿Ya está?

—En resumen, sí.

—¿Tienes una grabadora?

—Un periodista siempre tiene una grabadora. —Buscó en su mochila y le entregó la grabadora a Arkady—. ¿Por qué?

Arkady sacó una cinta de su chaqueta cruzada.

—La he estado llevando durante días sin ninguna buena razón salvo que la encontré en tu apartamento y, en letras muy pequeñas, la etiqueta dice: «Otra vez.» ¿Otra vez, qué?

Arkady puso en marcha la cinta. El sonido era metálico pero característico, un continuo tap, tap, tap, arañazo, arañazo, arañazo, hasta que Tatiana lo apagó.

—Un SOS del submarino *Kursk* —dijo Tatiana.

—¿Por qué te preocupa un accidente en el mar que ocurrió hace una docena de años?

—Nada ha cambiado.

Arkady esperó.

—Cuando estallaron los torpedos en el *Kursk* —continuó Tatiana—, nuestra Oficina de Información de la Armada señaló que el submarino había experimentado «dificultades técnicas menores». Para entonces ya se había hundido al fondo del océano. En total, hicimos catorce intentos fallidos de rescatar a los hombres del interior antes de aceptar la ayuda noruega. Los ciento dieciocho tripulantes murieron. ¿Cómo podía ocurrir eso a un submarino de la Armada Roja? ¿Qué aprendimos? Que los torpedos eran volátiles y las escotillas no se cerraban y, más importante, que cuando los periodistas revelaban la verdad podían ser acusados de calumnias. Eso es lo que aprendimos.

—Es el pasado.

—No, es el futuro. Tenemos un nuevo submarino nuclear, con los mismos problemas que el *Kursk*.

—¿Cómo se llama?

—*Kaliningrado*.

—Por supuesto.

—Solo que hay un problema. El *Kaliningrado* no pasa la inspección. No se atreven a dejarlo funcionar. Hay que reacondicionarlo de arriba abajo. La construcción original costó cien mil millones de rublos y reacondicionarlo costará otro tanto; sin embargo, el Kremlin y el Ministerio de Defensa están felices.

—¿Cómo es posible?

—Está todo en la libreta. Lo único que sé es que ya no tenemos gobierno, solo ladrones.

—¿Sobre eso estás escribiendo? ¿El *Kaliningrado* es solo un ejemplo más?

—No, esto no es lo mismo. El *Kursk* fue un ejemplo de incompetencia. El *Kaliningrado* es un ejemplo de incompetencia y avaricia. Lleva una maldición de sangre. Es una marca negra que Putin nunca podrá borrar.

—A lo mejor los problemas del submarino pueden remediarse.

—Quizá. Mi experiencia es que lo más fácil es deshacerse de los periodistas. El intérprete Joseph lo sabía y está muerto.

—¿Quién conocía tu relación con Joseph?

—Nadie aparte de mi director.

La impresión que Arkady tenía de Serguéi Obolenski era la de un cotilla, pero no era necesario que nadie hubiera hablado. El intérprete Joseph Bonnafos había cumplido su propósito. Una vez que terminó la reunión, era un cabo suelto destinado a que lo cortaran.

—Estás jugando otra vez a investigador —dijo ella.

—Lo intento de vez en cuando.

—¿Qué importa? No tienes autoridad aquí.

—No tengo autoridad en ninguna parte, pero me gusta comprender las cosas.

—Eso suena a placer perverso.

—Eso me temo. ¿Qué sabes de Grisha?

—¿Personalmente? Era rico, era temido y se divertía. Una vida completa, podría decirse.

—¿Como hombre de negocios?

—Un hombre de negocios, benefactor público y jefe de la mafia.

—Tanto en Kaliningrado como en Moscú.

—Bueno, era un hombre ambicioso. Un líder.

—Y ahora, ¿cómo describirías a Alexéi?

—Loco.

La palabra era cortante.

—¿Te mantendrás lejos de él, verdad? —dijo Arkady.

—Mató a mi hermana.

—Yo también lo creo, pero no desdeñaría a *Simio* Beledon o al resto de los portadores del féretro de Grisha. Son todos capaces de matar a alguien que se interponga en su camino. Para ellos era como aplastar una mosca.

—Puedes ser un monstruo —dijo Tatiana con voz calmada.

—De una saga de monstruos. —Le devolvió la grabadora.

Cuando Tatiana la cogió, su mochila se volcó y cayó una pistola. Era una pistola pequeña, la clase de arma de fuego que las mujeres llevaban más como tranquilidad que como protección.

—Así que llevas pistola. —Arkady la cogió y sacó un cargador lleno por la empuñadura—. Muy bien. Solo hay algo peor que llevar una pistola y es llevar una pistola descargada, pero tendrías que acercarte mucho para hacer daño con esto.

—Solo quería que Alexéi confesara que había matado a Liudmila.

—¿Y si lo hace?

—Le dispararé. Escribiré mi capítulo final desde la tumba y luego desapareceré felizmente.

Arkady pensó en el padre de Tatiana, un hombre que no quería saber demasiado. Miró un grupo de nubes oscuras que se extendían por el horizonte y parecían absorber el mar.

En el ordenador, Zhenia encontró imágenes del yate *Natalia Goncharova*. Sus especificaciones eran sobrecogedoras: cien metros de eslora, con un motor de siete mil caballos y una velocidad de crucero de veintiocho nudos. Era una bofetada en la cara de la clase obrera. Al mismo tiempo, nunca había visto un barco tan luminoso y elegante.

—¿Por qué los criminales de Moscú van a reunirse a Kaliningrado? —preguntó Lotte—. ¿Por qué meterse allí?

—No puedes colarte en el aeropuerto de Kaliningrado —dijo Víktor—. Es demasiado pequeño. Además, parte del techo podría caerte en la cabeza.

Zhenia llamó al servicio de seguridad del aeropuerto y se lo sacaron de encima.

Víktor se hizo cargo.

—Apestoso montón de mierda, ¿quién te crees que eres para no responder a la policía de Moscú? Vas a cooperar o te sacaré las entrañas por el culo. ¿Entendido?

La actitud del operador mejoró. Había un tráfico superior al habitual: aviones privados o chárter que entraban y salían.

—Debería haber estado aquí hace un par de horas. Llegó ese artista del rap, Abdul. El checheno. Tomamos medidas. Un avión privado y un coche esperando en el asfalto. No sirvió de nada. Una vez que las mujeres lo localizaron se pusieron histéricas. Le hicieron firmar todo, y quiero decir todo. ¿Podría vivir así?

—¿Iba con alguien?

—Sin séquito. Un par de hombres de negocios. Eso me decepcionó un poco. Esperaba una o dos supermodelos.

—¿Cuándo va a abandonar Kaliningrado Abdul?

—¿En su avión privado? Es multimillonario. Puede irse cuando quiera.

—Espera, tengo otros nombres para ti. Llámame si alguno de ellos llega o se va. —Víktor le dio al operador los nombres y su teléfono de móvil antes de colgar.

—Así que a lo mejor la segunda reunión todavía no se ha celebrado. ¿Por qué otro motivo iba a estar Abdul en Kaliningrado? —Zhenia dijo que en la libreta uno de los participantes estaba representado por una luna creciente, un símbolo islámico—. ¿Podría representar a Abdul? ¿Algo más?

—¿Y la bala en la cabeza de Arkady? —preguntó Lotte. La conversación cesó.

—Zhenia me dijo que una doctora avisó a Arkady que una bala en su cerebro podía moverse un milímetro a un lado o a otro y lo mataría. No debería hacer nada enérgico. ¿No tendría que estar tranquilo y quedarse en casa? Eres amigo suyo, ¿es suicida?

Víktor consideró la cuestión.

—No, pero no es un rayo de sol.

Tatiana se había llevado ropa para cambiarse y una pila de papeles en su mochila. A la luz de la lámpara, Arkady pasó documentos de constitución de Inversiones Curlandia, el Banco de Curlandia, Renacimiento de Curlandia, Fondo de Inversiones de Curlandia, todos ellos filiales de Ámbar de Curlandia. En total, mucho trabajo por un trozo de arena, pensó.

—Todo se refiere a Ámbar de Curlandia, pero no veo mucha actividad en el pozo de ámbar.

—El agua a alta presión es sucia, pero excelente para blanquear dinero.

—Así que aquí todo es propiedad de una mina de ámbar prácticamente inexistente. Del modo en que la usan, es una mina de oro.

—Era invento de Grisha. Todavía no lo he comprendido. Todo el mundo tiene un gran sueño. Todo criminal quiere conducir un BMW y todo político necesita vivir en un palacio. Solo nuestros marineros están dispuestos a aceptar un modesto entierro en el mar.

—En el momento en que empiezas a reunir estos papeles, te conviertes en objetivo.

—Pero no tengo los datos firmes ni nombres, lo cual es desquiciante.

El haz de un reflector barrió el mosquitero del porche de la cabaña.

—Agáchate —dijo Arkady.

Una lancha motora se acercaba a la costa, tratando de no volcar de costado con las olas.

—¿Es Maxim? —preguntó Tatiana—. Debería tener más conocimiento.

—No es Maxim.

Arkady distinguió a Alexéi al timón de una elegante lancha de madera, todo un clásico emblemático en cuanto a lanchas motoras y la peor elección posible para atracar en una playa. Se acercaba lentamente sin moverse de costado ni bambolearse, pero debería haber llegado en un bote hinchable preparado para desembarcar con olas altas.

—¡Tatiana Petrova! ¡Quiero hablar contigo! Sal y déjate ver —gritó Alexéi.

—Está clavado. No puede acercarse más —dijo Arkady.

La luz del reflector barrió la mosquitera y las esquinas del porche.

—Si sales, te diré lo que le pasó a tu hermana. Eres periodista, ¿no quieres conocer los detalles?

El viento se llevó sus palabras. Alexéi movió la barca adelante y atrás, dejando que el motor de a bordo tosiera y rugiera.

—Renko, ¿no quieres saber qué le pasó a tu chico, Zhenia? ¿No te importa?

—¿Qué chico? —susurró ella—. ¿Tienes un hijo?

—En cierto modo.

—¿A ninguno de los dos os preocupa nadie? —gritó Alexéi.

El reflector iluminó a Tatiana cuando ella abrió la puerta del porche y bajó las escaleras hasta la arena. Alexéi le hizo un gesto para que se acercara. El cielo se abrió y en el destello blanco del relámpago, Alexéi levantó una pistola y disparó.

Falló el tiro. Alexéi era buen marinero, pero lo que estaba haciendo requería manos en el timón y la pistola mientras la cubierta bajo sus pies se movía en todas direcciones. Un disparo acabó en el agua. El siguiente en el aire.

Tatiana no se agachó. Para ella los disparos parecían irrelevantes, tan despreciables como la lluvia. Arkady la alcanzó y sintió una quemazón en la oreja. Las olas se alzaban, se encrespaban y se deslizaban hasta la orilla. Alexéi disparó hasta que se quedó apretando el gatillo de una pistola descargada, como el último golpe de una serpiente.

Entonces la lancha retrocedió, balanceándose a través de las olas, y se retiró en la oscuridad.

—Quédate quieto. —Tatiana dio un golpecito en el lóbulo de la oreja de Arkady—. Tenemos suerte. Mi padre almacenaba todo en exceso. Tenemos vendas y antisépticos hasta el próximo milenio. Quédate quieto, por favor. Para ser detective, eres muy aprensivo.

—¿Cómo sabía Alexéi que estábamos aquí?

—No lo sé, pero tardará en volver. No hay ningún lugar en el istmo para amarrar una lancha grande como la suya. Luego tendrá que coger un coche y volver. Tardará horas.

—No tiene sentido. ¿Por qué ha venido en un barco así?

—Tenía prisa. La gente que tiene prisa toma decisiones equivocadas.

—Ahora no podemos esperar. Hemos de irnos ahora mismo.

—Ahora mismo —dijo ella.

Tatiana le apartó el pelo de la oreja. La tirita bastaría. Arkady sentía la respiración de ella en su cuello. Eso y el dolor formaban una combinación extraña. La mano de Tatiana se quedó más tiempo del necesario. Arkady sintió que el cuerpo de Tatiana se inclinaba hacia él y al cabo de un instante la boca de ella estaba en la suya, las manos de él en el interior de su blusa, contra la curva de su espalda, contra el calor y el frío de su cuerpo. Estando a su lado en la playa, Arkady se había sentido invulnerable a pesar del rasguño de la bala. ¿Cómo podía ella transmitir tanto poder y al mismo tiempo aferrarse a Arkady como si fuera a ahogarse sin él?

Su profundidad era asombrosa. Sin fin. Y en sus ojos Arkady vio a un hombre mejor de lo que había sido antes.

«Después» era una palabra que se utilizaba en exceso, pensó Arkady. Significaba demasiado. Un movimiento de los planetas. Un millón de años. Un nuevo mar.

—Alexéi volverá —dijo Tatiana, aunque sin urgencia—. Háblame de Zhenia.

—No hay mucho que contar.

—Dime alguna cosa.

—Tiene diecisiete años, es tranquilo, escuálido, muy brillante, imbatible al ajedrez, valiente, honesto, embustero y un gran chico, y ahora mismo quiere alistarse en el ejército. Sus padres están muertos.

—¿Los conociste?

—No conocí a su madre. Su padre me disparó.

—¿Su padre era un criminal?

—Sí.

—¿Zhenia se siente culpable por eso?

—No lo he notado. Además, no debería. Supongo que puede decirse que tenemos una relación complicada.

—¿Le quieres?

—Sí, pero me temo que eso no le ha hecho mucho bien. Cada vez que estamos juntos, chocamos. Simplemente nos consolamos mal. Por otro lado, si tuviera un hijo me gustaría que fuera como Zhenia. Ya te digo que es complicado.

—Creo que estás siendo duro contigo mismo. Disfrutemos del momento.

—¿Eso está permitido?

Tatiana encontró un colchón, un lujo en sí. Rodó hacia él y dijo:

—Definitivamente, no permitido.

—¿Crees que pagaremos por esto?

—Mil veces.

—¿Por qué? —preguntó Arkady.

—Porque Dios es un cabrón y te apartará de mí.

29

Arkady y Tatiana se vistieron en la oscuridad y llevaron sus bicis a la carretera.

Solo había una dirección hacia la que ir. Alexéi podría tardar tres horas en desembarazarse de la lancha y volver en un coche desde el sur. La mitad norte del istmo pertenecía a Lituania y, por lo que recordaba Arkady de su viaje anterior con Maxim, los guardias del puesto fronterizo probablemente estarían calentitos en la cama. Una persona casi podía pasar paseando.

Lo cual sabía que era una fantasía. Alexéi los había perseguido desde la cabaña. Eran ratones en fuga. Las baterías de sus frontales se estaban agotando y proyectaban una luz cada vez más débil. El rumor del océano continuaba en un lado y los árboles murmuraban en el otro. Arkady no tenía ni idea de lo lejos que habían llegado. Pensaba que si seguían pedaleando podrían ser devorados por la oscuridad como Jonás por la ballena y nunca volvería a verlos nadie.

El frontal de Tatiana fue el primero en apagarse, y

ella se puso a la altura de Arkady para mantenerse en contacto.

¿Cómo medía la distancia el corazón? ¿Cuántas revoluciones de los pedales? ¿Cuántas vueltas de las ruedas? Arkady imaginaba más que veía las olas que lamían la playa y los árboles oscilando sobre las dunas.

Cuando su frontal se apagó también, detuvo a Tatiana y se quedaron quietos en la oscuridad, sin ir a ninguna parte mientras la arena se arremolinaba en torno a sus pies. Arkady oyó respiración justo en línea recta. Tentativa. Aguardando.

Una luz cegadora inundó la carretera. El haz de luz era blanco teñido de azul y emanaba del antiguo reflector del puesto fronterizo, que no buscaba bombarderos que volaban alto sino objetivos que se acercaban a pie. Incluso protegiéndose los ojos, Arkady no logró ver más que el destello de fuego de armas automáticas y no sabía si eran guardias fronterizos u hombres de Alexéi. Entre Arkady y el puesto, unos alces cruzaron la carretera: un carrusel de sombras suspendidas en el aire, siluetas de cuernos ampulosos. Los animales se reunieron, confundidos, se pusieron a cubierto entre los árboles y salieron corriendo otra vez, mientras que alrededor y encima de ellos, se quebraban ramas y las balas hendían el aire.

Arkady y Tatiana arrastraron sus bicicletas y se retiraron a través de los abedules, al borde del haz de luz del reflector. La luz parecía extenderse eternamente, pero finalmente quedó reducida a un simple brillo y luego se intensificó otra vez cuando se acercaron los faros de un coche.

Arkady tiró a Tatiana al suelo.

—No te levantes.

El coche los pasó y se detuvo. El reflector del puesto fronterizo se apagó, sustituido por haces de luz de linternas que iban y venían.

Arkady oyó que se abrían puertas de coche y reconoció la voz de Alexéi.

—¿Los tienes?

—Todavía no, pero sabemos que están aquí.

—Entonces suelta los perros.

—Los hemos soltado pero están esos putos ciervos.

—Alces, idiota.

—Lo que sea. Los perros se vuelven locos.

—Pero los has visto.

—Creía que sí.

—Entonces encuéntralos.

—¿Y los observadores de pájaros?

—Están avisados. Tengo ojos en la carretera todo el tiempo.

Después de que Alexéi se alejó, Arkady y Tatiana avanzaron entre las ramas. Sonaron disparos ocasionales hasta que finalmente las luces de otro coche salieron del puesto fronterizo, hurgaron a través de la oscuridad y la noche quedó en calma.

El lento amanecer fue revelando dunas en un lado de la carretera y el mar en el otro. Arkady y Tatiana pedalearon en silencio, sin decir nada. Delante, una figura salió de la niebla arrastrando su trineo lleno de basura. El vagabundo. Aunque podría haber sido un peregrino o un monje mendicante o un barquero del Volga tirando de su cuerda. En cualquier caso, formaba parte del fondo, alguien al que uno veía sin reparar en él. Vaciló, como hace un hombre cuando lo confrontan los fantasmas. Arkady siguió pedaleando antes de cambiar abruptamente de dirección. Tatiana hizo lo mismo por el otro lado. El vagabundo tardó un momento en moverse, y cuando lo hizo estaba transformado. Soltó la cuerda y volcó el trineo, derramando la carga. Sin carga, pasó corriendo junto a Tatiana, levantando mucho las rodillas. Tropezó y recuperó el equilibrio pese a que perdió la bufanda y la bolsa. Cuando Arkady zigzagueó entre latas y botellas caídas, el vagabundo se lanzó como una liebre por una duna. Arkady abandonó su bicicleta y subió tras él, resbalando como si la arena fuera una cinta de correr, hasta que en la cima de la duna agarró al vagabundo por el tobillo y lo arrastró hacia abajo. Era un hombre pequeño con aspecto de muerto de hambre y ojos que parecían hundidos en sus cuencas.

—Nos estabas vigilando —dijo Arkady.

—Solo miraba. No tiene nada de malo.

—Y luego informas a Alexéi.

—No estaba haciendo nada. Iba caminando por la carretera y me has atacado. Tengo mis derechos.

—Olvídate de Alexéi. ¿Dónde está el carnicero? El hombre de la furgoneta con un cerdo encima. ¿Quién es y dónde podemos encontrarlo?

—No. Ni hablar.

El terror confiere fortaleza. El vagabundo liberó lo suficiente una mano para echar arena a la cara de Arkady. En el tiempo que el investigador tardó en limpiarse los ojos, el hombre se había perdido entre los pinos.

Cuando Arkady regresó, Tatiana estaba examinando la basura de latas de gaseosa y botellas, trozos de madera, conchas, una bufanda y una bolsa de papel. En la bolsa había un sándwich y un teléfono móvil.

—Se ha ido —dijo Arkady.

—No importa, no va a comunicarse pronto con nadie. —Tatiana le pasó el teléfono móvil.

Arkady buscó las últimas llamadas. La última era a un número de Kaliningrado, efectuada solo unos minutos antes. Buscó los contactos. El número era de Alexéi.

—¿Estás bien? —preguntó Tatiana.

—Claro, solo lamento que se haya escapado.

—¿No ha dicho nada?

—Nada.

Había formas diferentes de estar en fuga. Una era huir, la otra era mezclarse. En la población turística de Zelenogradsk, compraron ponchos con capucha y prismáticos para unirse a los observadores de pájaros que seguían las bandadas de aves migratorias que los sobrevolaban. ¿Cómo era ser como la gente normal? Con un bebé y una abuela esperando en casa, una olla de agua en el radiador, un gato con un nombre caprichoso, sin ningún miedo a que un vecino pudiera ponerte una pistola en la cabeza. Cuando pasó un coche negro a escasa velocidad, se hicieron pasar por recién casados y se metieron en una tienda de recuerdos para tasar ámbar. Se vendía ámbar en todas partes, en forma de pendientes, brazaletes y collares de color miel o melaza oscura con semillas de manzana o las alas de una mosca primigenia que había zumbado por última vez mientras la resina empezaba a recubrirla.

—Estás disfrutando de esto —dijo Arkady—. Te gusta la caza, aunque seas la presa.

—De pequeña, nunca entendía por qué, cuando empezaban los juegos, las chicas se sentaban mientras los chicos se lo pasaban bien.

—No has cambiado.

—Soy una mujer a la que no le gusta que la dejen atrás si te refieres a eso.

Fue ella la que encontró un cibercafé, un antro en un sótano inundado de brillo de pantallas y con las paredes llenas de calcomanías fluorescentes. En una barra servían café e infusiones. Las burbujas se alzaban y se hundían en lámparas de lava. Solo había otros dos clientes. Metidos en sus cubículos y con los cascos puestos, entre la niebla de cigarrillos y el efluvio frutal de los narguiles, los moradores del café eran ajenos unos a otros.

Arkady empezó por llamar a su apartamento. Solo reunió valor apara decir:

—Hola, Zhenia.

El silencio al otro lado fue tan largo que Arkady pensó que podría haberse equivocado de número, hasta que Zhenia susurró:

—¿Eres tú, Arkady? ¿Estás vivo?

—Me temo que sí.

—Yo también.

Un cartel en la pared decía:

«Ni blogs ni *flaming* ni Skype.»

Sin embargo, la camarera, una chica con la cabeza afeitada y tatuajes azules en los brazos, dijo que la advertencia era para turistas no para *königs*.

Una vez que se estableció la conexión de vídeo, Zhenia, Víktor y una guapa pelirroja aparecieron en la pantalla.

—Supongo —dijo Arkady—, que ella es Lotte. Tiene que ser una buena amiga.

Durante las presentaciones, Lotte miró a Arkady con indisimulada curiosidad. Este pensó que tendría un aspecto horroroso, como un caballo reventado junto a la hermosa Tatiana. Tatiana examinó a Zhenia del mismo modo. Víktor se mantuvo serio y no apartó la mirada de la escalera del café.

No había rastro de los hombres de Alexéi; no era su escena, pensó Arkady. Alexéi no era Grisha. Era calculador, pero no infundía la misma lealtad o respeto. Era perverso e incluso en el hampa eso duraba poco. Hombres que deberían patearse el terreno sin tregua, con buen o mal tiempo, pararían en el vestíbulo de un hotel para tomarse una copa y quitarse el frío de los huesos.

Zhenia levantó la libreta para que Tatiana leyera. Ella la había visto antes. De todos modos, la velocidad con la que el joven examinaba las páginas era impresionante.

—Lotte —dijo Zhenia— supuso que los símbolos con dos puntos eran personas que hablaban en la reunión. Eran socios.

—El primero entre los socios sería Grisha Grigorenko.

—El hombre con el sombrero de copa con una raya debajo.

—Después —dijo Lotte—, el hombre sin la raya debajo sería *Simio* Beledon. Veterano y mortal. La luna creciente podría ser Abdul. Abdul gana una fortuna con los vídeos y mucho más protegiendo los gasoductos que cruzan Chechenia.

—No tengo ni idea del símbolo de los ladrillos —confesó Zhenia.

—Ladrillos. Los Shagelman, Isaac y Valentina, tienen una constructora. Construyen autopistas, torres de apartamentos, centros comerciales. De hecho, querían derribar mi edificio de apartamentos. En cuanto a los últimos dos participantes no puedo estar tan segura. La estrella significa poder oficial, alguien en lo alto del Ministerio de Defensa o un hombre fuerte del Kremlin. Uno de esos matones perpetuos. Y China. Joseph Bonnafos hablaba chino, pero también hablaba ruso, francés, alemán, inglés y tailandés.

—¿Por qué la avispa? —preguntó Víktor.

—Ámbar —dijo Lotte.

—Creemos —dijo Zhenia con orgullo— que es un acuerdo entre el gobierno chino y un negocio cercano al Kremlin.

—¿Sería Renacimiento de Curlandia? —preguntó Arkady—. ¿El Banco de Curlandia? ¿Inversiones Curlandia?

—No.

—Ámbar de Curlandia —dijo Tatiana.

Hubo una larga pausa al otro extremo.

—Eso es —dijo Lotte.

—He estado estudiando esta entidad extraña durante años —explicó Tatiana—. Oficialmente, Ámbar de Curlandia es una mina de ámbar casi muerta del istmo. Si se escarba un poco es también un *holding* que incluye el

Banco de Curlandia, Inversiones Curlandia, Renacimiento de Curlandia y todo el resto. Es creación de Grisha, una forma de mover dinero en cualquier dirección. ¿Quién iba a pararlo? Era un multimillonario con aliados en todas partes. Hasta aquí, destacable pero no único. Moscú tiene una docena más de hombres como Grisha. Lo que insinuaba Joseph sería un golpe que destrozaría a Grisha. También era potencialmente otro desastre como el del *Kursk*.

—Creo que Ámbar de Curlandia planea reparar aquí un submarino nuclear chino —dijo Zhenia—. Hay un precio de dos mil millones de dólares mencionado. ¿Eso no pondría a Grisha en una categoría superior?

No era la única interpretación posible, pensó Arkady. Tatiana también lo pensaba; lo vio en su cara. Pero una suma tan magnífica inspiraba respeto. Incluso Arkady lo sintió momentáneamente.

—No cambia el hecho de que Grisha no era más que un ladrón. Son todos ladrones —dijo Víktor—. En cierto modo, la reparación era un ardid para robar dinero. Mucho dinero.

—¿Hay alguna mención de Alexéi en la libreta? —preguntó Arkady—. ¿No siente que es el aparente heredero y que todo lo que era de Grisha ahora es suyo? Alexéi ha estado tratando de participar desde el principio. Zhenia, cuando os pidió a ti y a Lotte que tradujerais la libreta, ¿había algo que buscara especialmente?

—Todo.

—¿Qué fue lo último que preguntó?

—Dónde iba a ser la reunión. Le dije que en el yate de Grisha, el *Natalia Goncharova*.

—Abdul está en Kaliningrado —dijo Víktor—. Su concierto ha terminado. Y se queda por algún motivo.

—Seguiré trabajando con esto —prometió Zhenia—. Submarinos nucleares, es una pasada. A lo mejor lo tengo todo mal. A lo mejor son patos de goma en una bañera.

—Vuelve a casa —le dijo Víktor a Arkady.

—Buenas noches —dijo Tatiana.

La pantalla volvió a la página de inicio de la vía láctea. Arkady se fijó en que Tatiana no había mencionado el submarino *Kaliningrado* y su fracaso en las pruebas en el mar, en lugar de alimentar la hipótesis de Zhenia. Ella veía la imagen global; cualquier cosa menor era distracción. Tatiana pensaba en términos de naciones e historia, igual que Arkady se centraba en la imagen menor de tres niños y un hombre en una furgoneta de carnicero.

30

Todos los coches de Zelenogradsk se habían ido a dormir, salvo los sedanes negros, que continuaban circulando lentamente por las calles. Arkady y Tatiana no habían dormido durante días y se arriesgaron con un motel que mostraba cisnes de plástico y se llamaba a sí mismo la Casa de las Aves. En el escritorio se apilaban guías de vida salvaje y ofrecían llamadas de despertador para los observadores de aves madrugadores.

Pusieron los zapatos y la pistola de Tatiana al lado de la cama. Ella apoyó la cabeza en su hombro y, casi al instante, antes incluso de que él apagara la luz de la mesita de noche, ya estaba dormida.

A Arkady se le ocurrió que él y Tatiana eran demasiado cínicos. Como rusos maduros, sus diales, por así decirlo, estaban sintonizados con la experiencia de lo peor, del desastre y no del éxito. Zhenia por ejemplo, lo entendía al revés. Que Ámbar de Curlandia reparara un submarino nuclear para China ya era bastante malo. Lo peor, no obstante, era la posibilidad de que Ámbar de Curlandia externalizara la reparación de un submarino nuclear ruso en China. Arkady recordó el nombre del submarino fallido: *Kaliningrado*. Eso no sonaba a chino en absoluto.

Se quedó dormido escuchando el casco de un submarino aplastado y doblado, el sonido de la máquina de hielo en el vestíbulo.

El tráfico de la mañana se enlenteció en la carretera a Kaliningrado cuando policías con chalecos amarillos empezaron a parar coches, camiones y bicicletas.

—Ahora hemos de separarnos —dijo Arkady—. Estarán buscando parejas en bicicleta. Yo pasaré primero. Si no hay problema, espera diez minutos y mira si puedes pasar en autostop.

—Sé cómo hacer eso.

—Ten cuidado. —Aunque se dio cuenta de que estaba predicando al felizmente sordo.

Para el camionero era solo otro día de tiempo deplorable, adoquines resbaladizos, *Bony Moronie* en la radio y un desayuno de tarta de melocotón glutinosa. Había recogido a la mujer que hacía autostop, porque tenía buen aspecto por detrás y tampoco estaba mal por delante. La policía estaba desviando todo el tráfico al arcén, como si se tratara de una manada de elefantes. Ella lanzó la bici a la parte de atrás de la plataforma, subió a la cabina y dijo:

—Si alguien pregunta, soy tu hermana.

Muy caradura. Estaban comprobando documentos,

pero era la ruta regular del camionero y pasó sin despertar ninguna sospecha. Siguió adelante.

El camionero esperaba algo a cambio y al cabo de un kilómetro pararon en un puesto de fruta vacío. Ella dijo que quería intimidad. Le dijo que lo haría en la parte de atrás del camión, pero no había espacio por la bici. Él cortésmente subió y le pasó la bici. Ella subió al parachoques, bajó la puerta de persiana y lo dejó encerrado. Resultó que sabía conducir un camión. Y recogió a su amigo por el camino.

No se detuvieron hasta que alcanzaron una zona de siniestra calma, y cuando la gente finalmente oyó al conductor golpeando el lateral de su vehículo, el hombre se encontró en un aparcamiento lleno de basura arrastrada por el viento al lado del coloso vacío del edificio del Partido.

—¿Dónde estáis ahora? —preguntó Víktor.

—Estamos tomando café en la plaza de la Victoria de Kaliningrado. Tatiana está conmigo.

—¿Has contactado con Maxim?

—Todavía no.

Arkady se preguntó por qué no. Él y Tatiana llevaban dos horas en Kaliningrado y no habían tratado de contactar con nadie. Ella conservaba su mochila. Por lo demás, dejaron sus bicis para viajar ligeros. Era embriagador ser un turista, subir la escalera de una pastelería y asimilar una vista de la plaza central de la ciudad con su fuente ornamental, la inevitable columna de la victoria, chicos con monopatín por los azulejos y una iglesia nueva con aspecto de haber sido montada con piezas de plástico.

En la pastelería, vitrinas de cristal y cromo ofrecían tartas de fresa, *sacher*, pastelitos de hojaldre y crema y figuras de Coco y Elmo esculpidas en mazapán. La tienda también era un escaparate para mujeres vestidas de Prada y Dior. Arriba, Arkady y Tatiana estaban al nivel de una pancarta en la calle que anunciaba en letras negras y blancas un concierto de hip-hop de Abdul, representado más grande que a tamaño real, torciendo el gesto con la palidez de un vampiro sano. El concierto se había celebrado la noche anterior. Arkady imaginó a Abdul durmiendo en un armario boca abajo.

Un Audi llegó a la sombra de la iglesia. El conductor salió para ponerse la camisa por dentro y peinarse con los dedos: el teniente Stásov inspeccionando su territorio.

—Voy a ir allí —dijo Víktor.

—No —dijo Arkady—. Te necesitamos en Moscú. Si vienes aquí, te seguirá Zhenia y luego Lotte.

—¿Qué pasa con Maxim? —preguntó Víktor.

—Nos pondremos en contacto con él —dijo Arkady.

El teniente Stásov empezó a cruzar la calle. No importaba si había localizado a Arkady y Tatiana o tenía debilidad por los pasteles. En un minuto entraría por la puerta, pavoneándose con el paso ladeado de un hombre que lleva pistola y, si subía la escalera, Arkady y Tatiana estarían al descubierto.

El teniente cambió de opinión y retrocedió a su coche, para soltar un doguillo con cara de mono. El perrito arrastraba a Stásov por la correa, poniendo los ojos como canicas, moviendo la lengua de lado a lado.

La puerta de cristal de la tienda estaba justo bajo la mesa que compartían Tatiana y Arkady. Para el perro, la pastelería era una mezcla irresistible de aromas y empezó a hacer equilibrios apoyándose en sus patas traseras para ver cada uno de los escaparates.

Stásov representó el papel de propietario de mascota indulgente.

—No hay forma de pararlo cuando estamos cerca de los dulces.

—¿Cómo se llama? —preguntó una mujer.

—*Polo*. Es lo que dice en su placa. Lo rescaté de un criminal. ¿Puede imaginarlo?

Arkady se preguntó si el teniente llevaba al perro como una forma de romper el hielo en los lugares donde se reunían mujeres solitarias.

—¿Qué edad tiene? —preguntó otra mujer.

Arkady pensó que la gente siempre hacía determinadas preguntas. ¿Qué edad tiene tu perro? ¿Tu hijo? ¿Tu abuela? Otra constante era: ¿está cargada tu pistola? El arma de Tatiana permanecía en su regazo.

—Se lo juro, es curioso como un gato. Vamos, *Polo*. No molestes a la gente amable, *Polo*. Buen chico. Oh, ahora va al piso de arriba.

Arkady oyó que el perro subía y llegó a medio camino de la balaustrada antes de que Stásov soltara la correa. Arkady atisbó la coronilla del teniente subiendo detrás del perro.

—Disculpen —dijo a las damas—. Disculpen, por favor. Menudo granuja. Ah, bueno, aquí llega su premio.

—¡Un caramelo!

—Se lo zampará en dos mordiscos, ¿lo ve?

—Menudo personaje.

—Bueno, damas, el deber me llama. Mi amigo y yo hemos de ir a combatir el crimen.

Polo hizo una carrera final en la escalera, pero Stásov pisó la correa y tiró de él como si fuera un pescado.

—*Au revoir*.

—*Au revoir*.

Stásov regresó a su coche y sostuvo en alto otro caramelo. *Polo* estaba embelesado.

—Te dije que tu perro no tenía lealtad —dijo Arkady.

31

Maxim lo sabía. Supo en cuanto Arkady y Tatiana entraron en su apartamento que la situación había cambiado. Había pasado de pretendiente a descalificado. Todos los riesgos que había corrido eran fichas sin ningún valor. Era un poeta sin palabras.

—Lo siento —dijo Tatiana, aunque no quería decirlo.

En realidad no lo sentía, pensó Maxim.

—Ya han estado aquí. Los hombres de Alexéi y la policía.

—Bien, quizá no volverán tan pronto —dijo Arkady.

—¿Cómo está su chico Zhenia? —preguntó Maxim—. ¿Todavía no ha descifrado la libreta?

—La mayor parte. El qué y el dónde. Pero no exactamente el cuándo. Creemos que habrá otra reunión.

—Todo este alboroto por una libreta de símbolos incomprensibles. Esto merece una copa, lástima que no tengo ninguna botella en la casa. —Maxim se asomó en un mueble bar vacío—. ¿Y harán la reunión sin Grisha?

—Sigue siendo un buen plan —dijo Tatiana—. El Ministerio de Defensa proporciona dos mil millones de dólares para reacondicionar un submarino. La mitad será para el astillero que hará el trabajo. Ámbar de Curlandia se quedará la otra mitad y la repartirá como un pastel de boda. Todo el mundo tiene una parte. Amigos en el Kremlin, el Ministerio de Defensa, los bancos y las mafias. Ese era el genio de Grisha. Era generoso además de ingenioso.

—Así que es una estafa más —dijo Maxim—. ¿Qué es tan inusual en eso?

—En realidad, es una reparación china de un submarino nuclear ruso prácticamente nuevo, el *Kaliningrado* —dijo Tatiana—. Es nuevo, pero en tan mal estado que nunca ha entrado en servicio. Así que ahora van a arreglarlo en la barata China.

Maxim se encogió de hombros.

—«Made in China.» ¿Qué no está hecho en China hoy en día?

—Esto es diferente. Si se ahorra tanto dinero, el *Kaliningrado* podría ser un desastre de la escala del *Kursk*. En ese caso, la opinión pública no lo soportaría. Si algo puede hacer caer a estos sinvergüenzas es una cosa así.

—Siéntate, por favor —dijo Maxim—. Me disculpo por los montones de ropa. La gente creativa es desordenada. He de tener algo para beber aquí. Debería ser mejor anfitrión. ¿Té? ¿Café?

Maxim entró y salió de la cocina buscando copas limpias. En el salón algunos estantes estaban vacíos. No habían sacado cuidadosamente los libros, sino que los habían tirado: Shakespeare, Neruda o Mandelstam se amalgamaban en el suelo. Se le ocurrió a Arkady que

Maxim probablemente no había salido del apartamento en días.

Tatiana vio que no se estaba haciendo entender.

—¿Estás bien?

—La verdad es que no. —Maxim dio una palmada y los estudió—. Así que los dos habéis estado huyendo. Eso siempre es romántico.

—¿Quieres que nos marchemos?

—No, no. Sois mis invitados. Me he propuesto no ser amargo ni injurioso. Debería haber sabido que no me convenía juntarte con alguien tan sufrido como el investigador Renko. Cuéntame, Arkady —dijo tuteándolo—, ¿te has fijado en que a nuestra Tatiana le gusta el sonido de las balas? ¿Ha hecho algo que considerarías un poco imprudente, como ponerse delante de un tren en marcha? ¿Se vacuna contra el miedo de forma regular? Veo que tienes una marca en la oreja. ¿Se te ha ocurrido que no es seguro estar al lado de una mártir? A diferencia de Ania. ¿Has estado en contacto con ella?

—Hemos hablado —dijo Arkady. Se dio cuenta de que habían pasado días.

—Ella es una derrotada como yo —dijo Maxim.

—No creo que le importe ni en un sentido ni en otro.

—Te sorprendería.

Se le ocurrió a Arkady que Ania podría no haberle traicionado. Le había entregado la libreta a él y no a Alexéi, y no le había dicho dónde estaba Arkady. ¿Qué más había interpretado mal?

—¿Dónde está?

—En Moscú, supongo. Moscú de repente parece prudente. Ah, aquí estás. —Maxim sacó una botella medio vacía de vodka de debajo del sofá—. ¿Y dónde se va a celebrar esta reunión?

—En el *Natalia Goncharova*, el yate de Grisha.

—La zorra de Pushkin —dijo Maxim—. Como hombre de letras, puedo apreciarlo. ¿Cuándo?

—Esta noche, creemos.

—¿Cómo lo sabes?

—Anoche Abdul dio un concierto de odio étnico aquí en Kaliningrado. Mañana por la noche estará en Riga, pero esta noche está aquí, igual que *Simio* Beledon y los Shagelman.

—¿No hay mucho que podáis hacer al respecto?

—Creo que sí, pero necesitamos tu ayuda.

Maxim trasladó su mirada de Arkady a Tatiana.

—Es gracioso. ¿Quieres que te ayude a ascender al martirio? Primero, tu amigo va a conseguir que lo maten. Segundo, yo no soy un puto Sancho Panza. Ni siquiera un Pushkin. Ahora necesito realmente una copa.

—Es sencillo —dijo Tatiana—. Arkady irá a la reunión con un móvil. Tú estarás aquí esperando, escuchando con una grabadora.

—¿Y dónde estarás tú?

—Necesitaremos un testigo.

—¿Qué significa eso?

—Estaré con Arkady.

Una sonrisa lobuna se extendió en el rostro de Maxim.

—Vosotros dos. Vosotros dos sois demasiado. Cada vez que creo que os he superado aparecéis con algo mejor. ¿Un testigo? Te refieres a un cuerpo flotante. Dos cuerpos flotando y se supone que yo he de estar en el otro lado con un teléfono por el culo. Esto es un puto chantaje emocional.

—Deberías estar a salvo —dijo Arkady.

—Exactamente, y todo el mundo me recordará por eso, por quedarme a salvo mientras os cortan la garganta.

—No tienes que hacerlo.

—Exacto. —Maxim dio un largo trago a la botella y soltó una nube de aliento de vodka—. ¿Qué hace que estéis tan seguros de que los socios de Ámbar de Curlandia estarán aquí?

—Son la clase de socios que siempre se vigilan. No queremos meternos en una confrontación violenta. Simplemente queremos amenazar con hacer públicos sus planes.

—¿Alexéi estará aquí?

—Aparentemente Grisha no le habló de la primera reunión, pero sabe dónde será esta.

—No, no, no, no. No lo haré.

—Lo entiendo —dijo Arkady.

—No, no lo entiendes. Iré contigo. —Señaló a Tatiana—. Ella puede quedarse con la grabadora.

—Eso no es lo que estamos pidiendo —dijo Tatiana.

—Es eso o nada. No quiero que me desprecien como una colilla y ser objeto de burla el resto de mi vida. Además, no sabes nada del puerto. El *Natalia Goncharova* no se mezcla con embarcaciones menores. Está anclado en aguas más profundas y hace falta un bote para llegar a él. Resulta que sé dónde se puede encontrar uno.

—Encontraremos otro —dijo Tatiana.

—Lo dudo —dijo Maxim—. El puerto de Kaliningrado está cerrado a embarcaciones privadas. Pronto caerá la noche y estaréis buscando en la oscuridad en un puerto activo de barcos que van de un lado a otro. Por no mencionar que es el puerto de la flota del Báltico. Nos pegarán un tiro y echaran nuestros cuerpos al mar.

—Entonces yo también voy —dijo Tatiana.

—Tú te quedas aquí —dijo Maxim—. Ese es el trato.

—¿Sabes qué buscar? —preguntó Arkady.

Maxim tenía la sonrisa de un poeta cuyas palabras habían encajado por fin.

—Por supuesto, el barco más hermoso del puerto. Un barco que haga justicia a Natalia Goncharova.

Había dos barcas en el muelle del Pueblo de Pescadores, solo una de ellas con un motor fuera borda. Mientras Maxim tiraba de la barca a lo largo del muelle, Tatiana apretó su rostro al de Arkady.

—En cuanto lo tenga todo en la cinta, iré con vosotros —susurró.

—No lo hagas. Ya será bastante desconcertante.

—Maxim está actuando de forma muy extraña.

—¿Qué va a hacer? No es un asesino, aunque piense que lo es.

—¿Estás seguro de eso?

—Del todo.

Maxim tiró de la cuerda de arranque y puso en marcha el motor.

—¿Vienes o no?

—Voy. —Arkady besó suavemente a Tatiana en la mejilla como si partiera a dar un paseo vespertino.

La barca era una bañera de lata con un motor fuera borda que vibraba y echaba humo. Antes de irse, Maxim se estiró hacia el otro bote y arrojó los remos al agua. Arkady observó sus siluetas flotando.

—¿Por qué haces eso? —preguntó Arkady.

—Así nadie tendrá ideas. Ahora soy el capitán.

No había nada que Arkady pudiera hacer al respecto. Era un hecho. Mantuvo su mirada en Tatiana hasta que ella se desdibujó en la niebla del anochecer.

El puerto era un mundo diferente. Un espejo de sí mismo. Una avenida negra que reverberaba con el paso de barcos más grandes; las luces lejanas de las grúas del muelle. El plan A consistía en que Arkady y Maxim buscaran durante no más de dos horas y no se acercaran al astillero. Era una promesa vana, la clase de promesa que absolvía a todos de responsabilidad.

Maxim actuaba como el hombre al mando, con una mano en el timón. El aire era frío. Arkady achicaba el agua de lluvia que se había acumulado en el fondo de la barca durante una semana y la que aún quedaba temblaba por la vibración del motor.

Estaba oscureciendo; no había luz verde a estribor ni roja a babor. No había conversación. Al menos, se oía el ruido mecánico de los motores, aunque había poco tráfico en el río, más que nada los sonidos y las luces de la ciudad que lo rodeaba y los reflejos en la superficie del agua.

Arkady pensó en Pushkin al ponerse a defender el honor de su esposa coqueta. Qué cansado tenía que estar el poeta. Con su gusto por los elaborados vestidos de baile y la vida en la corte, Natalia Goncharova lo había llevado casi a la miseria. Se vio obligado a pedir dinero prestado. A componer poemas inferiores para ocasiones dudosas. A dejar que Natalia le pusiera los cuernos con el mismo zar que fingía ser su mecenas. Finalmente, se había rebajado a un duelo a pistola con un soldado de fortuna. ¿Por qué no protestó Pushkin al ver el chaleco de botones plateados del adversario? ¿Era demasiado orgulloso para quejarse o simplemente estaba cansado de la belleza y sus exigencias?

Maxim dijo que no había vigilantes en el puerto y que la policía prefería estar dentro en noches húmedas, pero Arkady no estaba seguro de que sus planes y los de Maxim fueran los mismos.

El *Natalia Goncharova* se había desplazado río abajo en dirección a la flota. Enfocado con linternas parecía una aparición que flotaba en aguas negras. Maxim rodeó el yate a poca velocidad, mientras Arkady esperaba que Alexéi apareciera en cubierta en cualquier momento.

Sin embargo, el interior continuaba oscuro. Nadie dio señales de vida en el puente. No hubo sonido de una tripulación corriendo a sus puestos. Maxim rodeó cuatro veces el *Natalia Goncharova* antes de ceder; no había nadie a bordo.

El poeta abrió gas y viró la barca hacia aguas más profundas. De este a oeste, la ciudad daba paso al río y las luces de aviso rojas de grúas gigantes se alzaban hacia el cielo. Cuando los bancos retrocedieron lo suficiente, Maxim apagó el motor y dejó que la corriente arrastrara la embarcación. Era un momento apacible: el agua lamiendo los costados de la barca cuando esta se deslizaba lentamente en la ola creada por un barco que ni siquiera podían ver.

—Lo que pensaba —dijo Maxim.

—¿Qué pensabas? —preguntó Arkady.

—No hay reunión.

—Yo también estoy un poco decepcionado.

—No hemos venido por eso.

—¿Hay otra razón?

—Matarme.

Arkady no estaba seguro de haber oído bien.

—¿Matarte?

—Atraerme aquí con alguna historia fantástica, dispararme y arrojarme al agua.

En algunos lugares el aceite flotaba en el agua como papel marmolado.

—Has insistido en venir —dijo Arkady.

—Me han manipulado. Tatiana nos ha manipulado a los dos. Eso es lo que hacen los mártires.

—¿Por qué iba a hacerlo?

—Los mártires no comparten la gloria.

—¿Ni aunque mueran?

—Ellos no pueden perder.

—No tengo pistola.

—Por suerte yo sí. Mírame.

Cuando Arkady se volvió, descubrió que Maxim había traído una pistola pequeñita, probablemente española o brasileña, tan común como las monedas. Lo único que tenía que hacer era disparar a Arkady, quitarle toda identificación y tirarlo por la borda. Eso sí, Maxim debería haber traído unos ladrillos para hundir a Arkady, pero un hombre no podía pensar en todo.

—¿Has traído algo de vodka? —preguntó Arkady.

—Se me ha acabado.

—Lástima. Para esta clase de trabajo, el vodka normalmente es esencial.

Maxim parecía deprimido pero decidido.

—Escribí un poema a Tatiana hace años —dijo—. Mi mejor poema dice la gente. Yo era el profesor y ella la alumna. No había tanta diferencia de edad, pero todos me describían a mí como el seductor y a ella como la inocente. Últimamente he llegado a pensar que era al revés.

—¿Qué dice el poema? —preguntó Arkady.

—¿Qué poema?

—El poema sobre Tatiana.

—No mereces oírlo.

—«¿A un día de verano compararte?»

—Te lo advierto.

—Esta es la tercera vez que intentas matarme. Una advertencia parece superflua.

—Podría agitarte la cabeza hasta oír sonar una bala.

—Háblame de tu poema.

—Estás ganando tiempo.

—Tengo toda la noche. ¿Te importa? —Arkady sacó un cigarrillo y lo encendió—. ¿Tú? ¿No? Bueno, te faltan manos. ¿Has olvidado tu poema? Recita cualquier cosa. «Eres mi canción, mi sueño azul oscuro de un sonsonete somnoliento de invierno y trineos que lentos y dorados atraviesan sombras grises y azuladas en la nieve.»

—Ese no es mío.

—Lo sé, pero es precioso, ¿no?

—Levántate.

—No eres un asesino.

—Puedo matarte de todas formas.

Arkady se levantó. Lanzó y cigarrillo al agua y se estaba preparando para saltar de la barca cuando oyó un zumbido en el bolsillo de su chaqueta. Mientras Maxim dudaba, Arkady sacó el móvil y lo puso en altavoz.

Zhenia sonó triunfante.

—Estás buscando un barco equivocado —dijo—. Hay otro *Natalia Goncharova*.

32

El *Natalia Goncharova* era un yate registrado en las islas Caimán. El *Natalia Goncharova* que tenían que encontrar era un petrolero de Kaliningrado.

El puerto comerciaba en grano y carbón, pero sobre todo en petróleo, un lodo viscoso para uso doméstico y diésel para exportar. Cada barco era enorme comparado con su embarcación, cada sonido producía un eco, cada cuerda que se aflojaba con la marea tenía razón de crujir.

Arkady leyó a la luz de la linterna el nombre de cada buque que pasaba. Algunos estaban casi abandonados, otros, listos para zarpar. Comprendía que para Maxim era solo una pausa y, a menos que encontraran a *Simio* Beledon y sus socios, Maxim continuaría donde lo había dejado.

Finalmente, vieron luces en un barco delante de ellos y el *Natalia Goncharova* apareció entre la niebla. Quien lo había bautizado tenía sentido del humor. En lugar del elegante yate de Grisha, ese *Natalia* era un vapor volandero, un buque cisterna de cabotaje con el casco cubierto

de neumáticos En el aire flotaba un ambiente de felicita-
ción mutua. Aunque Arkady no podía distinguir lo que
se estaba diciendo, la risa de Alexéi era inconfundible.
Arkady miró a Maxim, quien subió tras él por una escalera oxidada hasta cubierta.

La cubierta del buque cisterna era un intrincado labe-
rinto de cuerdas y válvulas diversas. Había una mesa y
cubos de hielo con botellas de champán junto a la caseta
de cubierta.

Arkady reconoció a Abdul, los Shagelman, Simio y
sus dos hijos. Abdul iba elegantemente vestido de negro,
como si condujera un Porsche los días laborables y un
buque cisterna los fines de semana. Los Shagelman parecían dos ancianos que se habían quedado despiertos hasta tarde. Arkady no podía poner nombres al círculo de
viceministros y oficiales de la Armada reunidos en torno
a la mesa, pero conocía a los de su calaña. Un par de hombres de negocios chinos de etiqueta jugaban a ser invisibles. Todos se quedaron petrificados cuando Arkady y
Maxim subieron a cubierta.

Alexéi se recuperó con la agilidad y la frialdad de un
crupier.

—Supongo que esto significa que tus amigos han descifrado la libreta. No importa. Como veis, todo sigue
adelante.

Los guardaespaldas que se habían apostado a una distancia respetuosa llegaron corriendo desde la dársena.
Simio les hizo una seña para que frenaran. En la libreta,
Grisha había sido el primero entre iguales, el hombre del
sombrero de copa con una raya debajo. Ese título habría
pasado a Simio por veteranía.

Arkady se dio cuenta de que Alexéi deseaba que dispararan a él y a Maxim allí donde estaban. Sin embargo, al menos por el momento, eso podría parecer una ruptura de las buenas maneras. Un poco prepotente. Prematuro. Con sus muñecas peludas y cejas unidas, Simio podía parecer primitivo y encorvado por la edad, pero insistía en las buenas maneras. Los altos cargos de la Armada, esperando a que les dieran pie, mantuvieron las copas de champán a media asta, preparados para levantarlas en cuanto terminara esa pequeña interrupción. Era una ceremonia sencilla. Sin caviar. Casi como poner la primera piedra de una nueva empresa.

—Bienvenidos —dijo Simio. Se saltó las presentaciones, salvo para añadir—: Y este tiene que ser el famoso poeta Maxim Dal.

Maxim se sentía halagado. ¿Qué mayor reconocimiento que un saludo con la cabeza de un criminal legendario?

—¿Cree que podría escribir un poema sobre esto? Obviamente, no puede escribir con una pistola en la mano. Mire, esto es una reunión amistosa de amigos de muchos lugares. Deme eso. De todos modos es solo una pistolita. Por favor. —Simio cogió la pistola.

—Yo me ocuparé de ellos —dijo Alexéi.

—¿Por qué? No estamos haciendo nada ilegal —dijo Simio.

—Conocen Ámbar de Curlandia —dijo Alexéi en un susurro fingido para ayudar al viejo.

—Qué importa.

—La libreta que dejó atrás su intérprete no era tan imposible de descifrar como la gente pensaba —dijo

Arkady—. Sabemos que un submarino nuclear ruso que no pasó las pruebas en el mar va a ser reacondicionado en China.

—Sí. Se llama externalización —dijo Simio.

—Y sabemos que ustedes y sus colegas del Ministerio de Defensa y el Kremlin se llevarán la mitad del dinero del reacondicionamiento. Eso es un robo.

—Costes de negocios. Completamente normal. La administración de una tarea de esta magnitud suele suponer el cincuenta por ciento del presupuesto. ¿Algo más? —preguntó Simio.

—Asesinato.

Señales de ansiedad empezaron a aparecer entre los invitados. No se habían hecho presentaciones, pero Arkady los había visto a ellos y a los de su especie en fotos de periódico, en posición de firmes o tocados con gorras militares. Los dos caballeros chinos intercambiaron miradas significativas.

—Es mentira —dijo Alexéi.

Arkady negó con la cabeza y dijo:

—La cuestión es «¿quién?».

—Eso es verdad —dijo Simio—, pero, investigador Renko, está jugando a un juego peligroso. Mis socios en Ámbar de Curlandia ya han invertido tiempo y dinero.

—¿Tiene grandes expectativas?

—No lo niego.

Era bueno, pero no suficiente, pensó Arkady. Necesitaba un reconocimiento claro de un crimen grabado en cinta.

—¿Y si el *Kaliningrado* se convierte en otro *Kursk*? Eso sería un desastre para ustedes y para el Kremlin.

—Ocurren accidentes.

—Pero están aumentando las posibilidades cuando un submarino nuclear es construido por ladrones a bajo coste. La contrapartida, como dicen, sería enorme.

—Hay un riesgo.

—¿Grisha lo habría corrido?

—Grisha corría riesgos —dijo Abdul.

—Ahora está muerto. —Arkady se volvió hacia Simio—. ¿No me aconsejó una vez que me preguntara de quién era el buey?

—Las circunstancias son diferentes. En Moscú, era un hombre con autoridad. Ahora está lejos de casa.

Una vez más, estaba bien tenerlo grabado, pero no bastaba.

—No voy a seguir escuchando estas chorradas —dijo Alexéi—. ¿Qué estamos esperando?

Se habían planteado dudas. En los ojos de los visitantes del Astillero del Amanecer Rojo, Arkady casi podía ver las cuentas de sus ábacos deslizándose en una pila, calculando los riesgos de un lado y de otro. Isaac Shagelman miró a su mujer Valentina para tomar una decisión, como si se tratara de sacrificar a un perro. Ella miró la escalera del barco y ahogó un grito.

Tatiana apareció como por ensalmo, brillando por el agua que goteaba de su cuerpo. Saltó a la cubierta, pero lo mismo podría haber aterrizado como una valquiria. Había venido en la segunda barca y tenía que haber nadado para recoger los remos. Arkady pensó que debería haberlo previsto. Ella le había advertido que no era la clase de mujer que se perdía la diversión.

—No es tan sencillo —dijo Tatiana.

—Nos hiciste creer que Tatiana Petrova estaba muerta —le dijo Simio a Alexéi.

—Fue a mi hermana a la que mató Alexéi —dijo Tatiana.

—Y tus hijos acribillaron el Zil de Maxim —añadió Arkady—. Resulta que Maxim y yo estábamos dentro en ese momento. Les gusta jugar a *Scarface*. ¿Lo hicieron por órdenes tuyas o aceptan órdenes de otra persona?

Simio negó con la cabeza.

—Nunca haría eso con un coche clásico.

—No importa quién lo ordenó —dijo Alexéi—. Nuestro plan sigue siendo bueno.

—Tú no formabas parte del plan cuando tu padre estaba vivo —dijo Arkady.

—He estado observándole durante años —le dijo Tatiana a Simio—. He estado siguiendo su corrupción del Estado.

—Y yo he leído sus artículos —dijo Simio—. Son muy buenos, pero están todos en pasado.

—Ámbar de Curlandia no es el pasado. Ni construir una trampa mortal en un submarino nuclear. Lo publicaremos y si trata de detenernos nos veremos en los tribunales.

—Entonces, ¿qué? —dijo Alexéi—. Compraremos al tribunal. Compraremos al Kremlin si hace falta.

—¿No estás olvidando algo? —dijo Arkady—. ¿Quién mató a Grisha?

La cubierta era como un tablero de ajedrez, pensó Arkady, salvo que todas las piezas se estaban moviendo al mismo tiempo. Los socios del Ministerio bajaron las copas y se pusieron de puntillas. Los chinos ya no jugaban a ser invisibles; se habían marchado.

Simio se volvió hacia Maxim.

—Me gustó su poema.

—¿Qué?

—El poema. Hace años. T es de tonto.

—Sí. —Maxim tuvo que reírse.

—No lo recuerdo entero. Algo como T es de tonto, el hombre que regresa a casa pronto y se encuentra sustituido. Otro hombre está en su cama, doblado como una navaja en torno a su mujer. ¿Decía algo así?

—Se parece mucho.

—Nunca pude superar la imagen de la navaja. ¿Diría que el poema es sobre la traición?

—Me inspiraron.

—No me cuesta creerlo. A todos nos traicionan en un momento u otro y nunca lo olvidamos. —Simio preguntó a Arkady—: *Scarface*, ¿eh?

—Eso me temo.

—Renko —dijo el viejo—, ¿recuerda lo que hablamos de Grisha? No podíamos comprender cómo dejó que su asesino se acercara. Hay una palabra para eso. Es muy fuerte.

—Parricidio.

Simio susurró y señaló a sus hijos.

—Dejas que un chico se salga con la suya y alientas a los demás.

Tatiana estaba en su propio mundo. Apuntó a Alexéi con una pistola y preguntó:

—¿Recuerdas a mi hermana?

Era su momento, pero el gatillo de una pistola de fabricación barata era rígido y se atascaba con facilidad. Así que Alexéi disparó antes. Maxim, que un momento antes tenía aspecto desorientado, se interpuso y recibió un balazo en el hombro. Simio disparó. La cabeza de Alexéi se abrió como una campana rajada. Cayó de bruces y Simio se colocó encima de él y le disparó dos veces en la espalda.

—Rusos locos —exclamó Abdul. El Lobo del Cáucaso corrió hacia la pasarela y los Shagelman se apresuraron a seguirlo.

Simio dirigió la pistola hacia Arkady.

—¿Por qué no debería dispararle también a usted?

—Porque seguimos grabando. —Con exagerado cuidado, Arkady sacó su teléfono móvil.

—¿Ah sí? Bueno, puede que sí y puede que no. —Después de considerarlo, Simio bajó la pistola—. Hasta ahora, de lo único que pueden acusarnos es de salvar sus miserables vidas. Salgan de aquí. La próxima vez puede que no tengan tanta suerte. En ocasiones es más importante enseñar a mis hijos una lección que ganar otros cien millones de dólares. Guardaremos el champán para otro día.

Cuando Maxim pugnó por incorporarse sobre los codos, Simio puso su pistola en las manos del poeta.

—Felicitaciones. A juzgar por las pruebas, acaba de matar a su primer hombre. Ahora tiene algo de lo que escribir.

33

Arena.

Arkady dejó que se vertiera de su puño a la espalda de Tatiana y, cuando ella se dio la vuelta, dejó que se deslizara desde su estómago al hueco de su cadera, extendiéndose sobre su piel como granos de sal. Se metía en cada grieta, en su cabello y en las comisuras de su boca.

Viento.

Brisas constantes jugaban como espíritus en los escalones de la cabaña. Había dunas muertas y dunas vivas, según Tatiana.

Tiempo.

Una duna viva se rehacía y cambiaba de día en día. Todo el istmo se movía como el segundero de un reloj.

—¿Alguna vez has mirado la arena a través de una lupa? —preguntó Tatiana—. Es muchas cosas diferentes. Cuarzo, conchas, pequeños esqueletos, tubícolas, espinas... Redonda y afilada, vieja y nueva.

La cabaña tenía sus pequeñas incomodidades —el colchón fino y un suelo basto de madera—, pero las incomodidades agudizaban los sentidos. El calor interior de Tatiana compensaba la estufa fría. La cabaña crujía de un modo agradable, como un barco viejo.

Llegaron unos pocos observadores de aves, pero en general la playa pertenecía a Arkady y Tatiana. Su castillo de arena.

El insomnio llegó en plena noche como un huésped tardío. Arkady vio una linterna moviéndose entre los árboles. Siguió la luz hasta la carretera, donde se movió demasiado deprisa para seguirla. Por la mañana encontró un par de huellas en torno a la cabaña. El viento las había borrado cuando se despertó Tatiana.

Arkady observó que Tatiana caminaba por la carretera tratando de conseguir señal de móvil. Era como pescar en hielo, pensó. No era un deporte para los impacientes, pero a un centenar de metros de distancia, Tatiana le hizo una seña con el brazo y cuando regresó estaba colorada de excitación.

—He hablado con Obolenski. Va a venir a Kaliningrado para preparar un número especial de la revista sobre la ciudad más corrupta de Rusia.

—Bueno, un honor es un honor. —Arkady hizo una pausa en la tarea de clavar una plancha en el porche de la cabaña—. ¿Escrito por ti?

—El artículo principal, sí.

—Lo suponía. No todos los días su periodista favorita vuelve de entre los muertos. ¿Cuándo?

—Es un trabajo con prisa. Me iré un día, quizá dos. ¿Qué opinas?

Fue la primera nota ansiosa que Arkady había oído en la voz de Tatiana.

—Creo que tienes que hacerlo.

—Le dije a Obolenski que lo haría.

—Has hecho bien.

—¿Puedes venir conmigo?

—Encontraré cosas que hacer por la cabaña. —Arkady trató de sonar como un manitas.

Se preguntó qué aspecto tenían a distancia: un hombre y una mujer oscilando sobre algo tan inocente como pasar un día separados. De hecho, Obolenski le había hecho un gran favor. Desde que Arkady había sentido la presencia de Cerdito, había querido sacarla de la escena.

—Entonces no te importa —dijo ella.

—Encontraré cosas que hacer.

El istmo era famoso para los observadores de aves. Era el hogar de serretas y cisnes y un pasillo aéreo para águilas migratorias y milanos. Había cormoranes de cuellos torcidos subidos a restos de madera, garzas grises oteando la laguna y observadores de aves devotos sentados con sus cámaras durante horas para capturar la imagen de un pato empapado.

Arkady iba vestido para la ocasión con un poncho y un gorro impermeable. Recorrió la playa y subió a las dunas, tratando de permanecer como un objetivo móvil. Su única arma era la pistola española de Tatiana, tan útil como una cerbatana en el viento.

El problema era la cordialidad de los observadores de aves que se perseguían entre sí para verificar si lo que habían avistado era un somormujo, un eider o un ganso, o comparar listas de pájaros que habían localizado.

No sabía qué esperaba ver. No sabía cómo identificaría a un asesino. Se habían encontrado en esa misma playa, pero era de noche, Arkady había estado mirando los faros de una furgoneta y el conductor nunca pronunció ni una palabra.

Cuando el viento arreció, los observadores de aves buscaron refugio. Arkady encontró un grupo que compartía una petaca de brandy bajo el alero de la cabaña de Tatiana. Iván, Nikita, Wanda, Borís, Lena. Todos los observadores de aves alardeaban de tener un millar de especies en sus listas, cincuenta solo del istmo.

—Pero estas condiciones son imposibles —dijo Nikita—. Entre el viento en contra y la arena.

—Hace que te castañeteen los dientes —coincidió Victoria—. Si no te lo estás pasando bien, ¿qué sentido tiene?

Una libreta cayó de la mano de Arkady. Cuando Iván la levantó, el viento pasó las hojas.

—Parece que tu lista está en blanco.

—Solo estoy empezando. ¿Sois todos amigos o colegas? ¿Habéis venido juntos al istmo?

—La mayoría de nosotros —dijo Lena.

—La miseria busca compañía. —Borís dio unas palmadas. Eran manos gruesas, losas de carne.

—¿Estás buscando algún ave en particular? —le preguntó Nikita a Arkady.

—No sé.

—Puedo decirte por experiencia —dijo Borís— que a veces cuando te concentras en un ave, pierdes una mejor. Recuerdo que en México estaba buscando un ave en particular y casi se me pasó un quetzal, que ya sabéis que es un ave rara con un plumaje espectacular sagrado para los aztecas. Los aztecas, anda que no. Sacrificio humano elevado a su máxima expresión. Arrancarían el corazón o desollarían a un hombre vivo. Al mismo tiempo, eran una civilización de gran belleza.

Arkady pensó que se estaban desviando mucho del avistamiento de aves.

—Sabré lo que estoy buscando cuando lo vea —dijo Arkady.

—Tiene que ir detrás de una especie de ave muy especial.

—O un cerdo —dijo Arkady.

Borís adoptó una mirada inexpresiva y su sonrisa parecía grabada a cuchillo.

Durante el resto del día, Arkady observó charranes luchando con el viento, virando y zambulléndose de cabeza en el agua. Eso hacía él, solo que no en agua sino en cemento.

Por la noche, los pinos se balanceaban y las algas se aplanaban en el viento. Finalmente, llegó la tormenta que había estado fraguándose toda la semana y las olas alcanzaron las escaleras de la cabaña, que sonaron como las columnas de un templo que se derrumbara. Al mismo tiempo, la laguna inundó la carretera de detrás de la cabaña. El agua arrasaba la playa y dejaba al descubierto fragmentos de ámbar dorado.

Arkady se despertó y se sentó, y aunque le castañeteaban los dientes de frío, se acercó tambaleándose a la puerta y al abrirla descubrió que había amainado el viento y las olas se habían retirado al mar.

Se preguntó cómo alguien se atrevía a dormir. Tatiana no había regresado. Mejor, pensó.

El mar se calmó. Las nubes se abrieron y revelaron una luna equilibrada sobre el agua. La temporada baja pronto daría paso a la temporada alta; se irían los observadores de aves y llegarían los turistas.

Arkady calentó un café instantáneo y se llevó el llavero y la lámpara al cobertizo. ¿Qué era lo que quería el padre de Tatiana? ¿Un país normal? Ese pequeño espacio con sus herramientas sencillas tenía que ser un refugio para el hombre.

Los cables antirrobo que sujetaban las bicis eran de acero recubierto de plástico con agujeros unidos con candados. Cada cable medía unos cinco metros de longitud. No eran lo bastante largos. Arkady ordenó las sillas plegables del rincón del cobertizo y las soltó de otros dos cables. Buscó en las estanterías repletas y encontró cables en sus fundas de plástico. Quizá no tantos como deseaba, pero tendrían que servir.

Porque iba a tener que acercarse. Su única arma era la pistola de Tatiana. Cualquier cosa que llevara Cerdito sería más grande. Ayudaba que a Cerdito le gustara la conversación; eso lo atraería. Y ansiaba el reconocimiento.

Cuando Arkady estuvo preparado, se puso su poncho, apagó la lámpara y salió por la puerta de atrás para esperar en una zona cubierta de algas. En verano, el viento llevaría la música de cabaña en cabaña. La gente se exclamaría ante las estrellas fugaces. En ese momento, el mundo era negro como un túnel y el único sonido era el chapoteo del agua.

Desde cierta distancia, Arkady vio un rescoldo que se convirtió en una bola que rebotaba, que a su vez se convirtió en un cerdo brillante que danzaba en la playa. La furgoneta avanzó con los faros apagados para detenerse justo enfrente de la cabaña y Cerdito salió para abrir la puerta de atrás del vehículo. Uno por uno, arrojó a Vova y sus hermanas como si fueran peces recién pescados. Tenían las manos y los pies atados y gritaban histéricamente, pidiendo que los socorrieran.

Cerdito tenía un toque de comediante; llevaba el pelo largo coronado por un sombrero de fieltro, y sus gestos con la pistola eran exagerados cuando se situó encima de Vova y disparó a la arena. El sonido se mezcló con el rugido de las olas.

—¿Eso ha captado tu atención?

Los niños estaban atónitos, en silencio. Arkady se guardó la pistola española bajo el poncho.

—No seas tímido —dijo Cerdito—. Sal o le meteré una bala en el cerebro al chico. Eso está mejor —dijo cuando Arkady se levantó.

—Suéltalos. Me quieres a mí y no a ellos.

—Qué egoísmo. ¿Cómo sabes lo que quiero?

—No lo sé. ¿Qué quieres?

—Horror.

Arkady no tenía una respuesta para eso, pero no le importaba particularmente. A partir de ese momento era una cuestión de logística. Estaba a unos veinte pasos de Cerdito. Esperaba reducir la distancia a cinco.

—¿Y el ciclista? ¿Estaba en tu lista?

—Diría que estaba en la lista de Alexéi.

—¿Cómo lo localizaste?

—Observo a la gente en los hoteles. Los carniceros entran y salen. Nadie se fija en nosotros.

—Eso es muy astuto. No te llamas Borís, ¿verdad? Y seguro que nunca has estado en México. —Arkady empezó a acercarse—. Ni siquiera creo que te gusten las aves.

—Son idiotas. ¡Levantarse a las cinco de la mañana para ver a una puta lavandera!

—La gente hace locuras.

—Bueno, tú eres el más loco.

—¿Sabías que tengo una bala en el cerebro? ¿Sabes lo que te hace eso? ¿Puedes imaginártelo? Es como el minutero de un reloj, solo esperas que haga el último tic. Un tic y todo se funde a negro. Así vivo mi vida. Momento a momento.

Arkady continuó avanzando. Era desconcertante, un hombre a punto de morir debería retroceder y no acercarse.

—Lo extraño es que tener una bala en el cerebro me hace sentir invulnerable —dijo Arkady.

—Quédate donde estás. —Cerdito levantó su pistola.

Arkady dio otros dos pasos rápidos, incluso obligando a Cerdito a retroceder.

—Inténtalo.

Cerdito disparó. El disparo hizo caer a Arkady. Fue como si le golpearan con un pico, pero se levantó y Cerdito disparó una segunda vez, derribando de nuevo a Arkady. Por segunda vez, Arkady se levantó. La vacilación apareció en los ojos de Cerdito y en ese momento, Arkady se apartó el poncho, revelando una armadura de cables de acero enrollados en una doble capa en torno a su pecho. En dos lugares los cables estaban destrozados. Arkady empuñaba la pistola española en la mano derecha, y a una distancia de cuatro pasos no podía fallar.

34

El agua de mar y la arena eran los peores enemigos de una bicicleta. Arkady y Zhenia desmontaron la Pantera y extendieron las distintas partes como un puzle sobre una lámina de plástico que cubría el salón de la casa de Arkady. El cuadro de acero y los cambios de aluminio no estaban dañados, pero la transmisión había sufrido las consecuencias de que arrastraran y enterraran la bici.

Era difícil decir si la bici era salvable o qué valor tendría. Lorenzo, al teléfono desde Bicicletta Ercolo, gruñó ante la noticia de que iban a intentar resucitar la bici por sí solos. Envió instrucciones y se lavó las manos respecto a la operación. Arkady siguió adelante. Más que nada exigía paciencia y un flujo constante de obscenidades. Y trapos. Él y Zhenia y todo lo que tocaban estaba cubierto de grasa.

Zhenia había planteado una pregunta.

—¿Has hecho esto antes?

—No.

Zhenia estaba impresionado.

Sacaron arena del pedalier y el desviador, ajustaron la tensión de los cables y limpiaron todas las superficies con disolvente y aceite. Arkady apretó los tornillos del cambio hasta que la cadena empezó a cambiar con suavidad. Pensó que tal vez cuando terminaran el resultado se parecería más a un triciclo. Fuera como fuese, Arkady tenía la intención de dar el dinero que sacase a Vova y sus hermanas. La procedencia y el pedigrí de la bicicleta eran elementos a tener en cuenta; ¿quién había oído hablar de una Pantera en Kaliningrado? En todo caso, si hubiera dejado la bici allí, probablemente la habría confiscado la policía.

Tatiana estaba en Bélgica, recibiendo otro premio de periodismo. Luego iría a Roma a recibir más honores, mientras Arkady cuidaba de su perro. Pensó en retirarse de la fiscalía y dedicarse al golf. El juego parecía muy sencillo.

Zhenia ajustó los frenos, tirando del cable y girando el tornillo tensor hasta que las zapatas contactaron bien con la llanta de la bici, probando el tensor para asegurarse de que el cable no resbalaba ni se rompía.

Lotte estaba en un torneo de ajedrez femenino en El Cairo. Llamaba a Zhenia dos veces al día. No se habló más del ejército.

Ania cubría noticias de moda.

Maxim había publicado un poema.

Svetlana y *Copo de Nieve* habían desaparecido.

Zhenia corrigió radios curvados, tensándolos como cuerdas de arpa. Él y Arkady limpiaron los cambios y las manetas del freno. Hincharon las ruedas y limpiaron el cuadro de la bicicleta hasta que lograron un brillo satinado y el logo de una pantera roja parecía saltar del tubo de dirección. Y cuando Arkady las hizo girar, las ruedas cantaron.